白衣天使

BAIYI TIANSHI

王礼光◎著

ARTTIME 时代出版
时代出版传媒股份有限公司
安徽文艺出版社

图书在版编目（CIP）数据

白衣天使/王礼光著.—合肥：安徽文艺出版社，2020.1
ISBN 978-7-5396-6831-4

Ⅰ.①白… Ⅱ.①王… Ⅲ.①长篇小说—中国—当代
Ⅳ.①I247.5

中国版本图书馆CIP数据核字(2019)第279941号

出 版 人：段晓静
责任编辑：张妍妍　姚爱云　装帧设计：褚　琦　车　伟

出版发行：时代出版传媒股份有限公司　www.press-mart.com
安徽文艺出版社　www.awpub.com
地　　址：合肥市翡翠路1118号　邮政编码：230071
营 销 部：(0551)63533889
印　　制：合肥创新印务有限公司　(0551)64456946

开本：700×1000　1/16　印张：16.5　字数：300千字
版次：2020年1月第1版　2020年1月第1次印刷
定价：39.80元

序言

让人人心中驻守一个“天使”

2016年9月13日，习近平主席亲自为联勤保障部队授旗并致训词，作为新时代联勤人，总想为联勤保障部队写点什么。

动议写《白衣天使》源于一次巡诊，2017年11月时值白求恩和平医院建院80周年，医院开展了为期一周的“重走白求恩路——老区健康行”活动，有幸一路跟随，深受革命老区人民热情、乐观的精神熏陶，对白求恩精神有了更深入的了解，也对忙碌的护士群体有了全新认识，悄然萌生了创作的欲望。

想必住过院的人都有切身体会，在医院接触最多的就是护士。俗话说：“三分治疗，七分护理。”一个好的护士能使病人精神愉悦，如沐春风，特别利于恢复身心健康。如果把全社会比做生命之树，护士仿佛枝头上一片小小的绿叶，看似微不足道，可对于一些病人来说，她们就是“天使”，就是“守护神”。

南丁格尔说：“能够成为护士是因为上帝的召唤，因为人是最宝贵的，能够照顾人使他康复，是一件神圣的工作。”人们常常赞美护士有着无私的爱，面对多重性格的病人，她们奉献的是海一样博大的情怀；面对刁难者纵使自己受了天大的委屈，在众人面前也是一笑而过。有谁知她们内心的苦闷与挣扎？有谁知她们暗洒泪水是一种怎样的痛苦体验？

对于部队医院的护士来说，更多了层神秘的面纱。除了备战打赢，她们还是红色基因的传承者。党的十九大报告中鲜明提出，在全军开展“传承红色基因、担当强军重任”主题教育。白求恩精神作为红色基因的重要内容之一，是联勤保障部队的一个品牌，80多年来薪火相传、历久弥新，已经超越时空界限，跨越了国界和民族，跨越了医疗行业，成为全人类的宝贵精神财富。

1938年1月，48岁的白求恩不远万里从加拿大来到延安，在晋察冀军区与我军民一起浴血奋战，次年11月12日以身殉职。2019年是白求恩同志牺牲80周年，也是毛泽东同志《纪念白求恩》一文发表80周年，号召大家学习白求恩精神的80周年。80年来，白求恩精神激励着一代代共产党人和广大医护人员舍己为人，奋力进取，克服了一个个困难，创造了一个又一个辉煌。站在新时代的历史起点，传承弘扬好白求恩精神，我们这一代人责无旁贷。

用文学传承白求恩精神，无疑是一种有效的方式，且这种方式更加持久稳固。《白衣天使》以白求恩当年亲手创建的白求恩和平医院为背景，以传承白求恩精神为主题，从护士的视角讴歌了新一代白求恩传人的务实担当精神，特别是融贯了联勤保障部队成立后带来的“红利”，是展现新一代联勤人风采、回应主题教育成果的重大选题。

书中塑造了唐军生、白依依、许红军等一批白求恩精神的优秀传人，他们兢兢业业、任劳任怨、勇于担当，不遗余力抢救受伤战士陶兵等患者，突出表现了白求恩精神。护士长唐军生是唐山大地震时出生的一个孤儿，曾受到白求恩和平医院的精心照顾。20多年来，她从事护理工作如一日，不曾早走一分钟，护理数万病人不曾有一丝差错，数百次执行重大任务不曾后退一步，直至牺牲在维和战场上。朴素的情怀令人感动，勇敢的担当触动心灵。唐军生身上集中展现了“毫不利己、专门利人”和“对工作极端负责、对人民极端热忱、对技术精益求精”的白求恩精神，她的精神感动了一座城市，更激励起千千万万的人。

“人，一半是天使，一半是魔鬼。”诚哉斯言！红色基因就像一个大染缸，能把人的思想染红，促使人们内心里“天使”压倒“魔鬼”。书中护士白依依起初受不了一点委屈，甚至不愿献血救人，正是在唐军生等人的感召下，在白求恩精神的浸染下，学会了包容大爱，学会了奉献担当。从她身上看到了一个“天使”的成长经历，鲜明地传递了一种正能量：“我是天使，救人是我的责任，不管你愿不愿意，是什么样的身份，我都要救你。”不仅白依依如此，连企业家王德福、保洁员牛兰日积月累间都有了质变，还有更多的人叫响：假如战争来临，我们就是下一个“白求恩”！

这就是红色基因的魅力与力量，一旦深植于实践的沃土，成为人们“日用而不觉”的自觉行动，人人心中驻守一个“天使”，就会形成向善向美的“场效应”。

标注一个人灵魂和价值高度的，是心灵的洁净与信念的纯粹；折射一个人品性和禀赋优劣的，是关键时刻的担当与作为。当前，围绕建设世界一流军队目标，推进强军实践的步伐越来越快，更加需要上下共同努力，需要一茬茬、甚至几代人的接续奋斗。“心中为念农桑苦，耳里如闻饥冻声。”作为新时代白求恩的传人，我们应像当年的白求恩大夫一样，满怀对人民群众的深厚感情，把自己当成一挺战斗中的“机关枪”，以高度的历史自觉和强烈的使命担当，一心铆在工作上，冲锋在前、抓铁有痕、踏石留印，扎实跑好新长征中自己“这一棒”，用实际行动传承好我们这一代人的白求恩精神！

谨以此纪念白求恩同志牺牲80周年！

向中华人民共和国成立70周年献礼！

王礼光　2019年12月于郑州

CONTENTS

目录

第一章
报到当天从献血处溜了

唐军生日记：

2015年10月10日。陶班长，今天是你昏迷的第1天，第一次看见你，仿佛看到了12年前的“他”，你们咋就长得那么像呢?! 抢救你那叫一个惊心动魄啊，举全院之力了。给你献血的护士溜了，我找到院领导，说一定要让她到我们科，因为你身上流着她的血，我要好好带她，希望她能回来。

今天罕见地晴好，蓝蓝的天，飘动着些许云，像是绣在纱巾上的花朵。白依依早上起来心情倍儿爽，一缕晨风，一曲心音，秋日好心情。

第一天去医院报到，白依依像只快乐的小燕子，一路上蹦蹦跳跳，做着各种飞翔的姿势。刚“飞”到医院大门口，一块块奖牌熠熠闪光，什么“百佳医院”“百姓放心示范医院”“全军先进医院”之类的，白依依看着有点晃眼，连忙掏出手机，自拍了一张美照，往朋友圈里一发：“部队，我来了!”

白依依边看手机边往大门里走，这时一辆部队的大卡车从身边呼啸而过，白依依一个趔趄，正欲发火，“嘎”的一声车停在院里，一队身着迷彩服的军人从车上快速跳下来，整齐列队。白依依瞪大眼睛：“乖乖，这是要打仗还是要抢占地盘啊？自己人还用得着火并吗？笨，笨，笨，大官一纸命令不就行了啊？”

白依依家住附近，自小就经常到这家医院里玩，院里每个科室的设置她都门儿清。这本就是一家部队医院，军人进进出出是常有的事，可像这么大规模、这么急匆匆的还是第一次碰见。“这哪儿像文明之师啊？差一点撞着本姑娘。”白依依粉嘟嘟的小嘴唇噘得老高，用右手指头指着自己，边走边嘀咕着，“文明，文明，注意文明，注意素质，懂吗？”

进入医院大门，迎面一尊高大的汉白玉雕像巍然矗立。主人公身穿八路军军服，目光炯炯，凝视远方，步伐矫健，大步向前，仿佛正急促地奔赴前线。雕像的基座上刻着：诺尔曼·白求恩（1890.3—1939.11）。雕像身后的这所医院——白求恩和平医院，就是白求恩当年亲手创建并工作过的医院，也是以他的名字命名的、唯一成建制保留下来的老八路军医院。

走到门诊部，白依依越发奇怪，里面满满当当的人，外面还有几辆采血车。白依依理了理额前头发，瞪大眼睛仔细看了看：这也不像献血的呀，就抽那么一点点，倒是像化验血的。

白依依猜得没错，这么多人都是来化验血的。

就在一个小时前，驻地部队某装甲旅上士班长陶兵在演习中被炮弹炸伤，正在医院全力抢救呢，急需输血，可偏偏陶班长是罕见的熊猫血，眼见血库这种血型的血告急，部队领导一声令下：每个人都去验验血，一车人不行，就多送几车。

这不，这都是第五波人了，依旧没有找到相匹配的血型。和平医院的领导也做了紧急动员，全院上下立即行动起来，数千名医护人员加入了验血的行列。

“熊猫血？我不就是熊猫血吗？”白依依一想到要抽血，心里一惊，花容失色，“我可不想抽血，我自己还贫血呢！”不由自主地向人少处猫去。

“快去验血啊，那位兵哥哥快不行了！”不知什么时候，一名护士拽着白依依就往抽血处跑，“院领导说了，献血成功的，这次优先考虑纳编。”

“我去，别人不行了，管我什么事儿啊？”白依依嘴上嘀咕，可看着噙满泪水的护士，善良的本性还是让她伸出了右手。当采血人员准备采血时，白依依大声说道：“别验了，我就是熊猫血，我贫血，还是多留点给那位兵哥哥吧。”

准备抽血的护士一惊，不解地看着白依依。

“看什么看？不相信是咋的？我也是一名护士。”白依依其实不想多挨那一针，至少现在，不想在这里。

“那就到里面再化验吧，里面情况紧急。”抽血护士随即明白了过来，把白依依作为熊猫一样的重点保护对象，安排刚才拽白依依的护士直接去了急诊科。路上，那名护士做了自我介绍：“我叫黎尤尤，是一名实习护士，看着那位兵哥哥病危，心里着急，看你是咱医院的人，面生，估计是新来的，才拽你过来的。”

“我才不是呢，我今天来报到，这不是还没报到呢，你拉我来干吗呀？”白依依矢口否认自己是医院的人，就是希望一会儿抽血的时候，能手下留点情。直觉告诉她，要是再找不出能匹配的熊猫血，还不逮着她一个人猛宰？想想真后悔今天来报到，出门前应该先看看皇历，打听清楚有没有状况，或者站在大门口别进来，先“侦察”一番再说，可这一切都晚了。如今，上了医院的献血“黑名单”，还有黎尤尤跟着她，想逃恐怕也是逃不掉了，只能硬着头皮无偿献血了。

果然，火速验血核准血型后，第一次抽血就抽了400cc。黎尤尤赶紧递给白依依一包牛奶和一些巧克力：“姐姐，赶紧吃点补补吧。”白依依接过来看了看："德芙的，看样子还不错。"还真就吃了起来。

"里面是你什么人，这么上心？"看着黎尤尤一会儿喜一会儿忧的，白依依猜测，躺在重症监护室的那位兵哥哥，应该是黎尤尤的亲戚，"哥哥？男朋友？至少是表哥吧？"

"才不是呢，我们不认识，就是救人啊。"黎尤尤说这话时，差点急了，羞得有点语无伦次，像是欲盖弥彰一般。可白依依听得出来，黎尤尤说的是实话，她根本不会撒谎，白依依由此断定黎尤尤是老实人，可交。

依旧没有找到合适的血型，白依依"被迫"再一次抽血200cc，抽完这一次，白依依有点儿头晕。趁黎尤尤去厕所之际，白依依赶紧溜出了急诊科，溜出了医院大门，溜到了家里，溜到了自己的大床上。关上房门，她大喊一声："天塌了也别找我。"躺在床上，关掉手机，"管他什么血型，管他谁是谁，小命要紧，本姑娘还年轻，还不想失血而亡，先睡一觉再说。"

这一睡，一直到爸妈从外边回来，开门声惊醒了她，已经是下午六点多了。白依依感觉很饿，连忙起来做贼似的找零食吃。爸妈见状，问起去医院报到的事。

白依依这才想起上午发生的事，虽说自己献了血，可还未上战场，就临时当了逃兵，是多么不光彩啊，也不知那位陶班长抢救过来没有。白依依开始后悔起自己的鲁莽："医生是救人的，怎么会让一个献血的人失血过多呢？"要是自己再坚持一下就好了，白依依内心多少有点自责。

其实早在一个月前，2015年9月3日上午，看完纪念反法西斯抗战胜利70周年大阅兵，白依依就被自己的内心"绑架"了。她把自己关在房间里，脑子里一遍遍回忆气壮山河的阅兵画面，看整个世界仿佛都是绿色的，她突然做出一个"重大"决定：当兵去。

偌大的客厅里，父亲白天正在翻看一本过时的杂志，母亲梦响正看都市电视剧。白依依猛地拉开房门，大喊了一声："我要当兵！"

白依依芳龄22，脸圆肤白，亭亭玉立，半尺多的独辫甩在脑后，蓬松的刘海儿垂挂在前额上。白依依双手叉着腰，努努嘴，吹口“仙气”，将梳好的刘海儿吹散，显得甚是俏皮可爱，又灵动十足。父母诧异的目光一起投过来，两人怔怔地望着白依依，像是等着白依依的理由，白依依双眼瞪得圆溜溜地站在那里却一声不吭了。

在爸妈眼中，白依依是个情绪化的人，有时笑能笑出泪水，哭能哭出笑容。她也不是那种对自己有长远打算、有固定规划的人，做决定多是由着性子，冲动而为，往往是肤浅的，甚至是昙花一现，有时还没等人反应过来，自己又给否定了。母亲挤挤眼说：“你抽哪门子风？想一出是一出。”父亲却一脸的慈祥：“丫头，怎么突然有这个想法？”

白依依过来搂着妈妈的肩说：“梦响同志，女人最完美的状态就是，公主的外在目标和一颗女王的心。”又拿自己比画着，“你们给了我一副好看的皮囊，我现在就要去实现伟大的梦想了。”逗得爸妈都笑了。

“我不管，我不管，我就要当兵。”白依依又拉着爸爸的胳膊，撒起娇来，“白天同志，快帮我想想办法呀！”

父母近40岁才有了白依依，一直视为掌上明珠，自然宠得不得了。白依依的拧巴、固执，也让爸妈十分头疼。记得白依依上初中时，有一次生病在家，凌晨2点多迷迷糊糊想吃猪蹄，父亲骑着自行车跑遍了大半个石市，挨着敲卤肉店的门，终于在凌晨5点买到了猪蹄，兴奋地拿回家，却被白依依扔在地上，“难吃死了”。天一亮，父亲又找寻了好久，才找到白依依说的那一家卤肉店，又等了好几个小时，才买到白依依想吃的猪蹄……每每提起这事，爸妈对白依依又气又恼又怜又爱，白依依总笑呵呵地辩解说：“那是我吗？肯定是你们记错了。”甚至反问爸妈，“我是不是还有个姐姐呀？你们二老怎么那么疼她啊？太娇惯了，哪像我这么听话？！”爸妈总是拿她没法，说来说去，倒显得是爸妈的不对了。

这一次，更让爸妈为难了，他们了解自己的宝贝女儿，在部队当兵十多年的父亲知道白依依不是能吃苦的人，从内心讲，他也根本不想让女儿吃那些苦。可看见女儿一本正经，又一副不依不饶的样子，他心里明白女儿这次是认真的了。

白依依虽然搭上末班车在征兵处报了名，却因心律不齐体检未通过，再说女兵名额本来就少，哪那么容易当兵呀？从来不知伤心为何物的白依依，难过得哇哇大哭，夜不能寐、茶饭不香。

父亲托老战友一打听，本市的白求恩和平医院正在招聘护士，女儿正好是护理专业毕业的，如果去了白求恩和平医院，一来满足她进部队的愿望，二来也可以让她少遭罪，便安慰女儿说："和平医院是家部队大医院，你进了部队医院，就是部队上的人了。"

白依依一想也是，就满口答应了。

不料，报到第一天就遇到了这么一档子事，这让白依依真有点始料不及，又狼狈不堪。闹心！

第二章
是逃兵，还是功臣？

唐军生日记：

2015年10月11日。陶班长，今天是你昏迷的第2天。你说你咋取了这么个名字，陶兵，逃兵？医院下了几次病危通知书，你要挺住啊，你是最坚强的。白依依来了，我亲自领的她。她没走，你也不能逃。从你身上取下的47块弹片，我都完整保存好了，等你好了给你留个纪念吧。

黎尤尤从卫生间出来，四下张望没有寻见白依依，那是一个着急啊，急得眼泪都掉了下来。她着急兵哥哥会断了血源，也担心白依依抽了这么多血，会出问题。她流着泪满院子找啊找，从上午找到下午，一直找到天黑，也没见白依依的身影，她在心里千万遍祈祷，千万别出岔子啊。

实在找累了，想想白依依是来报到的，明天还会再来的，就等着吧。好在部队也找出了另一位熊猫血的战友，战友伸出结实的手臂就一句话："需要多少抽多少！"看看这境界，黎尤尤觉得兵哥哥就是觉悟高，为战友献血可谓是两"臂"插"管"啊。

第二天清晨醒来，白依依觉得没脸去医院，就以身体虚弱为由不想去报到，可她又舍不得部队，内心异常纠结。

白依依左手握拳，去；右手握拳，不去。她自言自语道："去，还是不去呢？不能当逃兵，去，当然要去！"

经过一番思想斗争后，白依依下定决心还是去报到。这一次，白依依学聪明了，从医院小门直接溜去了医院护理部。

像是早就安排好了一切，一听是白依依来了，护理部就炸开了锅，赶紧通知急诊科护士长唐军生来领人。

不一会儿，来了位约莫40岁的中年妇女，天使面庞，一身干净整齐的军装，佩戴的是上校军衔，一头短发透出干练，气质非凡，估计是唐护士长。她和护理部曹翔助理员说了几句，就转身对白依依说："你现在是急诊科的实习护士了，跟我走吧。"

报到之前，护士去哪里实习都是事先安排好的。唐军生昨天特意找到院领导，将白依依调换到了急诊科，今天还特意换上军装来接白依依，以示庄重。

"这是带回去要处理吗？"白依依看唐护士长面带微笑，长相朴实，人也和蔼，"会不会笑里藏刀？"

"我怕什么，死就死啦，大不了不干了，姑奶奶敢来就不会怕。"白依依这样想着，把脸迎向阳光，就不会怕有阴影，迈开步子跟着护士长到了急诊科。

"趁着大家都在，我给大家介绍一下。"唐军生看人都在会议室，就先声夺人，"这是我们新来的同事，护士白依依。昨天呢，就是她无偿献血，保住了陶班长的命。"

唐军生说完，掌声雷动，白依依心里石头落地了，暖暖的，如释重负：幸好陶班长被抢救过来了啊。不过，听医生说，前后进行了三次手术，下了两次病危通知书，是唐军生一直坚持请医生救治，才勉强抢救了下来。共取出47块弹片，唐军生都完整地保存了。陶班长颅内、胸内仍存有弹片，还未完全脱离生命危险，啥时候醒过来还很难说。

“依依姐，终于又见到你了！”黎尤尤过来抱着白依依，像是见到久别的亲人一样。

唐军生还将早已准备好的无偿献血证递了过来：“我们要学习白依依这种舍己救人的精神，践行全心全意为病人服务的宗旨。”又是一阵掌声。谁也没有注意到旁边的护士肖飞飞，她正斜眼瞅着白依依：“有什么了不起，不就是献点血吗？俺是血型不配，要是配上了也会献！”

“好了，大家都去忙吧。”唐军生换上护士服，带着白依依熟悉了急诊科的环境，详细介绍了医院及科室的情况。白依依心不在焉地听着，感觉眼前这位大姐是不是更年期，那么啰唆，好歹自己也是科班出身，怎么像教育幼儿园孩子似的？

“哟，这不是我们的大功臣吗？”唐军生正好要去院里开会，就安排肖飞飞先带带白依依。肖飞飞来医院两年多了，专业技术还行，就是爱耍点儿小聪明，什么都想聊两句，嘴巴很是不饶人，同事多不待见她。肖飞飞将拿来的吊瓶和药塞给白依依说：“你去练练手吧，去给 2 号那个当兵的输液，我还有事。”

黎尤尤凑过来小声说：“她能有什么事？还不是和男朋友聊天？看你新来的，让你多干点。”白依依摇摇头去了重症监护室。

陶班长浑身缠着白色绷带，只露出两只眼睛和脖子，死人一般躺在病床上。白依依翻看姓名牌，乐了。姓名：陶兵；年龄：25 岁；血型：Rh 阴性血（熊猫血）。

“原来你才是‘逃兵’啊，害得本姑娘失血 600cc，等你好了，看我不吸回来。”说着，她张开殷红大嘴凑到陶班长身边，做了个吸血鬼模样的动作。陶班长正好两眼直直地盯着她，吓得白依依赶紧把身体撤了回来，匆忙把点滴挂上，赶紧逃离了监护室。

这一天白依依被肖飞飞呼来喝去的，累得骨头快散架了，好不容易挨到了下班，白依依赶紧处理完最后一档子事走人。回到家晚饭也没吃，她倒头就睡了，睡得很沉。爸妈给她准备了一些夜宵，喊了几次她都没醒。

一连上了几周班。“你好，为了你有一个更舒适的住院环境，现在开始对你的床单进行整理和清扫，谢谢配合。”白依依每天以这句话拉开忙碌的序幕，像陀螺一样连轴转，除了累，还是累，长这么大也从来没有这么累过，不免自嘲了一番：“这样苦我心智，劳我筋骨，是天要降大任于我吗？我可还没做好担任武林盟主的准备啊。”

还有就是被父亲骗了，这要命啊，心灵受到如此撞击，简直是摧残啊，直接动摇了白依依的决心和意志。来到部队医院自己也不是一个兵啊，全院穿军装的是不少，但除了机关人员和科室领导，就是来看病的。白依依所在的急诊科，就科室主任和护士长唐军生是现役军人，其他的医护人员都是非现役军人。

白依依强烈的自尊心受到了剧烈的打击，见爸爸在沙发上看书，白依依向爸爸抱怨道：“爸，我压根就不是兵。”

爸爸反问：“你护理过兵吗？”

白依依答：“当然了，科里一直躺着一个半死不活的大头兵，到现在还没醒呢。”

爸爸笑着说：“前线冲锋的是兵，后方救人的也是兵。你护理过兵，可不就是一个护理兵吗？”

白依依毫不客气地说：“爸，你怎么这么自欺欺人呢？早听你说过，当年在边境作战，要不是一个护士救你，你早‘光荣’了。”

爸爸放下手中的书：“一直没告诉你，那个人就是你妈。”

白依依沉默不言。

妈妈从屋里出来:“还提那些陈年旧事干什么?”

妈妈一开始就不支持白依依去当什么护士，一直劝白依依早点辞职:“就那点实习工资，就是转正了又能有多大出息? 净伺候人，还不如在家伺候你老娘我呢!”

“你这个梦想是够远大的啊，让我的宝贝女儿天天在家伺候你，做梦吧。”爸爸接过话茬，又拿妈妈的名字开起了玩笑。

“你才白天做梦呢，女儿在那一天就受一天罪，你不心疼，我还心疼呢!”老两口拌嘴几十年了，也是家里的一大乐趣，单从他们“白天”“梦响”的名字看，就是一对欢喜冤家。每当面对这俩“活宝”时，白依依所有的烦恼都会烟消云散。

爸爸倒也和起了稀泥:“我们的女儿长大了，有自己的主见了，要回来也得三个月实习期过后啊，要不然灰溜溜地回来多没面子啊。”还说了句颇具哲理的话，“生活中的每个阶段都是美丽的，只要你把握住了今天。”

白依依靠近爸爸说:“我知道，如何把今天的日子过好，才是我应当去考虑、去做的事。因为时间也许并不会永远给你明天，所以，不要把生命活成一场无尽的等待。对吧，白天同志?”白依依教科书式的说教，让爸妈都笑了。

生活中真是你在意什么，什么就会打扰你;你计较什么，什么就会困惑你;你苛求什么，什么就会折磨你。白依依每天按部就班地上班，内心里斗争过，挣扎过，徘徊过，希望这三个月早点过完。

经过第5次专家会诊，陶班长的病情暂时稳住了。这些天，唐军生每天亲自给他扎针，亲自照顾，仿佛前世有缘一样，那细心劲儿让白依依都酸得慌。有时黎尤尤也拉着白依依去病房看看陶班长，他脸上除了几处弹片伤留下的疤痕没有完全愈合外，还算得上英俊。

白依依懒得管这些，守不住的是人，留不住的是心，她下定决心，实习期一过，赶紧走人。

看白依依不求上进,当一天和尚撞一天钟,唐军生也跟着着急。经过观察她终于弄明白了白依依的心思。晚饭后,白依依一个人在操场上散步,周围三三两两的人在散步、跑步,还有人练习器械、攀爬障碍,唐军生走到白依依身边趁机开导她说:“谁说你不是一个兵了?在我们这里,每名医护人员都是战士,将来都是要上战场的。”

白依依摇摇头道:“你是军人,是一个纯粹的人,当然可以这样说。姑娘我不是,没有那义务。”白依依和护士长说话习惯直来直去的,又总是带着刺,有时把唐军生扎得无语。

几次交锋,唐军生知道和白依依打嘴仗只会越谈越僵,便换了个话题说:“听说,你在学校里是长跑队的,体能不错,咱跑上几圈比试比试?”

一听这话,白依依来劲了,她今天专门换上运动鞋,正准备开跑的,只是没有合适的伴儿或者对手,唐军生这是自己送上门了,便顺风而呼说:“护士长,可别怪我欺负你啊,跑出什么毛病来,我可不负责啊!”又冲唐军生笑笑,“好在咱都在医院,急救方便。”

唐军生听后微微一笑,掏出手机:“我来计时。”说完率先跑了出去。

“护士长你耍赖,怎么不喊开始啊?”白依依紧随其后。

“行动是最好的开始啊!”

操场上,昏暗的路灯下映照一对母女一般的身影。她们快速奔跑着,时而你在前,时而她在前,有时还相互拉扯着。

400 米一圈的跑道,13 圈过后,足足跑了 5 公里,白依依气喘吁吁地掰开唐军生的手:“我看看计时器跑了多少分钟。”

打开手机一看,计时器已经停止了,时间定格在 16 分钟。白依依知道这是不可能的事情,她在学校 5 公里最好的成绩也是将近 20 分钟,何况半年多没跑了。

其实在倒数第二圈时,唐军生就故意停表了,她是要给白依依留个念想。

两人慢步走着，唐军生边走边对白依依说："你未来什么样，藏在你现在的努力里。有规划的人生，会比浑浑噩噩精彩一万倍。生命中的每一天，都要勇敢去尝试、去努力、去追寻。虽然梦想有点遥远，但是只要坚持，没有什么不可能的。我们永远不要站在现在的高度，去判定未来的事情，因为未来的你是会成长的，会有新的选择和判断。"她望望远方又道，"这些天工作忙，锻炼少了，身体是革命的本钱，以后咱多锻炼啊。"

励志的话白依依一句未听进去，锻炼嘛，白依依倒是欣然同意，心想，反正没什么追求了，锻炼锻炼身体也好啊。在她内心深处，想和军人比试一下体能，尽管护士长是个将近40岁的老军人了，却也是她目前能找到的最合适的对手和队友了。

白依依每天都和唐军生较着劲，两人除了忙碌地工作着，空闲时间还相约着一起长跑，偶尔白依依也在唐军生的带领下，给陶班长换药扎针。人一忙起来，日子感觉总是过得很快，不知不觉过了一个月。

白依依慢慢对护士工作有了兴趣，尽管不穿军装，可每天和军人在一起工作、跑步，还蛮好玩的。一个人，一片天，随心成世界，无意是峰巅。白依依喃喃自语："你看，人生似朝菌，趁着本姑娘年轻，随遇而安，赏尽那一份闲趣。"

第三章
穿刺练习

唐军生日记：

2015年10月17日。陶班长，今天是你昏迷的第8天，我们科的护士肖飞飞被患儿家长打了，她感觉很委屈。患儿父亲是不该打人，可也怪我们做得不够好，我建议院里组织了一次穿刺培训，只有技术上精益求精了，我们才能提供更好的服务，也能少发生纠纷呀。

没有了心灵的羁绊，白依依现在最大的“敌人”莫过于肖飞飞了，总寻思着找个机会给她点颜色瞧瞧。没承想，白依依还未出手，肖飞飞自己却摊上事了。

一大早上班，整个科室都传开了：“听说了吗？昨天晚上，肖飞飞值班被患儿家长给打了。”白依依不是那种落井下石的人，对待仇人往往会直接封了井口，看见肖飞飞正在哭，伸伸舌头：“活该。”唐军生昨晚就赶到了事发现场，并且一夜未回去，这会儿正善后呢。

“飞飞，咱也有错，不能全怪患者家属。咱不是总讲要有一颗同理心吗？

你看人家孩子那么小,咋能让人遭那么大罪呢?”唐军生安慰了几句,随后又吩咐道,“走,咱给人家道歉去。”

患儿是一名5岁的孩子,凌晨突发高烧,患儿父母就抱着孩子来医院挂了急诊。值班护士肖飞飞和男朋友长时间聊天,手机屏看多了,眼都看花了,再加上劳累,困意十足,哈欠不断,勉强给患儿扎上针就走了。

谁知针头根本没有扎进血管里,跑针了,才输液半小时,小孩手背已经肿得像面包似的。小孩疼得哇哇大哭,家长看着更是心疼,肖飞飞还一直推卸责任,怪家长没看护好,患儿家长情急之下就打了肖飞飞一巴掌。

到了病房,患儿家长仍怒气未消。唐军生先是让肖飞飞道了歉,继而坐在病床前,把患儿的手拉到跟前,认真搓揉起来,像一位母亲对待孩子一般,轻轻地、柔柔地,还说着道歉、问候的话。孩子天真稚嫩的小脸上渐渐露出了甜美笑容。

唐军生又对患儿家长说:“孩子有事,做家长的心疼,心情可以理解,但也不能动手打人啊,有什么事情向我们医院反映,肯定会解决啊。”

护士长几句暖心的话,让患儿父亲脸上的雪霜融化了,他连忙说:“都说你们是部队医院,服务态度好,昨晚是我太冲动了,打人是我不对,我向你们道歉。”说着,深深地弯腰鞠躬。

唐军生连忙把肖飞飞拽到前面:“你打的是她,应该向她道歉。”

患儿家长连连点头:“是,是,是。”又深深地鞠躬,被唐军生拉起。寒暄了几句,唐军生就拉着肖飞飞走出了病房。

冰释前嫌,唐军生感觉现在护士的服务意识有所淡化,她用白求恩的话教育大家说:“在一切事情当中,要把病人放在最前头,倘若你不把他们看得重于自己,那么你就不配在卫生部门工作。”她认为护理专业技术更是有待提高,就报请护理部批准,在全院护理行业开展一次动静脉穿刺技能提高培训,“都说如今的医患关系不好,可如果我们没有错,少犯错,能把病人服务好,我想绝大多数患者不会没事找事的。”

这下，白依依可不高兴了：“凭什么一人犯错，让大家一起跟着吃药啊？”其实白依依不是反对培训，只是白天工作忙，这个培训班都安排在晚上进行，白依依觉得这是侵犯了自己的休息权，才这么抵触的，“天天加班搞训练，这也太法西斯了吧。我看就是机关枪打兔子——小题大做。”

“凭什么？就凭在我这同样错误绝不能犯第二次，懂吗？！”唐军生严肃中透出严厉。

“现在应该从严控制输液，输液多了对身体没有什么好处。”白依依见一计不成，又心生一计，她援引一本杂志上的话说，“在澳门，5 岁以内的孩子打点滴是犯法的，是不允许的。成人输液一次，缩短寿命 7 天左右，孩子输液一次，大脑 7 天不发育，而且免疫力下降，药物的毒素要 2—4 年才能排出体外。中国每年输液 104 亿瓶以上，平均每人 8 瓶，多么可怕的数据。”

“没有科学根据的话不要说。”唐军生没给白依依再解释的机会，就安排了培训事宜。白依依本能对抗的荷尔蒙暴增，心里顿时加了块防护盾：“我就不好好练，看你能把我咋的？！”

培训班并未因白依依的抗议而搁浅，而是如期进行。

看着一些老护士自我感觉技术良好，培训积极性不高，唐军生拿出一袋瓜子，顺手抓了一把问：“如果一把瓜子分给大家一人一颗，再混在一起，待会儿大家还能从这些瓜子里找到自己的那颗吗？”

“那怎么可能！”“不行！”“够呛。”大家的回答非常一致。

“那好，让我们试一试，发给你的这颗瓜子就是你的战友，给大家一分钟的时间认识它。”

出乎所有人的预料，每个人都很快从重新混合的瓜子中找回了自己的“战友”。

“看来大家要重新审视手中与众不同的瓜子了，世界上有很多不可能，但不要在你尽全力之前下结论。”唐军生说了句富有哲理的话，“任何一件事情，只要全力以赴，总是能够变得简单。”

见大家认真了起来，唐军生又进行了简明扼要的动员：“输液是我们护士的一项基本功，就像教师要会上课，警察要会开枪一样，输液就是我们的吃饭本领。尤其碰到抢救什么的，如果扎不上针，对于患者而言就非常危险，因为后续的用药就跟不上了。”

这些道理大家都懂，唐军生本想点到为止，白依依却接话道：“也有教师不会上课，警察不会开枪啊！”众人笑。

“别贫嘴，下面请白依依给我们做个示范。”唐军生继续用激将法，“你是护理专业毕业的本科生，听说培训前你就放出话来，我们这培训是小儿科，用不着练，那你就给我们露一手。”

“露一手就露一手，这有什么可怕的？不就是一个穿刺吗？我当年在学校比武还拿过名次呢！”白依依快速走上台，麻利地打开工具箱，“姑娘我先抛块砖，有玉的尽管砸过来，没玉的砸钱也行啊。”引得笑声一片。

可这病人呢？在学校时，同学之间相互扎针是很正常的事，白依依最怕这个了，碰到不会扎的新手，那叫一个疼啊。没办法，众目睽睽之下，只能牺牲自己了。她正准备往自己胳膊上扎一下，证明自己并非尿包，这时，一只手伸了过来：“扎我的吧，看你细皮嫩肉的，怪心疼人的。”唐军生撸起袖子把右手臂伸了过来。

白依依一看，这是一只什么手啊，粗糙、脱皮、伤疤，像老树皮。都说“每一个护士的手都超出了年龄”，可这也太超出年龄了吧。那是因为经常使用洗手液、消毒剂，护士长的手变得粗糙无比，那是护士长尽职尽责与爱心奉献留下的印记！这一双手，是最美的！白依依真的不忍心扎下去。见白依依还在犹豫，唐军生说：“来吧，我皮厚，不怕扎。”

白依依猛地一下子扎在唐军生手背上，一针见血。唐军生心里一惊，轻声鼓励说:“手法还不错,就是进针有点儿快。”

唐军生一边指导白依依扎针,一边传授不同群体的扎针技巧:老年人血管脆,不要进针太快,进针快容易扎破血管,渗药;有些小朋友手上血管不是很好,所以要扎脚,扎脚首选是脚踝,通常情况下那里的血管会好一些;要扎紧皮肤,血管不会一扎就跑了。

白依依“表演”完后,唐军生又说:“要想穿刺技术好,就得多练习,现在大家每个人都在我手上扎一针试试。”

“护士长,我们每个人都在你身上扎过,都不止一次扎过,这次让我们自己相互试吧。”黎尤尤的提议,得到了大家的赞同。白依依这才明白,科室里的每名护士都拿护士长多次练过手。

唐军生这次没有拒绝,也没有拒绝的理由,心里隐隐约约还有点小感动,就让大家 4 个人一组,相互练习,争取每个人都能一次性穿刺成功。

顿时,大家 4 个人组成了一个小组,相互之间有扎针的,有交流心得的,还有被扎得疼出声的。唐军生看着这些拼了的姐妹,也是心疼,但心疼归心疼,她还是鼓励大家多练习:“只有这个时候精益求精,工作上才能少失误,患者少受罪,我们才能少受点委屈。”

白依依和黎尤尤、肖飞飞等人一组,因刚扎了护士长,这次白依依主动伸出手臂,然后偏着头、闭着眼、咬着牙,显得又疼又怕。

黎尤尤拿起针小心翼翼地扎了下去,一针下去,没有回血,只能不断调整针头方向。没几下,急得她脑门儿都是汗:“依依姐,你血管细,不好找,别着急啊,一会儿你多扎我几下。”

“你咋这么笨啊?”白依依正想发火,唐军生走了过来,指导着黎尤尤应该怎么进针,怎么调整方向。当看到回血时,黎尤尤心怀满满的感激啊!有对护士长的,也有对白依依的。

这一节课下来,虽然手臂上满是针眼,可她们之间患难与共,也加深了姐妹情。

接下来几天，她们从理论到实践，从渐渐熟悉、熟能生巧到得心应手，每一个人都有新的体验，都有新的收获。

总结的时候，大家畅谈体会。

“我们平日里输液，如果一针没有见血，有些暴躁的患者轻则辱骂，重则暴打。以前技术不过硬的时候，想想这些都害怕。通过这些天的培训，我有了很大的提高，心里更有底了，平时再勤加练习，我相信我一定能做好一名护士。”黎尤尤不知道哪里来的勇气，第一个发了言。

肖飞飞接着说：“前天被患儿家长打，我还觉得自己很委屈，现在想想，除了粗心外，还有技术上的不足，真是不应该。”

大家你一言我一语，畅谈心中体会，有真情实感的，也有冠冕堂皇的，而对白依依来说，她只觉得手疼，也没有发言的准备。唐军生几次示意她发言，她都极力回避，护士长就没再勉强。

“刚才几名同志说得都很好，我也谈谈自己的体会吧。”唐军生说，“谈体会之前，我先给大家讲一个笑话。说以前有一位同事谈了个男朋友，在练急救包扎时，每天拿自己的男朋友来练手。她男朋友戏称，还好只是练包扎，要是练解剖，我可受不了。”

大家听后笑了起来，紧张的气氛顿时缓和了下来。

“除了扎针技术，还有很多操作，比如插胃管、口腔护理等等，这些我们都要加强学习。”唐军生回想当护士这么多年的经验，继续总结道，“钱锺书先生说过，‘越是聪明人，越要懂得下笨功夫’。意大利有一句谚语也说，‘走得慢但能坚持的人才会走得更长远’。有时候，笨功夫才是成功的唯一捷径。在我们娴熟技术的背后，往往下的都是笨功夫，都是付出了多少汗水和心血的。碰到操作没有成功而遭到患者家属埋怨，甚至质疑是故意让患者难受时，我们的心都在滴血。即使他们不埋怨，我们自己也是满满的愧疚与不安。”

唐军生的话算是说到了大家的心坎上，也引起了大家的共鸣：“就像没有一个老师不希望自己的学生成绩优秀，没有一个警察不希望天下太平一样，也没有一个护士会希望自己的患者受伤害。”

白依依觉得这些话像说给护士听的，更像是说给患者听的，只希望更多患者能给护士多一分理解与宽容。可惜今儿患者一个没来。

这一次，白依依并没嫌护士长啰唆，倒真觉得她有点像妈妈，像导师。一时间，白依依觉得自己从事的职业很高尚，自己很伟大。

可白依依越觉得使命光荣，她就越想知道一些背后的故事，她现在就特别想知道陶兵如何受的伤，背后发生了什么。

第四章
旅长来看英雄也没让进

唐军生日记：

2015年11月15日。陶班长，今天是你昏迷的第36天，院里通知新闻媒体要来采访你，把你立为英雄了。这是好事啊，对你也是一种肯定。可频繁探望采访，对你的健康影响也大，陶妈妈都病倒了，不得已我让白依依守住门，每天只能允许外人探望你一次，你没有意见吧？还别说，小丫头真尽心，连旅长都敢拦。

陶兵所在部队的领导说，要在全军范围内宣传陶兵的先进事迹，通知医院做好相关配合工作，医院就通知了科里。

“大家要注意维护医院形象，接受媒体采访时，要注意宣传纪律，实事求是，不要乱说。”唐军生组织大家开了个动员会，简单提了几点要求。白依依不以为然地说：“宣传就宣传呗，他人又不能动，又不能说话，还能咋的？”

陆续有媒体来采访，有时一天好几拨，又是拍照，又是录像的，整个病房像是剧场了。碰到这种事，白依依也懒得掺和，她奉行的原则是：“姐在这里很好,不吵不闹不炫耀,不要委屈不要嘲笑,也不需要别人知道,默默对得起自己就好。”唐军生不愿意出镜,黎尤尤不大上相,最欢的就是肖飞飞了。

这几天,肖飞飞总是提前到,下班后总是逗留很长时间才回去,好像专门等着新闻媒体采访似的。后来,采访次数多了,有媒体采访,不去病房,就直接找肖飞飞了。一时间,肖飞飞像大明星似的,活跃在各大媒体、荧屏上,走路都像兔子拉车,连蹦带跳的。

几天后,看着肖飞飞拿来刊发着陶兵先进事迹的报道,白依依真有点哭笑不得。除了中央级和一些官方媒体靠谱外,一些网络媒体和自媒体为了吸引眼球,以什么《陶兵威武》《陶兵非“逃兵”》《陶兵是一个勇敢的兵》为标题,更可笑的是一家自媒体刊发的文章标题是《陶兵真逃了吗?》,“标题党”真是层出不穷、五花八门。

“还威武呢,你动一个给我看看。真逃了吗?你倒是逃跑呀,我拦都不拦你。”给陶兵输完液,白依依扮着鬼脸,向他吐了个长舌头,“吓死你。”

从这些报道中,白依依也基本上弄清楚陶兵受伤的原因了。据中央一家权威媒体报道:陶兵所在的旅组织实弹演习,打了一发哑弹,作为工兵班长的陶兵和一名战士去排这枚未爆炸弹,由于那名战士过度紧张,操作失误,就在炸弹爆炸的瞬间,陶兵扑倒了那名战士,那名战士只是受了点轻伤,陶兵如今却躺在这里。

陶班长的事迹其实还蛮感人的。白依依看后多次抹泪,心中也多了份对英雄的敬仰。给陶兵输完液,白依依忍不住道:“看不出啊,还真是一个纯粹的人。”

只是经媒体这么一宣传,不仅部队领导都来看陶兵,不少社会群众也陆续赶来,买的慰问品把病房堆成了“批发部”,可陶兵一点也享用不了啊。陶兵父亲去世得早,一直是陶大妈照顾着他。一下子接待这么多领导、媒体记者、社会群众,陶大妈哪能承受得起?由于劳累过度,陶大妈刚送走一批群众，一跟头栽倒在病房里。

陶大妈虽然很快被抢救过来了，可麻烦也随之而来，不仅陶兵没人照顾了，还得有人照顾陶大妈。本就忙碌的唐军生这下子更忙了，再忙，她也抽出时间回家做饭，一日三餐给陶大妈带来。

为了防止意外发生，唐军生还安排白依依守在病房门口，规定每天只能上午 10 点钟来探访陶兵，时间不能超过 10 分钟。白依依像是得了军令一样，严守着病房，错过了时间，任谁来都不能探访。

这天，一个肩扛两杠四星的首长来探望陶兵，白依依一看时间："首长，10 点才能探望呢，这才 8 点多一点，您等会儿吧。"

"什么？这是我们旅长，看望自己的兵，你还拦着？"旁边的一名上尉参谋说。

"旅长怎么了？旅长就不守规矩了？这规矩还是我们护士长定的呢，要是都按照规矩操作，他能躺在这里吗？"白依依也许是这些天太压抑，太想发泄了，就不管对象，不计后果，老鼠扛刀满街找猫了，碰到旅长这个主，管他多大的官儿，就一股脑儿把想说的话大声说了出来，然后拍了拍自己的脖颈，"我的妈呀，说出来舒服多了。"

"你！你！你！"气得上尉参谋语无伦次。

旅长制止了上尉，说："小姑娘说得对，咱们都要守规矩，那我就在这等一会儿吧。"

"那上午接待上级工作组的事怎么办？"上尉笔直地站着听候旅长的指示。

"就让副旅长先安排吧。战士住院这么久，一直忙着演习的事，这才过来看一眼，不能不见人就走了啊。"见旅长有情有义，白依依很想放旅长进去看看，别耽误了大事，可刚才的慷慨激昂仍在耳边回响，有种"他日若有火烧云，烧天之人必是我"的豪情，就像门神似的守在那里，一直等到 10 点，才让来探望的几个人一同进去。

临走时，旅长对白依依说："小姑娘，你很有原则，也很有个性，当兵肯定是一个好兵。"

不知旅长是讽刺还是夸赞，管他呢，只要没有到院领导那里告状就行。见旅长走远了，白依依小声嘀咕着："我倒是想当兵来着，可不是没去成吗？害得我成了个'假兵'，不伦不类的。"

陶大妈在唐军生的精心照料下，病情逐渐好转，只是仍需要休息。不巧的是，唐军生要去参加上级组织的一个业务培训，这一去就是两个星期。思考再三，唐军生把照顾陶大妈和陶兵的任务交给了白依依，还把她家里的钥匙给了白依依一把，嘱咐白依依给陶大妈做些有营养的东西吃。

白依依下了班就去了唐军生家，打开房门一看，这是什么家呀？老旧的衣柜，破旧的沙发，地面还是水泥的，连电视机都是厚厚的那种，冰箱恐怕也有十来年了吧。白依依哪里知道，这些都是当年唐军生结婚时置办的，自从丈夫陆兵走后，唐军生再也没有添置过一件像样的家具。更奇怪的是，两室一厅的房子，竟然一台空调都没装，客厅和卧室里倒是有传统的吊扇。现在冬天有暖气不怕，夏天怎么办？白依依一拧开关，卧室风扇呼呼啦啦转了起来，冷风盘旋，她赶紧关了。

白依依逐个房间查看，其中一间卧室里，除了一个单人床、一个半旧不新的书柜占了半个屋子，什么医学、护理学、政治学、文学、军事学的书堆了满满的一柜子。白依依随手取了一本《孙子兵法》，翻开一看，像苦菜开花似的，被密密麻麻地画了不少，旁边还有注语。白依依用手拍打了一下书，自言自语道："这老女人，还研究起了兵法，嘻，白依依，下次和她耍心眼要当心点，人家可是练家子，姜还是老的辣啊。"打开厨房一看，厨具倒很齐全，各种煲汤的器具都有。

"收拾得倒还齐整，喊，这护士长也太抠门了吧。"白依依转念又一想：这只是医院给护士长的公寓房，护士长好歹也是技术八级的上校军官，在外面肯定有“豪宅”，要不然她老公孩子怎么都不在，还把钥匙交给了我？是这样，是这样，肯定是。

白依依拉开冰箱一看，排骨、鸡肉、牛肉以及各种调料都有，忍不住笑道：“护士长这么纯粹的一个人，原来也是一个吃货啊！”

白依依挑了只土鸡，想炖又不知如何炖，赶紧上网“百度”一下，再回想着妈妈炖鸡的样子，勉强把鸡炖了，盛一碗自己先尝尝：“嗯，味道还不错。”自嗨一声，“白依依，你太了不起了，我太爱你了，快点犒劳一下自己吧。”

吃了一碗，又吃一碗，好在炖得多，本来还想给值班的黎尤尤捎带一碗，看来这次就只够给陶大妈的了，白依依自我安慰道：“黎尤尤，你就下次吧，不是姐没想到你啊。”

白依依赶紧把剩下的鸡汤盛到保温桶里，给陶大妈送去。陶大妈一看白依依，知道当初是这丫头给自己儿子献的血，一个劲儿道谢、夸赞。白依依将保温桶里的鸡汤倒到碗里，端到陶大妈面前说：“大妈，趁热喝吧，别凉了。”

陶大妈细声问：“闺女，是你做的？”白依依点点头。

“好，我喝，你这闺女做的，我喝着香，喝着甜，喝着啥病就都没有了。”看见陶大妈像孩子一样，白依依似乎忘记了劳累与忧愁，一勺一勺喂起了老人家。

老人家喝完鸡汤，拉着白依依的手：“多好的闺女啊，真是什么样的人，带出什么样的人啊，唐护士长真是好人啊！”唐军生临走前，都和陶大妈说了。

陶大妈一会儿夸白依依，一会儿夸护士长，弄得白依依都不好意思了。看陶大妈头发乱了，白依依顺手拿起床头的梳子说：“大妈，我给你梳梳头吧？”陶大妈点点头。

正梳着，白依依妈妈打来电话：“依依，下班了怎么还没回家？我今天炖了鸡汤，等着你回来喝呢。”

“妈，我正给一位大妈梳头呢，她是一位英雄的母亲，等忙完回家了，我也给你梳头，给你辫辫子。”白依依又说，“我今天也炖了鸡汤，和这位大妈一块喝了，等回去我也炖给你喝。”

依依的妈妈在电话那端哽咽了，其实一直以来，依依在他们心中的形象，就是固执、任性加调皮，突然听到女儿这么暖心的话，她下意识地往椅子后背靠了靠，仿佛依依正在给自己梳头，也仿佛闻到了依依炖鸡的香味。依依妈妈的心啊，已经幸福地醉了。

第五章
门口来了告状的人

唐军生日记：

2015 年 12 月 12 日。陶班长，今天是你昏迷的第 63 天，院里来了一名告状的，说是白依依杀了她的孩子，我一听就不信，要真是那样，公安局的人早把依依抓走了，你说对吧？后来，事情弄清楚了，顶多算一个“乌龙”，只是可怜了那个未出生的婴儿。

漫漫人生，滚滚红尘，岁月静好，时光安然，白依依总想努力记住每一天青春灿烂的样子，然则似乎是时间走得太快，一切来得太突然。泪雨不关风与月，饮尽青春痛与伤……

眼看实习期已过，就要成为正式护士了，却是鼻子上安雷管，眼前发生的一件事差点摧毁了白依依的意志。

白依依抢在下午下班前去机关领材料，低着头只顾急匆匆地走着，突然看见眼前一个身影，连忙止住脚步，但还是轻轻地撞了上去。眼前飘落一张纸，白依依捡起一看，是一张孕检化验单，一名孕妇指着一名中年男子说：“你要对他负责。”

“我对他负什么责？他又不会生孩子。”白依依觉得孕妇有点莫名其妙，轻轻撞了一下没什么大不了的，对那个男的负责毫无道理可言，连忙把化验单递给孕妇，随口说了句“孩子又不是他的”，就匆匆走了。孰料，正是这句无心的话，竟惹了大祸。

十天后，一大早，医院门口突然聚集了一大堆群众，点名道姓说医院护士白依依“杀了自己的孩子”。

这还了得，刚刚学习回来的唐军生来不及向院领导汇报学习的情况，连忙带着白依依去寻个究竟。

白依依一出现，一名30岁上下的妇女就拉着白依依喊道：“你还我孩子，你还我孩子。”

被群众和保安拉开后，待妇女稍微恢复些平静，唐军生指着白依依连忙问女子：“大妹子，你说她杀了你的孩子，这怎么可能？”

白依依也凑上来问：“我都不认识你，更不知道你孩子是谁，怎么杀了你的孩子？”

“你不认识我，我可认识你，我叫牛兰。”妇女急促地说，“就是你杀了我的孩子，我和我老公记得你的模样，没错，就是你。”

唐军生和白依依一头雾水，白依依没做亏心事，自然不怕什么，大声说道：“大姐，人到了一定年龄之后要对自己的长相负责，更要对自己的话负责，你就当着大家的面说说，我是怎么杀了你孩子的？”

牛兰倒也冷静了：“那我问你，十天前，我和我丈夫做完检查出来，是不是你撞了我一下？”

白依依仔细想了想，十天前倒是撞了一个孕妇，不过是很轻地撞了一下呀，当时走得急也没顾多说什么。

牛兰指着一个男的说：“当时你说没说‘他又不会生孩子’？”白依依点

点头。

牛兰又问:“你说没说‘孩子又不是他的’?”白依依又点点头。

牛兰突然号啕大哭:“你还说没杀我的孩子,我的孩子就是因为这夭折的。”

这也太奇怪了,白依依尽力回想当时的细节:“大姐,我虽然不知道你孩子是怎么没的,但绝对不是我杀的。”又指了指男的说,“这位大哥是不会生孩子呀,孩子当初在你肚子里,我撞了你,你让我对这位大哥负责,我当时觉得是你们想占我便宜,当然说孩子又不是他的了,干吗要对他负责呀?”

牛兰一听更加来劲了,揪着白依依衣服就要打:“就是你杀了我的孩子,就是因为你这句话,我男人怀疑我在外边偷人,回去之后对我又打又骂的,我的孩子就这样没有了。”

真是米饭煮成粥,大家越听越糊涂了,不过有一个事实是清楚的,绝不是白依依亲手杀了孩子,最多就是听岔了音,闹了个“乌龙”,根源还是在两口子那。可牛兰不依不饶的,非要医院赔偿50万元。

“这不是明摆着讹人吗?”人群中有人小声议论。

唐军生走到牛兰跟前说:“大妹子,我是护士长,有什么事咱们好商量,去医院里谈谈吧,在这影响不好。”

牛兰转身对唐军生说:“你们还怕什么影响不好?你们在这赔钱就行。既然你是她的领导,我都打听过了,姓白的护士也只是一名实习护士,到时你们说她是个临时工,把她开除了就了事了啊,没门。”

唐军生打断牛兰的话:“第一,白依依是实习护士不假,但我们不会无缘无故开除她;第二,该是我们承担的责任我们肯定承担。”

唐军生继续说:“我说大妹子,你孩子没了,我们也很痛心,可要是你们夫妻关系真好,会因为一两句话就怀疑你吗?”

牛兰明知不占理,可依然撒泼似的要医院赔偿50万,否则就要告状、上访,闹得医院不得安生。

唐军生本有一颗极为善良的心,医闹也见得多了,可面对眼前如此低级直白的讹诈,如此不讲理的人,也真像秀才遇到兵,有理说不清了。医院保安无奈报了警,这时警察过来了,遣散了人群,进了院里调出来当天的监控录像一看,一下子全明白了:

原来,当初牛兰并未注意到白依依撞了她,手中的化验单也是自己不小心掉的。白依依捡化验单的时候,牛兰指着自己的肚子,劝男的少喝点酒,要对肚子里的孩子负责的。待白依依走远了,听有人喊“依依,快点走吧,一会机关就下班了”,牛兰方知是白依依帮她捡的化验单。不料,白依依听岔了,随口接了那么一句,才闹了这么一出。

医院本来想表示对牛兰一家人的善意,唐军生主动说:“大妹子,以后等你再怀了孩子,来我们医院,我申请医院给你免费接生。”不料,唐军生的话竟惹怒了牛兰,牛兰说:“你们别猫哭耗子了,我这辈子都不可能生育了。以后我天天来这里闹,你们不让我好过,我也不让你们好过。”说完,和丈夫骂骂咧咧地走了。

白依依曾经以为,自己像飞蛾,生性擅长不怕死地扑火,现在才明白,自己更像是候鸟,无论如何都要沿着一种静谧的轨迹安宁地飞翔,否则就可能折了翅膀。这件事情虽然弄清楚了,可对白依依来说也是一个教训,医护人员说的每一句话都应该严谨,尤其是对病人不能信口开河。

似乎是因为太年轻,好的坏的情绪都太深刻,轻轻一碰就惊天动地。白依依想过会遇到医闹,也做好了多种心理准备,没想到,这么快就真的降临到了自己的头上。这事一出,白依依瞬间成了医院的名人和“焦点”,走到哪里都感觉有人在议论自己。

白依依如芒刺在背,当她面对许多熟悉的脸,突然之间,失去了交流的语言,感受到了真正的寂寞,沉重得如溺入蓝色的海洋,无法呼吸,无心上班。

白依依终于体会到，当你做对的时候，没人会记得；当你做错的时候，连呼吸都是错的。又或许，你笑，全世界都跟着你笑；你哭，全世界只有你一个人哭。

尽管医院没对她做出什么处理，她却感觉自己像高台上的猴子一样，时时刻刻都有无数双眼睛盯着自己，那眼睛毒得像利剑，仿佛随时能把自己杀死。她想逃避，想从高台上跳下来，找个地缝钻进去，可她没有勇气，也找不到地缝。

白依依不明白是眼睛迷失了方向，还是心中本就没有了光，她根本就睡不着觉，天真烂漫的她，变得惆怅多感，沉郁寡欢，甚至有种要发疯的感觉。

唐军生看到白依依这个样子，也是心疼。这天，白依依和黎尤尤值夜班，这是白依依第一次值夜班。此时黎尤尤已经转为正式护士了，工作劲头正足，平时和白依依关系最好，护士长特意安排她们两人一起值班。

已经夜里十点了，白依依没有丝毫困意，心烦意乱，她把护士帽扔到一边凳子上，面无表情地发呆。唐军生这时走了过来。

“护士长，你怎么来了？”白依依颇感意外。

“护士长这个点一直都没有走过，这都 20 多年了。”黎尤尤插话道，“护士长，你别怪我多嘴，我也是前几天刚知道的。”

“尤尤，你去巡查一下病房吧，我和依依聊聊。”唐军生并未责怪黎尤尤，她此刻的心思全在白依依身上。黎尤尤起身查房去了。

唐军生拿起凳子上的护士帽递给白依依：“你知道护士帽的来历吗？”白依依摇了摇头。

唐军生又问：“想听吗？”白依依点了点头。

唐军生缓缓讲了起来：“护士戴护士帽始于 19 世纪 60 年代，南丁格尔首创护士服装，她佩戴的帽子也成了护士的标志。1928 年，林斯馨女士首提统一全国护士服装的建议，得到同人的响应。我国护士帽统一命名为‘白色燕尾护士帽’。”

“护士帽更多的是护士职业的象征。”见白依依不吭声，像是在听，唐军生又介绍说，“护士帽最初的作用是收纳女性护士的头发，起到遮挡、固定头发及保持卫生，避免污染的作用，便于无菌操作。后来，护士帽成为被授予专业护士资格人员的标志，便于患者在医院辨认出护士。一些医疗机构，还用不同颜色、不同款式的护士帽，来标明护士的资历、岗位、职能等。”

唐军生说到这，取下自己的护士帽，参照着介绍说：“燕帽上蓝色的横条代表护士的职务和级别。加一条蓝色的横杠代表护士长，两条横杠为科护士长，三条横杠为护理部主任。加一条斜杠是护师，两条斜杠是主管护师，三条斜杠是副主任、主任护师。”

白依依看着护士长两条横杠、三条斜杠的护士帽，想想对应的职称级别，不免心生敬意。

“按规定，只有正式护士才能戴护士帽，才有资格为患者做护理。对于男护士来说，护士帽可以不戴。咱院领导管理比较人性化，实习护士也都佩戴了护士帽，咱就要珍惜呀。”唐军生拍拍白依依说，“不必过于在意别人的评价，用心做自己该做的事情就好。当所有人都在指责、阻止你的时候，你唯一的办法不是放弃而是坚持，把不可能变为可能，最野蛮的是轻蔑自己，最终变成了人们指责的那样。”

一个小小的护士帽，唐军生竟然说出这么多内涵，白依依看了看手中的护士帽，自觉地戴在了头上。只是，白依依这样真的就走出迷茫了吗？

第六章
身世之谜

唐军生日记：

2015 年 12 月 18 日。陶班长，今天是你昏迷的第 69 天，今天我和白依依说出了自己的身世，说出了我和陆兵之间的秘密。我实在憋不住了，每天面对你，我都会想起他，会不受控制地把你当成他。你快醒来，也告诉我你的身世好吗？

白依依值夜班这天，病房新收入一名患者，白依依抄了医嘱就给患者配药、扎针。不一会儿，医生查完房过来问白依依："新来的患者我看输液瓶签上没标胰岛素啊？到底加没加？"白依依说："有胰岛素吗？我没注意啊？"她打开电脑核对医嘱，果然医生在备注里标了每瓶加两个单位胰岛素。备注项是在电脑屏幕的最右侧，而医嘱则在电脑屏幕的最左侧，如果不仔细看，就会漏掉。

白依依马上把余下几瓶的点滴添加上胰岛素，并把正在静点的药瓶里加上胰岛素，好在药物刚挂上不久，病人和家属没有过多计较。但这引起了唐军生的警惕，在这个世界上，凡是发生的事都不是绝对偶然的，她感觉白依依再这样下去，肯定会出问题的。

大约晚上十点半，看病号不是很多，大家基本上也都忙得差不多了，唐军生跟其他的值班护士交代了几句，然后喊住白依依说："依依，我们出去走走吧。"白依依跟着护士长下了楼，天凉了，凉尽了天荒地老、人间的沧桑。二人到了院里白求恩雕像前停了下来，白依依以为唐军生会训她，或者给她讲白求恩精神。"训就训呗，谁让自己粗心犯错了呢，只是还用得着到这里吗？再说了，白求恩精神还用讲吗？"小学课文上毛主席写的《纪念白求恩》，白依依能一字不差地背下来。

"我今天不批评你，该说的我也都说了，也不是给你讲什么白求恩精神，我知道讲也没有用，那是要用实际行动践行的。"唐军生似乎一眼看穿了白依依，两人在台阶边坐下，"我就给你讲讲我的故事吧。这么多年，我藏在心里很久了，也想找一个人倾诉。"唐军生心里不顺的时候，就喜欢到这雕像下，找一个台阶静静地坐着，有时望着过往的人群，有时双手抚膝，再闭眼，让心灵受到白求恩精神的洗涤，烦恼就会消失很多。这次她带白依依来，想开导白依依，也是宣泄一下自己的情绪。

"什么，护士长竟找我倾诉来了？"这让白依依倍感诧异，也充满了好奇。唐军生不善言语，她潜意识里认为，有些话说出来，行动就会打折扣，真正做事干脆利索的人，总是用行动代替语言，内心下定决心，最多说一遍，说干就干了，一而再地说要干什么，往往是不行动的代名词。虽然接触时间不长，白依依断定护士长是一个有故事的人。

唐军生微笑着问："知道我为什么叫军生吗？"

白依依摇摇头，又点了点头："大概是和部队有关吧。"

"你很聪明，我是唐山人，1976 年的那场大地震时，母亲正怀着我，眼看快要生了，却被压在了一片废墟里，解放军把母亲救出来后，母亲拼尽全力生下我，也就随父亲一同去了。”那些记忆，像丢失的烟雾，被浸泡着，发白腐烂，最后它们伤痕累累地落在某个角落里，渐渐消逝，朦胧一片，唐军生每每想起这，都会心痛。

唐军生看了看白依依，继续说道：“后来，解放军把我带回了部队，也就是这所医院，给我取名军生，还养育了我，送我上军校，毕业后，我就一直留在了医院。”

听着护士长讲述自己坎坷甚至悲惨的身世，白依依忽然觉得自己有爸妈宠着，像公主一样被养着供着，实在是太幸福了。

“说出来就好了，人生遇点挫折不算什么，勇敢面对也就过去了。”唐军生平静地笑了笑，“很多名人都是从困苦磨难中过来的，像贝多芬、海伦、霍金，还有我国的张海迪，他们受到了命运的折磨、打击，但没有退缩，都成就了一番事业。”

唐军生背台词一样一口气说了众多名人的励志故事，并非想和他们相提并论，主要是想借机开导白依依。白依依自然听得出这些话外音，勉强笑了笑：“护士长，就别和那些名家比了，就是比起你来，我这算什么呀？”此刻除了坚强面对，白依依还能说什么呢？别忘了，她还和护士长在五公里上较着劲呢，英雄的母亲陶大妈一直把她俩一起夸赞的。

“对了，护士长，刚才听黎尤尤说，你20年来都很晚回家，这是真的吗？”白依依大着胆子问，“难道家人不怪你吗？”

“我倒是想让家人怪我，可也得有人怪我呀。”唐军生仿佛陷入了无尽的回忆中，“刚当上护士长那年，医院住了一个叫陆兵的连长，在我们科室住院一个多月，我们有了感情，就一直联系着。”说到这，她突然笑了起来，“你说这人能让面条扎伤。”

“让面条扎伤？”白依依颇有点奇怪，忙问，“咋回事？”

“就是我家那口子呗。”唐军生望了望夜空，深灰色的一片，连半点星光也找寻不见。断念可堪怜，旧梦恨长天，记忆像烧断的胶片，蒙尘、布满划痕。在短暂凝思后逐渐拼贴出忘却已久的画卷，唐军生无限感触地说起了自己的连长老公陆兵的故事：

他们连一次外出驻训，天气很热，太阳火辣辣的，炊事班一口行军锅好久都没用了，正好转场要用，可是之前炊事员没有刷干净，我们这位连长去炊事班查看，发现约2厘米长的面条，干结在锅壁上，连长心想不就是面条吗，便用力刷，面条却纹丝不动。“小样，搞不定你了？”用力刷，用劲戳，面条却像是长在了锅壁上。“这小小面条奈我何？”连长用左手拇指指甲猛地用力一抠！啊！只听连长惨叫一声，面条戳入了他的拇指指甲下正中央。

战士们闻声赶来，见状立马想用指甲拔出那骨节面条，可哪想到露在外面的一点面条还给战士掐断了，把连长疼得龇牙咧嘴。当时驻训条件艰苦，连队卫生员就是一个摆设，只会配些感冒药之类的，连止血包扎都不行，一下子给吓住了，涂点消炎药，建议连长去医院拔指甲。

连长一听拔指甲，立马摆摆右手说：“不去了，不去了，训练任务那么重，哪里走得开哟？”他拒绝去医院，又吩咐卫生员，“给我拿个刀片和一些纱布来，我就不信一个面条还能让它成精了。”

连长哪里懂得消毒？他让战士们帮着摁住左手腕，连长右手拿刀片，像雕刻似的开始自我摧残起来。沿着面条宽度，连长用刀片一点一点地凿起了指甲。十指连心，谁也无法知道他是如何忍耐住这等钻心的疼痛的。出血了就用纱布擦，他还真像在医院里做手术，有模有样。

唐军生一脸的自豪：“可没多久，伤口感染了，这才来医院看的。我帮着连长清洗的伤口，当时我说，再晚来几天，他的手指恐怕就保不住了。他还嘿嘿冲我笑笑，没那么严重吧？后来又检查出痔疮，要动手术，才不得不住院的。”

“他这个人啊，话少，就是要强，要做痔疮手术了非不让打麻药，说是打麻药影响智力，我们和他开玩笑说：‘你还想二次发育啊？’做手术时，我看着都瘆得慌，人家愣是一声不吭，颇有点关公刮骨疗毒的风范，我心想这是一个什么人啊，就对他特别关照了一些。”唐军生只顾自己说着，脸上竟然泛起了红晕。

“后来怎么样了？”白依依吃着梅子问酸甜——明知故问。

“后来，我们谈了两年多恋爱，他向我求婚了，他对我说，‘不论天涯海角，不管春夏秋冬，我一定会把你带在我的身边。不论走到哪，你都将是我一辈子最重的行囊’。我听了差点笑出声来，我想着平时这么一个闷葫芦，是从哪里找的词。我们都是军人，四海为家，他也不可能天天把我带在身边啊！”妙笔难书一纸愁肠，苍白的誓言，终究抵不过岁月的遗忘，唐军生双手捂住脸，呜咽着说，“我想也没想就答应了，我对他说，这个世界上，军人对我最好，我能嫁个军人就心满意足了。”

“那年他28岁，我27岁，可刚结婚10天，我去抗击非典了，他也就去演习了，被炮弹炸伤后再也没能醒来。”回忆是座桥，也是勾起伤心的牢，唐军生再也止不住眼泪了，靠着白依依的肩膀哭了起来，差点说出了陆兵长得就像陶兵。

白依依拍拍她安慰说：“护士长，你的命太苦了。”

轻触时光，一些念，若尘；一些梦，幽幽。指尖的温度，滑过静好的岁月，任一剪相思，妖娆了唐军生心灵深处的晓月眉弯。有缘相聚，无缘相守，俨然成了唐军生生命里的一大遗憾。待护士长心情平复少许，白依依问道：“可这么多年，你就没打算再找一个？”

“我是烈士的家属，虽说不能那么封建，可结婚当天我们相约一生一世一起走，陆兵先走了，也把我所有的感情带走了。”唐军生这些年就像仙人掌，明明活得很好，却再没办法接受谁的拥抱了，“前些年，也有几个好心人帮着介绍了一些人，我都给回了。现在年龄大了，医院就是我的家，你们和患者就是我的家人，也就没有那个心思了。”

每个人心中都有道伤，那是天曾经塌下的地方。唐军生的话其实更透出无奈，白依依想起了一句话：“每一个不敢再爱的人，一定很深地爱过。”唐军生看起来好像百毒不侵，其实早已百毒侵身，深深地中了陆兵的毒。一瞬的永恒，只是浮华里的一个瑰梦，如烟花，转眼间心碎离开，转身独自彷徨在滴雨的街头。唐军生本能地拒绝着任何人，把全部的感情都倾注在了工作上。白依依此刻多么希望护士长能遇见一个合适的人，什么都刚好，脾气刚好互补，身高比例刚刚好，会吵架会斗嘴却永远不会分手，没有谁单方面对谁好，只会把彼此放在心里。可白依依没敢说出来，她怕刺激到护士长，便快速转移了话题。

“那你一直就住这房子啊?”说着，白依依取出钥匙，“护士长，这房子钥匙一直忘了还给你，感觉这房子你也不会住。”

唐军生有点吃惊地问：“傻丫头，我不住那里，我住哪呀?”又把钥匙推了回去说，“钥匙我还有，这一把就放你那吧，你可以随时去我家，我不在的时候也方便给病人做饭。”

白依依觉得护士长瞬间高大了起来，也明白了她为什么总是很晚回家，一天到晚就泡在医院里，总爱替人值班了，医院就是她的家，患者就是她的亲人啊。

白依依是那种被人暖一下就高热，被人冷一下就成冰的主。护士长和她说了那么多掏心窝子的话，将心比心，白依依还有什么过不去的坎呢？她心底暗暗起誓：做个像石灰一样的人，别人越泼你冷水，你的人生越沸腾。

殊不知，冷水不久便扑面而来，浇得白依依措手不及。

第七章
是谁装鬼吓人？

唐军生日记：

2016年1月20日。陶班长，今天是你昏迷的第102天，牛兰装鬼吓白依依，这丫头平时看着挺胆大的，没想到胆子这么小，吓得直往我这跑，说明她把我当成最信赖的人了。还有，牛兰也够可怜的，一个女人无依无靠的，我要帮她。

白依依如愿转为了正式护士，心里美啊，乐啊。值完夜班，凌晨回家的路上，她还不忘戴上耳机，随着音乐的旋律一起摇摆。

农历小年已过，霓虹灯下的石市处处弥漫着春节的味道，以往这个点只有夏天才开的夜市，这时仍旧人头攒动。拂不去的寒冷，夹着细刀般的风，送来了烧烤的飘香，白依依耸耸肩，脖子下意识地往衣领里缩了缩，加快了行走的步伐。

突然，迎面跑过来一个全身穿着白衣，披头散发，张牙舞爪的"女鬼"，跑过来大喊："还我孩子，还我孩子。"吓得白依依拔掉耳机拔腿就跑，连忙折回了医院，径直跑去了护士长家。

唐军生也是刚从科室回来，看到惊魂未定的白依依，忙问：“出了什么事？”白依依尽量稳定情绪，将刚才的事描述了一番。

好多事就像雨天打着的伞，你冲进房间就狼狈仓促地把它收起来扔在了一角，那褶皱里仍夹着这夜的雨水。过了很久再撑开，一股发潮的气息扑鼻而来，即使是个晴天，也会令你想起那场遥远的雨。唐军生仔细回味着，想起当初告状妇女“不让你好过”的那话：“不错，就是她，应该是牛兰。”

白依依这才安定了下来，连夜和唐军生商议好了对策，只待“女鬼”现身，非抓她个现行不可。

第二天值完夜班，白依依在前面走，唐军生远远地跟着。流淌的夜色，一如既往地深沉、阴冷，白依依无意渲染这份恐怖，却又不自主地手拿鸡蛋走滑路——提心吊胆地警惕着、等待着，像初恋的少女等情人，既怕他不来，又怕他乱来。

当“女鬼”再次出现时，唐军生也快速赶到了跟前：“大妹子，把面具摘了吧，这么折腾一个小姑娘不道德吧？”

“女鬼”一听露馅了，摘掉面具，拿掉假牙，理了理头发，果然是牛兰。牛兰抹了一把泪说：“孩子没有了，丈夫也不要我了，工作也没有，你说我还有什么指望啊？”

唐军生觉得牛兰可怜，就拉着她去医院：“走，大妹子，有什么话咱到院里说，这天挺冷的。”牛兰点点头，和唐军生并排走着。

刚到医院门口，牛兰突然挣脱唐军生的手，疯狂向对面路口跑去，哪知一辆小车正好疾驶而来，牛兰倒在了血泊中。更糟的是，小车根本没停车，飞奔而去。

唐军生立即拨打了医院的急救中心电话和报警电话，并冲到牛兰身边，和白依依做些护理工作，细心的唐军生赶紧让白依依拍照，以备后面案件处理用。

和平医院的急救车都是随时待命的，不到2分钟就赶了过来，赶紧把牛兰送到了抢救室。

不一会儿，黎尤尤跑出来报告说："护士长，病人失血过多，需要大量输血。春节期间病号多，血液用量大，医院血库所剩血液不多，可能需要组织人献血。"一听要献血，白依依一拍脑袋："护士长，我晕，我晕了。"

唐军生接过化验单一看，笑着说："放心，她是O型血，与你的熊猫血配不上。"

部队医院效率就是高，唐军生把要献血的事在医院护理群里一发，十多名当晚值班的O型血护士就不约而同地来到了急救中心，而唐军生第一个献了血。

抢救牛兰前后持续了8个多小时，按医生的推断应该醒了，可牛兰始终处于昏迷状态。

唐军生做护理工作20多年，什么样的病人没有见过？牛兰这点小把戏自然逃不过她的眼睛，牛兰这是有心结，不是有句话吗，"你永远都无法叫醒一个装睡的人，除非那个装睡的人自己决定醒来"，睡睡也好，等心结解开了，也就醒了。

这几天，唐军生细心地照顾着牛兰，给陶大妈熬的汤，也都端来一些，耐心地喂她。牛兰这时好时坏的，有时，唐军生分明看见牛兰眼有泪痕，却始终不见人醒。

晚饭后，唐军生把一个保温桶递给白依依说："这是今天我特意为牛兰炖的黑鱼汤，对病人的伤口恢复有好处，一会儿医院还要开个会，你去喂一下牛兰，小心有刺，别卡着她啊。"

白依依不情愿地来到牛兰这。她先在门口停了一下，隔着玻璃城隍老爷剃脑壳似的——鬼头鬼脑地往病房里探了探，牛兰似乎翻身动了一下，却又很快睡去。

白依依推门进去，麻利地将鱼汤倒在碗里，将病床摇了起来，端起汤到牛兰面前说：“护士长今天开会去了，我来喂你，吃饱了，有劲了好来扮鬼吓我啊。”说着，她将一勺汤喂到牛兰嘴中。

牛兰不知是想笑还是想哭，嘴角抽动了一下，汤洒了出来，像是一块红炭扔到热油锅里。白依依顿时火冒三丈高：“护士长这么忙，还专门给你做了鱼汤，你还好意思在这里装睡？别不知好歹，赶紧起来吃。”

“依依，别这么说。”不知何时，唐军生站在了白依依的身后。

“护士长，你怎么来了？”

“会开完了，我就来了，我就是不放心你才来看看的。”唐军生接过汤碗，舀了一勺，在嘴边轻轻地吹了吹，小心地喂入牛兰口中。

牛兰咂巴咂巴嘴，真的睁开了眼：“护士长，白护士说得对，我就是不识好歹，我该死。”

唐军生先是问候了几句，又说：“大妹子，先别说话，咱先把汤喝完。”

牛兰摆摆手说：“护士长，我心里好难过，我对不起你们。”

唐军生微笑着说：“难过的时候就吃东西，因为胃啊和心的距离很近，当你吃饱了的时候，暖暖的胃会温暖到心脏，这样心里就不会觉得那么冷清，那么空落落了。”

白依依还是第一次听吃有这么个理由，说得人心里暖暖的，又冠冕堂皇，寻思着下次心里不痛快时就多吃点。牛兰或许真的有点饿了，也没再拒绝。唐军生细心喂完牛兰，又拉着牛兰的手说：“大妹子，有什么事咱可以商量解决啊，怎么这么想不开啊？”

牛兰轻声说：“护士长，我也不是想寻短见，我看见那个人影像我男人，就冲了过去。我想问问他当初为什么不想要孩子，为什么不要我了，是不是早有预谋的。”

白依依因这事蒙受了多少不白之冤，现在特想弄明白咋回事，插话道：

“什么？你不是说孩子是我杀的吗？怎么又是你男人不想要的了。”

唐军生瞥了白依依一眼：“依依，别打岔，听听大妹子怎么说。”唐军生虽然也很想马上知道结果，但是既然牛兰开口了，唐军生相信她就一定会给出答案。

“我和我男人在外面租房子住，他整天在外面花天酒地，家里又没有什么钱，喝醉了稍不顺心就拿我出气。后来我怀孕了，他感觉养不起，不想要这个孩子。那天检查完，我让他对孩子负责，就是想让他收收心，没想到白护士那一句无心的话，他就说我不检点，对我又打又骂的。”牛兰鼻涕一把眼泪一把地说着，“我知道他嫌我没有工作，不会挣钱，他在外面有了狐狸精，想把我甩了，才不想要那个孩子的。”

站在一旁的白依依脱口而问：“那你怎么到医院告我状啊？”

“我男人说了，只要你们赔偿我们50万元，他就和我好好过日子。我对不起你们啊，护士长，白护士，我对不起你们啊。”牛兰沉默了一会儿，吸进去的勇气，吐出来的依旧是叹息，“唉，我知道那又是骗我的，真有了50万，说不定，他早和狐狸精跑了。”

“人生没有绝路，有的只是该转弯了。”唐军生安慰道，“大妹子，你想开点就好了，没有过不去的坎，咱们一起想办法，总会好起来的。”

“我和你们非亲非故的，告你们状，你们还救我，给我垫医疗费，给我献血，还照顾我，你们真是大好人啊！”牛兰的思绪还是比较清晰的，看样子真的是早就醒了，护士们在病房里议论的事，她都一清二楚。

“亏你还记得，只要不扮鬼吓唬我就行了。”白依依想想牛兰的所作所为就来气，看着眼前牛兰也够可怜的，也就没多说什么了。

唐军生依旧和蔼地说：“大妹子，我们是部队医院，全心全意为人民服务是我们的宗旨，救你是理所当然的啊。”随后又安慰道，“你先安心养病，这不马上就是春节了吗？科室里还有些事，我们回去安排一下，明天再来看你。”说完，他和白依依一起走了。

第八章
除夕夜响起警报

唐军生日记：

2016年1月27日。陶班长，今天是大年三十，你昏迷的第109天。我和依依包了饺子送给病人，大家吃得可开心了，都不够吃呢，还好依依的爸妈送来了一些。我也有幸吃了一些，真好吃。我们要战备拉练，在部队你也要战备吧，我们都是军人，肩上的使命什么时候都不能忘啊！

大年三十，全院上下都笼罩在节日的气氛中，有人还编成了顺口溜：年三十儿，真是好；贴春联儿，多热闹；剪窗花儿，乐陶陶；唱支歌儿，心不老；开心事儿，来到了；一家人儿，齐欢笑。

对于唐军生来说，在医院过年，已经是第20个年头了；对白依依来说，还是第一次。往年再忙，白依依都是陪爸妈在家过春节，今天，她已经和爸妈说好，除夕在医院陪大家一起过。

过年的喜庆气氛深深浸染了石市的大街小巷，满街的大红灯笼，在寒风中传递着新春的气息。有朋友打来电话，问白依依春节放几天假，想约她一起出去玩，白依依用护士群里热传的一个段子回复："你是在逗我吗？地球不爆炸，我们不放假！风里、雨里、雾里、霾里……我们在医院等你！我们从来没有四季，只有两季。你生病就是旺季，你健康就是淡季！"

朋友本意想劝白依依别太累了，该休息就休息，该放松就放松，却词不达意："别把自己看得太重了，你以为地球离了你就不转了？"

白依依听着有点刺耳，回复却颇有点大义凛然的味道："就算地球不转了，我们还是要围着党中央继续转。"稍微停顿了一下，她又补充道，"人生太短，要干的事太多，我要争分夺秒，跑步进入共产主义。"

朋友也笑了笑："服你了！完全变个人了！"

白依依潜意识里不得不承认，自己这几个月来确实改变了不少，却又说不上来究竟哪里改变了。因为正在上班，她没有和朋友过多闲扯就挂了电话。

中午下班后，白依依就随唐军生回家做饭，她们要为全科值班的医护人员和患者准备年夜饭。年夜饭也没有什么特别的，就是饺子、炖汤、汤圆之类的。

白依依拉着唐军生就要往外走，唐军生忙问原因，白依依回答说："赶紧去超市买饺子啊。"

"去超市买什么饺子啊？那都是速冻的，不好吃，还没营养。"唐军生走进厨房拿出面袋子说，"自己动手，丰衣足食。你先休息一会儿，我和好面，再一起包，饺子馅是我昨晚剁好的。"

"咱科室现在病号十几个人，再加上值班的医护人员，咱这要忙到什么时候啊？"白依依仿佛预感到，这是一场艰辛的攻坚战。护士长倒是很镇定："今年病号是有点多，往年都是我自己一个人包，今年不是有你这个帮手了吗？人多力量大嘛！"

“惨喽,惨喽,早知道这样,就不让黎尤尤回家过年了。”白依依知道在劫难逃,就主动去厨房帮忙了。

果然是一场艰辛的包饺子大战,两人一直包了6个多小时,排骨汤也炖好了,白依依累得腰酸背痛。唐军生将煮好的饺子盛一碗递给白依依说:“你先吃点吧,我赶紧把饺子和排骨汤给陶大妈他们送过去,他们年龄大了,可别饿着了,小年轻的就等下一锅吧。”

“护士长,你不吃点再去?”白依依问。

“我来不及了,一会儿路过医院食堂,在那儿随便吃点就行。”唐军生进屋取出作训服和水壶挎包,往客厅沙发上一放,“一会儿我换换衣服就要走。”白依依就纳闷了:“这大过年的,护士长,你换作训服干吗啊?”

“我是咱医院应急医疗队的队员,今天要战备值班啊,说不定还要战备演练呢!”唐军生神秘地对白依依说,“你刚来不久,还没参加过野战医疗队,以后会懂的,节日战备必不可少。”

白依依以前听爸爸说过军人节日战备的事,“军人过节就像过关”,也听说过“珍珠港”和“中东战争”等节假日发生战争的故事。可这是医院啊,白依依觉得现在是和平时期,又是后勤医院,没必要战备吧?最起码没有必要这么着急啊!她依然劝唐军生:“护士长,你还是先吃点再去吧。”

“不了,我都是在医院食堂吃的,这么多年习惯了!”唐军生说完就出门了。

“都是在食堂吃的?过年也不例外?”那冰箱里那些吃的,还有灶台上那些灶具?白依依极力想表达什么,却什么也表达不出,眼前仿佛浮现护士长拎着保温桶,给患者一个个送饭送汤的场景。这都过年了,自己包的饺子也舍不得吃上一个。

这场景很快出现在每个病房里,白依依这边不停地煮着,那边唐军生送过去一锅,安排了一名护士给患者送吃的,就忙乎战备的事去了。有不喜欢吃饺子的，她们就送些汤圆，还不忘给几个虚弱的病号送上排骨汤。唐军生忙完那边战备的事，就处于待命状态了，也加入了送饺子的行列，几个行动不方便的，唐军生都是喂完了再走。

大家都夸今年的饺子好吃，吃得也多了，白依依前前后后煮了五锅，都被吃得干干净净。还有一名病号嚷着："护士姐姐，再来点，再来点。"白依依向着喊话的方向做了个挥手状："没有了，没有了。"

"还有，还有。"白依依身后传来了熟悉的声音。

"爸，妈，你们怎么来了？"白依依扭头一看，老两口一人拎了个保温桶，笑眯眯地站在眼前。

"你不回家过年，我们就过来陪你喽。"接过爸妈送来的饺子，和大家一起分享，白依依竟喜极而泣。唐军生吃着白大妈送来的饺子，觉得非常开心、幸福。

吃完饭，唐军生和白依依安顿好重病号，又陪着大家看晚会、嗑瓜子、聊天，每个人脸上都洋溢着节日的喜庆，暂时忘记了烦恼，忘记了病痛。

"嘟嘟嘟……"突然一阵响亮的警报刺破长空，大家在部队医院对警报声、救护车声习以为常了，一个个都没当回事。唐军生却闻令而动，她对大家说："这是医院的演练信号，大家安心休息娱乐就是了，我去演练了。"说着，唐军生快速奔向自己的救护车。不一会儿，多条"迷彩长龙"从门诊楼、住院部拥出，迅速集结，开赴演练区域。

这次演练只是医院组织的一次例行演练，演练区域就在院内的操场上。到达操场后，野战医疗队按照事先划定的区域，如同"变形金刚"般展开"三头六臂"。一座集内外科、病房、手术室于一体，集 X 射线、B 超等医疗设备于一身的现代化野战医院呈现眼前。

白依依来医院这么久，第一次嗅到了"打仗"的味道，也跟着出来凑热闹，一看这架势，两眼直冒光："嗨，还真有点部队的样子啊。"可惜自己没能参加,心里直痒痒。

这次演练还是可圈可点的,至少人员不落一人,大家反应比较迅速。但也暴露了不少问题,医院副院长兼急诊科主任许红军就尖锐地指出了问题所在:有的药品未带,有的药品快过了使用期限,有的药品量带少了,有的人员没注意隐蔽……

“演练没有真正实起来,这是在拿未来战争中官兵的性命开玩笑。”演练现场,许副院长拉下了脸,似乎有点上纲上线,“回去一个小时准备时间,重新来一遍!”

白依依一听这,觉得比加班穿刺训练更法西斯,心想着肯定会有很多人撂挑子。可她哪里晓得,军人服从命令是无条件的,在大家还没有完全想通甚至根本无须想通的时候,就立即投入紧张的撤收准备工作中。

“是120吗？这里发生车祸了,大巴车侧翻了,很多人在里面,你们赶快派救护车来救人啊!”

“请问在哪里？有多少人受伤?”

“八一路与北环路交接处发生了连环追尾事故,一辆大货车与两辆大巴车相撞,现场伤亡人员很多,请赶快派车来救援!”

“好的,我们立即派救护车赶往现场,请你保持电话畅通……”

一个小时后,真的又重新演练了一遍,不过变换了演练内容,让按部就班准备的队员们叫苦不迭。

医院很快出动三台急救车前往事发地,不知何故,这次出动院里并未安排唐军生那一组参加,许红军副院长对唐军生说了句意味深长的话:“演练场是你的战位,病房也是你的战位,此刻病房更需要你,快去吧。”

有了院领导的“特殊”关照,唐军生又回到病房陪大家一起过年。白依依和很多病号正兴致勃勃地看着春晚,时不时神侃逗乐一番,有了唐军生的加入,病房里更加温馨,欢声笑语不绝于耳。

当零点的钟声敲响，大家轻声欢呼起来，唐军生和白依依此刻就像两枝白玉兰，皎皎迎春色，开在病房里，香在人心窝。一个临时组建的“大家庭”幸福指数瞬间爆棚。

第九章
减肥和吃肉无关?

唐军生日记:

2016年2月9日。陶班长,今天是你昏迷的第122天。牛兰病愈出院后,看她可怜,我就向医院申请留她在医院做清洁工了。说来也怪,牛兰像变了一个人似的,每天工作勤勤恳恳的,还知道感恩。她送来的排骨汤引来的话题,竟然改变了肖飞飞多年不吃肉的习惯,你说怪不怪?

春,包裹着柔柔的花瓣,待走近,白依依玉手轻扬,在空中划了一道浅浅的弧线。微风吹,清香来,醉了身,酥了心,停滞了时间。白依依值完夜班后和肖飞飞交接好班,在返回的路上,她路过医院里一片树林,尽情地感受着这春天的气息,将夜班的疲惫抛洒。

白依依干脆停下脚步,放飞思绪,眼微合,细细听,自言自语道:“听到了吗?河里薄冰碎裂的咔嚓声,穴里青蛙慵懒的哈欠声;听到了吗?枯枝里新绿激昂的行军声。”

牛兰鬼魅般地来到眼前:“白护士,刚下班啊,吃点吧?”白依依吓了一大跳，连忙摆手：“我可不敢，吃了你的饭，我怕我就见不到明天的太阳了。”

牛兰十分虔诚地说：“白护士，瞧你说的，我哪能害你呢？”

“你害我还少啊？即便不在饭里下毒，我吃了说不定能让你告到党中央国务院去，到时我浑身是嘴也说不清了。”白依依的好心情被破坏得一点也没有了，匆匆走开了。

牛兰病愈出院也没有什么工作，正好科室里缺一名保洁员，唐军生就报请医院人力资源部门，招聘牛兰为保洁员了。后来，肇事司机找到后，还给牛兰一笔不小的赔偿。这还没到正月十五，年还没算过完，看到护士们值班辛苦，为感谢医院的关照，牛兰也学着唐军生熬些汤带到护士站，没想到路上碰到白依依了，想借机表达一下谢意。无奈，白依依气未消，她只好拎给值班护士吃。

肖飞飞刚接班不久，正忙着呢，牛兰拎着炖好的排骨汤到护士站：“肖护士，这是我炖的排骨汤，你吃点吧。”

“你不知道，我不吃肉。”肖飞飞头也没抬，“下次别朝这拿了啊，我正减肥呢，别诱惑我，破坏了我完美的身材。”

“你不吃，我吃。”刚查房回来的黎尤尤接过保温桶说，“牛大姐，谢谢你啊，我正好没吃饭呢。”

黎尤尤边吃边说：“关于吃油吃肉的问题，绝不能一概而论，如果你是体力劳动者或活动很多，尽管吃肉多吃油炒菜就是了。如果你很少活动，又是脑力劳动者，少吃点肥肉少吃点油炒菜可能是对的，但还是要吃些猪瘦肉、牛肉、兔肉、鱼之类。”

“营养专家说，中老年人应该吃肉，只是吃法要注意。”黎尤尤吃了一口肉，咂咂嘴又说，“长期不吃肉还会带来结石、免疫力降低、缺铁性贫血、内分泌失调……”

“哎，小妮子，你从哪看的这些？”肖飞飞看着黎尤尤那不雅的吃相，只当是黎尤尤想表现了，打断她的话，“别瞎说啊，即便是专家说得对，也是针对中老年人的，像我这妙龄少女，才不会内分泌失调呢。”

“我可没瞎说，我从书上看的。”黎尤尤刚吃进嘴里的饭，差点喷了出来，连忙放下饭抹抹嘴，一本正经地说，“吃荤吃素问题，你适应哪种就哪种，不要刻意安排多吃或少吃。我听一个朋友讲，他有一个亲戚，在内蒙古大草原牧区，他们那基本不吃一粒粮食，每人每年600斤肉不够吃，我们这一个人一年连20斤肉都吃不到，他们跟我们活的岁数差别也不大。”

“你别在那闭着眼睛卖布——瞎扯了，你不知道尽信书不如无书啊？我看你看书看傻了，还和海灯法师比呢，你咋不和法海比呢，想上天啊？”为了保持自己良好的身材，肖飞飞是坚决不吃肉一族，其他一概不信。

“你可别不信，我一会儿把书找出来，上面还有关于吃补品的问题，我都没记住。”黎尤尤去了里屋，果然取了一本关于健康方面的书，翻开，“我给你读读啊。”

“关于吃补品的问题。应该说没有什么食物有特补效果，比如现在大家泡茶炒菜常用的枸杞子，宁夏有一个地方，那里的小孩秋天成口袋地把枸杞子当零食吃，也就是说那里的孩子和大人吃枸杞子，比现在那些希望大补的人吃得多得多，也不见得宁夏人多活多少年，健康好多少。

“又如，说吃核桃健脑。北方河北、河南、山西，南方贵州，那核桃多了去了。据说20世纪70年代在山西核桃一分钱一个，当地人一冬净敲核桃吃了。这些地方的人就比其他地方人聪明一些吗？

“又比如虫草，一个20世纪90年代末到贵州黔西南工作的老干部，他说刚去时，那里的虫草几十元一斤，街上好多虫草焖鸡店，最初10根虫草一只鸡炖好才20元。听那些卖虫草的说，他们到处收购，云南、西藏、青海都去过，也自己采一些。有些虫草断了碎了卖不出去，他们也经常炖鸡炖肉吃，也没见卖虫草的哪个身体更好一些，命更长一些。

“还比如……”

“别比如了,别比如了,这一早上净听你瞎比如了,听得耳朵都快起茧子了。”肖飞飞不耐烦地说,“你到底想说什么,你就直接说说结论吧。”

黎尤尤往后翻了翻书说:“结论就是,吃绿豆的并不比不吃绿豆的身体好,病少,命长;吃素的并不比吃肉的健康,命长;吃核桃的并不比不吃的聪明多少;吃枸杞的并不比不吃的健康一点;吃腌菜酸菜的不见得易得癌症,不见得命短……”

肖飞飞打断黎尤尤的话:“你这啰里啰唆的,咱能不能用一句话总结啊?”

“一句话就是,你适应哪种生活、哪种习惯、哪种嗜好,而且没觉得有什么不适,那就是你的生活方式,因为人是适者生存,有个环境适应问题。”唐军生过来有一会儿了,只是大家聊得挺投入,没人注意到她。没等大家说话,唐军生说:“那是对于健康的人说的,真正有病的人,身体缺乏营养的人,该补的还是要补,该忌口的还是要忌口。比如,缺铁性贫血期、生长发育期、妇女怀孕期、哺乳期、健身期、减肥期。”

“看看,还是护士长说得对,一针见血,多专业。”肖飞飞马屁刚拍完,感觉又好像有什么地方不对劲,“哎,护士长,减肥期怎么也要吃肉啊?”

唐军生笑着说:“很多人认为减肥时不能吃肉,这是错误的。由于不吃肉,一些女孩虽然暂时瘦下来,却会造成皮肤黯淡松弛,得不偿失。建议减肥者不必减少肉食性食物,白天适量吃些瘦牛肉、去皮鸡肉等脂肪含量较少的肉类,晚上少吃。”

这话要是黎尤尤说,肖飞飞打死也不会信,可从护士长嘴里说出来,肖飞飞不由得不信,在她心中,护士长可从不撒谎骗人,说出来的话也都是有根有据的。

唐军生像是拿捏准了肖飞飞,非让她吃肉不可,感慨了一番:“更何况,虽然颜值可以做美容，但掩盖不了本色；虽然气质可以塑造，但脱离不了本真。心有境界行则雅，腹有诗书气自华。”她又随口念道，“吃肉少，更快老。”

“护士长，我没听错吧，吃肉少，怎么老得也快了？”前一句肖飞飞没怎么记住，后一句听得倒是真真切切，觉得有点不可思议。

唐军生肯定地说：“对，你没听错，我也没说错，吃肉太少反而老得快。”说着唐军生给大家科普道，“因为叶酸和维生素 B12，都是 DNA 合成过程中重要的辅酶，缺乏这些会造成细胞 DNA 合成障碍。维生素 B12 需要从动物性食物中获得。尤其对于老年人来说，随着年龄增加，身体的各项机能开始衰退、老化。现在 60 岁以上的老年人，相比以前，更容易发生代谢紊乱，导致营养缺乏病。”

刚才听黎尤尤列举了不吃肉会引发的疾病，肖飞飞根本没放在心上，现在护士长这又是皮肤变得粗糙，又是老得快的，让她由惊讶变成惊吓了。仿佛肉就是灵丹妙药似的，此时还真有点嘴馋了，她连忙去看看保温桶里的排骨，却发现早被黎尤尤吃了个精光，白了黎尤尤一眼：“看不出来啊，你还挺能吃的，也不给我留点。”

众人笑了，牛兰小声说：“肖护士想吃，我明天再送来。”

肖飞飞不屑道：“我现在想吃，保不齐明天就不想吃了。”

“你不吃，没人非让你吃，让你早早变成老太婆。”黎尤尤对着牛兰说，“大姐，明天她不吃，我还一个人吃，我给你交伙食费。”牛兰连忙摆手：“不用了，不用了。”

“你这小妮子，等我变成老太婆了，恐怕你牙都掉光了。”肖飞飞咒语样的话一出，感觉这话平时单独和黎尤尤说可以，对着众人说是有点过分了，连忙冲着牛兰补救说，“大姐，明天多做点汤啊，我也给你交伙食费。”

牛兰不好意思地说：“要说做汤，还是护士长做得好，我住院那会儿，护士长送的汤真好喝。我这点手艺还是护士长教的。”

大家只顾讨论吃肉喝汤了，却忽视了唐军生才是这方面的行家，纷纷致敬护士长。唐军生笑道："好了，这个话题别讨论了，因人而异，大家都忙去吧。"众人散了，关于健康的话题却引人深思。

第十章
自己才是健康的主人

唐军生日记：

2016年2月12日。陶班长，今天是你昏迷的第125天。这些天大家都在讨论健康的话题，有些对我的触动也很大，甚至颠覆了我原先的看法。你说我们医院是干吗的？治病救人的啊，可并不能包治百病啊，我是一名护士，力所能及做好护理工作总不会错吧？

陶大妈在唐军生和白依依等人的精心照顾下，很快康复出院了，她又忙前忙后帮着照顾儿子陶兵。考虑到陶大妈身体刚刚康复，在唐军生和白依依的一再劝说下，陶大妈暂时回老家去了。照顾陶兵的责任就又落到了唐军生和白依依等人身上。

当护士这么久，白依依养成了一个习惯，遇到问题，想找一个人倾诉的时候，总会找陶兵，因为她又不想让旁人知道，也怕他们不能严格保守秘密。

以前找爸妈倾诉，和他俩其中一个人说，另一个总会立马知道，有时只是自己的一个想法，弄得老两口都很紧张，老是失眠。现在有些事和爸妈说之前，她总得掂量掂量。后来，想和护士长说，但她总是很忙，白依依不忍心打扰她。

和黎尤尤说吧，那个死鬼，要么只顾着傻笑，要么总是“哦，哦，哦”的，像是永远在倾听，连个建议都没有，等白依依说完了，她“啪啪啪”鼓完掌，还问“说的啥呀？”

和肖飞飞说吧，白依依现在可不敢了，这边刚说完，那边整个护士站的人都知道了，她的嘴巴就像一个广播站，什么事都广而告之：“天哪，天底下还有这样的人，拜托你和别人说时，能不能别添油加醋，你以为炒菜啊？”

白依依最好的选择就是陶兵了。反正他听不见，不嫌烦，也说不出去。

这天，白依依趁着值夜班没什么事，又来到陶兵的病床前倾诉：“陶班长，今天我去了一个老军医那，他给我讲了一个多年前他遇到的一件事，对我触动很大，我给你说说吧。”白依依调整了一下，继续道，“老军医说，他刚到医院工作时，一位经历过战争的部队老首长来看病，老军医看了觉得他像是感冒了，觉得也没多大事，就说，老首长，回去多喝点热水吧，我也不给你开药了。

“老首长听了，心里非常不高兴：‘之前有个医生也是这么和我说的，你们就是这么看病的啊？感冒了，让我多喝热水，肚子疼，让我多喝热水，发烧了，让我多喝热水……多喝热水，简直就是万能膏药，甭管哪疼，一句多喝热水治百病，解百难啊？’

“看老首长生这么大的气，他连忙上前耐心地解释说，喝热水在中国有几千年的历史了。公元前5世纪，《黄帝内经》就有‘病至而治之汤液’的记载；《孟子》中也有‘冬日则饮汤’的表述；《说文解字》说‘汤，热火也’，这里的‘汤’说的就是热水。除了喝热水，中国人还善于用热水泡澡、泡脚、热敷等。

“晋代《肘后备急方》就有对泡脚的最早记载，历史上寿命最长的皇帝乾隆帝，更是将足部养生法总结为‘晨起三百步，晚间一盆汤’，这‘汤’指的就是泡脚。还有后话‘早上一杯水,到老不后悔’。

“老首长打断军医的话说,饭后百步走,能活九十九。我每天走的都上千上万步,能活九十九吗?饭后一支烟,赛过活神仙,可谁都知道吸烟有害健康。老首长冲着军医发了一通火,我是来这看病的,不是来听你讲课的,咬文嚼字,文绉绉的,臭显摆什么呀,看不起我们打江山的土包子啊?!有病都喝点热水就好了,还要那么多医院干什么?打仗也就不会死那么多人了。老首长起身走了,径直找到了当时的科室主任说,这小子!给我看病不吃药不住院,现在医疗条件这么发达了,还叫我喝热水!

“科室主任一看,是老首长,哪敢怠慢呀?又是连连赔不是,好心安抚,年轻人不懂事,回头好好批评教育;又是安排住院,一张住院单子,一路绿灯让老首长住到了高干病房。

“不就是咳嗽吗?止咳!几个药片下去,咳嗽确实不咳了。痰却咳不出来,变成肺炎了!

“不就是发炎吗?消炎!大量的消炎药往上一用,炎症消退了。但是火毒出不来,就变成了急发性肺源性心脏病。

“心脏病?转科,转到哪里去?住到呼吸科去!

“到了呼吸科,不就是喘不上气来吗?就插管子,上呼吸机……

“解决不了问题,就转到 ICU 重症监护病房去。到了那里,输了液,插了管子,上了呼吸机 ……

“这样折腾,不到两个星期,老头子就死在了重症监护室!后来,老首长的夫人到了老军医诊室,坐到他的凳子上放声大哭!

“等到老太太哭完了,老军医问,阿姨,我问你一句话,老首长如果按照我说的回家多喝白开水,喝 15 天,会不会死?

“老太太面无表情地说,肯定死不掉!

“老军医当时就想啊,是,肯定死不掉!但是,在这样一个三甲医院里,15

天的时间花了16万多！人却没了！

“老军医后来痛心地说，生病→吃药→看大夫→住院→抢救→卖房子→借钱还治病→把人治死为止。有钱的有权的人认为住上最贵的床是奢华享受！他们哪知道啊，住完后出来却变成了真正的病人。有的住着住着就转去‘太平间’了，好多人陷入了可怜的惯性思维，正是死于‘无知’啊！”

白依依来之前，看过一篇报道，我国曾有个35岁男性病例，一天他心脏稍感不适，来医院就医，医生们发觉此患者有较强经济实力，后来在治疗过程当中居然给他的心脏植入17个支架，使他终于无力支撑如此“优厚的治疗”撒手人寰。

没有高尚品格和信仰，当了医生就是对这个神圣职业的亵渎。患者把人类最为宝贵的生命都交给了这个“神圣的人”，而这个天使一样的人却对患者的生命不屑一顾……白依依深感当今社会白求恩精神的缺失，隐隐约约有种将白求恩精神传下去的想法。

白依依早先也曾听在地方医院工作的同学讲过一个故事，他们医院有位医生在消化科上班的第一天，科室要完成的一个指标还没完成，快要下班的时候来了一个患心血管病的农民因为挂错号找到了他，但是他当天一个病人都没有接，因此就违背良心给这位农民看病还开了药。病人抓药再回来问他时，他觉得内心实在过意不去，他就告诉这位农民再去挂一个心血管的号，那个农民突然哭道“我钱都用光了，再无钱拿药”。这位医生顿时沉默无语，后来他说道，他当时有一种坐台的感觉，从此告别了医院，再不想做医生。

白依依的脑海里突然想起了德国医生尤格·布莱克所著的《无效的医疗》一书，赶紧拿出手机百度了一下，一个词条上显示：医生布莱克勇敢地揭开了医疗领域的“灰色面纱”。他在书中揭示了医疗领域的种种“潜规则”。这些“潜规则”常常无情地侵害着无助的患者和家属，在欧美，一些不透明、不清晰的治疗方法渐渐被民众所怀疑和摒弃。

全世界有25000种医学刊物，每年发表200万篇医学论文，但其中70%研究结果都不公之于众——因为这些论文反映的是现代医疗的负面和弊端，是医疗界的“雷区”，一旦公布对医疗机构非常不利。世界卫生组织明列为不可缺少的药品种类仅325种；其中有九成以上能够可靠地用来诊疗且没有什么危险，然而仅德国就有50000种成药充斥在市场上。

白依依停了停，又打开手机翻开微信圈里发的一条信息，想想也是啊：“送医院的人没死，治几个月人死了，你说是治好了，还是治死了？糖尿病，开始一个加号吃了十年的药变成四个加号，你说是治轻了还是治重了？大夫自己高血压十年，给患一年高血压的患者开药方。大夫自己糖尿病五年、痛风八年给发病一年两年的患者治疗，滑稽可笑吧？”

若干病症其实倾向于自发消退，所以实际上是靠人体自然恢复的。感冒时，找好医生是7天康复，不找医生是一个星期，遇到不好的医生则需要拖延了。

即使患者因为这种自愈力病情得以改善，但他们自己和医生还是会将这种好转归功于医疗措施。例如关节炎，在进行治疗的病患当中，约有35%的关节炎患者不管做了什么，都会自动康复。

戴听诊器的医护人员的关切和抚慰、吞服五颜六色的胶囊，以及手术前准备工作带来的心安，都可能使患者的健康大为改善。

这种医疗的暗示力量在帕金森氏症患者上尤为明显。神经外科医生在这样的患者面前假装进行手术，轻轻刮动其头皮，经过这种假手术的帕金森氏症患者就真的会感到病情好转。只服用并无实际药效的安慰剂的心血管病患者，其死亡率就真的比未吞服安慰剂的对照组患者低。

安慰效应的发生，可说是因为它唤起人体的自愈力：人一旦开始感到需要帮助，可能就启动了自身的康复能力，以及类似药物引起的生化反应。另外，在负面的预期下，也可能出现负面的效应。

在美国全国医院开列的处方当中，约有三分之一的药纯属安慰剂；根据在以色列的问卷调查，有六成的受访医生和护理师刻意开列安慰剂做处方。

白依依沉默了一会儿说：“陶班长，要是你能听到的话，你会怎么反驳我呢？你肯定会说，有这么多的医院，存在肯定有其合理性。医院当然要存在了，我在想，什么样的人要去医院呢？我想，第一，像你这样需紧急抢救的人；第二，需紧急止血的人；第三，需接胳膊接腿的人；第四，临产的孕妇。其他人群调整心态、配合运动、改变不良生活习惯、均衡营养，中医综合调理就行啦！你说对吧？”白依依又讲了在2000年以色列发生的一件非常蹊跷的事件：

在当年的春天，以色列全国大部分医院医生举行罢工，持续数星期之久，医院中的数十万项检查罢停，数万台手术延期或取消。除了急诊、透析、癌症病房、妇产科、儿科之外，其余全部停诊。人们生病要么去找家庭医生，要么干脆待在家里。

在对以色列殡葬业的调查显示，这次罢工的结果是：几乎全国各地的死亡率都明显降低了！《英国医学周刊》认为，以色列的这次全国性医生罢工“对健康或许是有益的”，看似不可思议，却又实实在在地发生了，或许另有隐情，又或许这就是实情吧。

这一晚，白依依自言自语倾诉了很多，虽然自己是一名护士，但毕竟不是法力无边的天使，强烈的责任心引起了她的深思：“我突然发现一件事，人啊只要进了医院，根本就由不得你怎么选择，就只有被医生牵着鼻子走的份了，结果根本没有保证，你还不敢有半句怨言！手术你自己签了同意书，所有治疗是你同意的！这就是医疗的现实！这就是现实的无奈！”

白依依指着自己感叹道：“我们自己才是健康的主人，你自己不对健康负责，没有人会为你的健康负责！所以，我们要把健康长寿的钥匙掌握在自己的手中！”

第十一章
和田帮扶

唐军生日记：

2016年4月15日。陶班长，今天是你昏迷的第188天。来新疆和田帮扶已经一个多月了，这里的人民很朴实，很善良，对我们也很好，我们结下了深厚的友谊。听说依依要来了，我很期待，她来就能带来你的消息了。

为贯彻落实脱贫攻坚战略和“光明扶贫工程”，进一步加强对口医疗帮扶工作，医院决定组建一支专业医疗队，与新疆维吾尔自治区和田县人民医院共同协作，对当地符合条件的贫困患者进行免费手术。唐军生一个月前就来帮扶了，白依依原本不想参加，护士长电话里总说“这里可美了，不来肯定后悔”，她心想着，就当免费旅游了，也就报名参加了。

医疗队在许红军副院长的带领下，飞往新疆和田县。由于石市距离和田县4000多公里，他们先坐4个半小时的飞机赶到乌鲁木齐。白依依第一次坐飞机，第一次出这么远的门，起初很兴奋。她和一名医生换了个靠窗的座位，不停地往外看，俯瞰着祖国大地，有种人生天地间，忽如远行客的感觉。下了飞机，她还不忘拍照，发朋友圈。

谁知，到了乌鲁木齐后，还要坐3个多小时的飞机赶到和田县。因为天气原因，医疗队花费两天时间才到达和田，加上时差、温差以及饮食习惯等方面的差异，白依依感到有些头晕目眩。

在当地宾馆住了一晚，次日清晨，匆匆吃过早饭，他们立即赶往和田县人民医院，见到了唐军生和其他3名队员，白依依瞬间精神多了，她飞奔过去就是一个拥抱："护士长，我来了。"每个人，都会有这样的奇葩朋友，让人哭笑不得，疼爱不止。她会因为思念你，为你夜奔三千里；而你，会因为想早早见到她，回迎一千里。白依依和唐军生如今就是这样一对，一日不见三秋念。

去会议室的路上，唐军生偷偷地问白依依："陶兵的情况怎么样了？"白依依随口道了句："还是老样子，半死不活的。"只顾拍照去了。唐军生笑了笑："你这孩子。"

医院发展情况、当地常见疾病、急需设备技术……在与当地医院领导和医护人员的交流座谈会上，许副院长详细了解了情况，对他们提出的问题进行解答或积极协调相关科室进行对接。许红军说："从2014年到现在，我们两家医院已结为'亲戚'，建立了深厚的军民鱼水情、兄弟医院情。全民健康是时代的呼唤，也是百姓的期盼，虽然处在改革当下，但我们军队医院有责任，更要有作为。"

就像所有的风景都似曾相识，白依依听惯了这样的官话，也就无心听了。她时不时偷看一下手机，看着刚刚发朋友圈的美景，不停地有人点赞，会心地笑了笑。

"这里的儿童扁桃体腺样体肥大发病率偏高，严重的只能手术切除。由于临床经验不足，儿童麻醉风险大，这里医院只切除扁桃体，往往忽视病变的腺样体。"会议大约进行了一个半小时，散会后，唐军生领着大家去医疗救治点,边走边介绍帮扶情况:“我们到达和田的第三天,就和当地医护人员,成功开展了和田县首例腺样体和扁桃体切除手术,术后,我们还指导医护人员护理此类病人,效果还不错。”许副院长对唐军生等人的前期工作给予了充分肯定。

到达救治点,队员们立即展开了工作。这时,一位12岁的维吾尔族小姑娘来就医,唐军生问咋回事,小姑娘直摇头。家人无奈地说:“半个月前突然患了怪病,不能张口说话,这里大点的医院都跑遍了,也没见好,也不知道啥子病因。这不是听说你们来了吗,专门领丫头来看看的,你们一定要救救她啊。”

“放心吧,大姐,我们一定会尽力治疗的。”这次来的正好有一位耳鼻喉专家陶主任,唐军生领小姑娘到陶主任旁,“主任,你给看看吧。”陶主任抬头看了看小姑娘,点点头,便开始了检查。陶主任发现小姑娘的听觉、发声等器官并没有任何病变,根据她的症状和表情看,初步诊断为“癔症性失语”。治疗随即展开:一支药,几句话,不到十分钟,小姑娘竟奇迹般地张口说话了。

“专家就是专家啊,这么神奇呀。”白依依捏着自己的喉咙,“呃呃呃”几声,“专家,专家,你看看我这咋回事?”陶主任一摆手:“去去去,别妨碍我看病。”惹得大家大笑不已。

陆续有人来看病,又来了一个十五六岁的女孩,眼角处有个一公分大的囊肿。陶主任看了看说:“这类囊肿,会随着年龄的增长而增长,需要手术切除。”

“妈呀,脸上会留疤吗?”一听做手术,女孩眼睛瞪得比灯泡还大,一个劲儿地往后退。

陶主任看着女孩还算清秀可爱的脸蛋,微微笑道:“应该不会。”

陶主任的微笑像杀手般准确干净,让女孩更加紧张,不免担心地问:“什么叫应该啊?万一要留疤了呢。”

“请你相信我们的技术。”见陶主任语气坚决,女孩勉强同意了手术。

为使损伤降到最低,术前陶主任进行了精细的设计,在缺少工具设备的条件下,不敢有一分一秒的走神,用手里的“绣花针”细致地缝合。

白依依一边照顾病人,一边看陶主任缝针,对陶主任的精湛技术很是佩服,心想,一个耳鼻喉科的专家,怎么缝针技术也这么好? 不由得竖起了大拇指。

第一天医疗队就工作到很晚,累得白依依腰疼,再也没有刚来的新鲜劲儿了,准备好的照片也忘发朋友圈了。

新疆地区因日照时间过长,高紫外线辐射导致当地居民白内障高发,且经济条件和医疗水平落后,大多为成熟期,甚至是过熟期的白内障,手术难度很大。如不及时治疗,时刻面临着永远失明的危险。这也是和平医院此次巡诊的一个重点,许副院长就是这方面的专家。

春雨淅淅沥沥,润泽了春晨,一滴雨露轻落眉间心上,一脉情愫慢慢洇开于这诗意的季节。雨停风止,医疗队又开始了一天的忙碌。

听说白求恩医疗队来的消息,一大早,70 多岁的白内障康复患者卡地尔拽着老伴吐热汗·图迪,第一个赶到医院报名手术。前年,许红军就给卡地尔做过白内障手术,老两口一直把许红军当成救命恩人。

卡地尔见到自己的救命恩人,眼中噙满了泪花,嘴里一个劲地说着“热合买提(谢谢)!”在与他的交谈中,许红军得知,他在接受白内障手术后,生活发生了很大变化,以前外出很困难,更无法下地劳动,现在生活完全可以自理,生活质量明显提高。

这次是给老伴吐热汗看病的:“经过这段时间的调整,她的血压控制得还不错,许院长,你帮她再看看吧,看看能否进行手术?”一名年轻医生进行了初步的检查,感觉情况还不错。许红军忙完手中其他活,仔细地进行了术前检查后,答应为吐热汗手术,并制订了详细的治疗方案。听到这个消息老两口开心极了。

可事情总是难如人意。手术前,吐热汗的血压稳定在150mmHg左右,可躺在手术台上,血压直接飙升到了220mmHg,高危!看着突然升高的血压,白依依也跟着着急,偷偷问许红军:"院长,咱做还是不做呀?你这尊佛,可不能当端坐的佛像啊,不做,会不会让人很失望呀!"

许红军扭头微微一笑:"小丫头,你干脆说我有人样没人味就是了,你可别激我,我不吃这一套。"

白依依似乎觉得有点过分了,平时和护士长这样说可以,眼前可是院领导啊,连忙解释:"院长,我不是那个意思,我可不敢骂你啊。"

许红军倒也没放在心上:"做,当然要做了。"

经过仔细与患者本人沟通、安抚缓解紧张情绪,了解到近期血压波动等情况后,许红军决定降血压,继续手术!随后,在麻醉师的帮助下,血压临时降低至150mmHg左右,手术得以顺利进行。手术结束后,大家长长地舒了一口气,虽然降压用了1个多小时,但这1个多小时的等待很值!

这时,依米提阿洪·居马尼牙孜和海热尼萨汗·萨地尔这对老夫妇互相搀扶,一路摸索着来到医院。由于患有白内障,两位老人的视力很差。

虽然他们有些胆怯,话不多,但痛苦的表情和渴望的眼神,让医疗队员顾不上片刻的休整。

手术前,两位老人操着并不流利的汉语说:"许院长,感谢你来帮助我们。"幸运的是,手术顺利完成,术后两人视力均达到了0.6以上。

白依依很少感慨,来和田后,似乎也变得多愁善感了,巡诊结束后,她即兴在巡诊日记上写了这么一段话:

> 对于长期在黑暗里生活的人们来说,重获光明,无疑是上天赐给他们最好的礼物。

重获光明的那一刻，维吾尔族老大爷脸上充满幸福与喜悦，双手合十，不停地说着“热合买提”；

重获光明的那一刻，维吾尔族老大娘用颤抖的双手拉着医生的手，激动得久久不肯放开；

重获光明的那一刻，家属们露出开心的笑容，激动之情溢于言表……

从手术室到义诊现场，温情故事不断上演。每到一个地方，专家面前都排成一条长龙，不仅要现场问诊、诊断、记录，还要详细讲解疾病的治疗和日常生活注意事项，连喝水的时间都没有。短短几天，酒店、电梯口、楼梯间、汽车旁都变成了临时诊台，他们累计义诊1000多人次，当地群众对他们高超的医术及细心周到的讲解赞不绝口。专家们还特意留下了电话、微信等联系方式，方便与当地医护人员和患者随时与他们进行交流。

但前来就诊的患者仍是少数。由于信息闭塞和医疗条件缺乏，很多维吾尔族百姓健康知识匮乏，不知如何去预防疾病。“授人以鱼，不如授人以渔”，救治患者固然重要，但提高当地百姓的疾病防控知识更重要。

许副院长深有感触地说：“我们医疗队既是战斗队，也是宣传队。”医疗队与当地医院同行一起工作，定期组织教学查房、开展疑难病例讨论，利用一切可以学习的机会，手把手、耐心细致地传授眼科常见疾病的诊断、治疗及技术，积极发挥传、帮、带作用。在查房过程中，还开展健康宣教，提高患者的防病知识。

一周很快过去了，许副院长带领大家踏上了返回的行程。奇妙的晚霞，红得像火，亮得像阳，美得像画。飞机起飞后，白依依竟睡着了，做了一个美梦：玉龙河畔，夕阳下，这条曾盛产美玉的河岸上，她和护士长缓步前行，被阳光拉长的温暖背影，犹如和田美玉一样美丽无瑕……

第十二章 超燃的护士比武

唐军生日记：

2016 年 5 月 10 日。陶班长，今天是你住院的第 213 天。为了迎接第 105 个护士节的到来，院里进行了一场战场救护比武竞赛，那场面震撼啊，堪比“一次军事行动”。大家都很卖力，虽然我们科没能拿第一，但也调动了大家训练的积极性，我想这才是最重要的。

这几天，大家都在讨论护士节怎么过。人们常说：每一个不曾起舞的日子，都是对生命的辜负。一个人知道自己为什么而活，就可以忍受任何一种生活。努力爱自己，是一生做不完的功课！白依依设想过一百种过法，却从没想过院里会做出这样的安排。

接到院里下达的动员号令，唐军生先是给大家朗诵了一段话：“人们赞美护士工作平凡而又伟大，琐碎而又不易，艰辛而又劳苦；赞美护士能用柔弱的肩膀挑起一份女儿、母亲、妻子的重担；赞美护士如春天的雨露滋润患者久旱的心田，如夏天的微风吹走燥热的空气，带走患者心灵的创痛；如秋夜的明月照亮患者通往健康的心灵彼岸,如冬天的阳光温暖着患者蒸发他们的忧伤。”

听完护士长读完这些溢美之词,大家如凉水碗里的一双筷子,也没感觉捞出什么味道来,却知道肯定不会有什么好事儿。唐军生笑笑说:“护士节是我们自己的节日,我们要用遇见最好的自己展示自己,才能对得起人们的赞美。”

“遇见最好的自己?”大家面面相觑,白依依快言快语:“护士长,你是不是对我们工作不满意啊? 我们可是恪守你的教诲,一个眼神,一个笑容都力争做到最好,我现在连哭都成了笑了,患者还不满意,那我只能下地狱了!”

“我知道大家已经很努力了,做得也已经很好了,可我们不能仅仅满足于这些。”唐军生停顿了一下,“我们是部队医院,将来也可能是要上战场的,战场上什么最美?”

“护士长,我知道,打得赢最美。”黎尤尤偷偷看了看唐军生说,“我读过《最可爱的人》,最可爱的人都能打仗。”

“嘁,那是战士,我们是护士。”肖飞飞不以为然地看着黎尤尤,“做好我们的护理工作就好了,还打仗呢,不怕炮弹炸飞你啊。”说着,肖飞飞双手在黎尤尤面前,做个爆炸的动作,“轰!”黎尤尤身子往后直闪,引得大家一片笑声,唐军生却没有笑:“我们是护士,但当我们进了军营,也就变成了战士,战士就要上战场,心中就要升华为兵为战的使命。”

肖飞飞仍是不屑:“你是军人,军人上战场天经地义,我们小老百姓,是爱好和平的,打哪门子仗啊?”

唐军生有点不悦:“有这种想法,那是因为你还缺乏忧患意识,有没有想过‘马萨达’?”

“什么是马萨达?”黎尤尤又来了兴致,“那不是小汽车吗?”

黎尤尤天真的话又把大家逗乐了,白依依轻轻捶了她一下:“傻妞,那是马自达。”转而又问唐军生,“护士长,什么是马萨达?”

“2011 年,我作为军事观察员,去参观过,那是以色列的一个国防教育基地,不管是大人小孩,男人女人,只要是犹太人都要到那里参观。”唐军生看了看大家,深情地讲起了这个故事:

公元 70 年,罗马人占领了耶路撒冷,对犹太人大肆杀戮,幸存下来的犹太人纷纷携带家眷,逃到地势险峻的马萨达城堡坚守。15000 人的罗马军队,对坚守城堡的犹太人整整围攻了 3 年。

马萨达陷落前夕,犹太人决定集体自杀,“宁可为自由而死,不为奴隶而生”。他们抽签选出 10 名勇士作为自杀的执行者,随后这 10 人再抽签选出 1 人杀死其他 9 人,剩下最后 1 人,再放火烧毁城堡后自尽。第二天清晨,攻入城内的罗马人面对的不过是一座死城。

后来,马萨达之战的精神成为犹太民族主义和自由品格的核心。如今,以色列新兵都要到马萨达宣誓,庄严地高喊:“马萨达再也不会被攻陷!”

见大家不再吱声,唐军生拿出刚才开会院里发的通知:今年的护士节,院里决定开展一场护士战伤救治技术比武竞赛活动:“我们科要有三名护士参加,我希望大家踊跃报名,踊跃参加。”

“护士长,你绕了这么大一个圈子,是醉翁之意不在酒啊。好,我报名,我参加。”白依依自从去了和田帮扶,内心受到了无比的震撼,这次正想露一手。其实,在白依依的内心,还有一个情结,她一直憧憬着部队的训练,第一个表态,这次就算了个心愿吧。

“好,还有没有人自愿报名?”唐军生看了看黎尤尤。

黎尤尤连连摆手:“护士长,我知道自己几斤几两,平时护理不出错就阿弥陀佛了,还比武呢,我怕给你丢脸。”

肖飞飞插话道:“瞧你那点出息,还真有自知之明啊!”

“我这个人有个优点,关键时候,总是毫无用处。”黎尤尤泥人经不起风雨,自知资质太差,并不上肖飞飞的当,肖飞飞成心想气气她,黎尤尤偏偏一副笑嘻嘻的样子，“先别鄙视我，先排队领个号码牌去，轮到你的时候再鄙视吧。”

这样一说，黎尤尤心里好受多了，又听了护士长的一番教导：“渔夫出海前并不知道鱼在哪里，可是他们还是选择出发，因为他们相信自己会满载而归。不比怎么能提高啊？再说了，我们平时救护只有融入战场元素才能更有价值啊。”黎尤尤又看了看白依依，白依依煞有介事地比画着说：“一位哲学家说过，‘伟人之所以看起来伟大，只是因为我们自己在跪着。站起来吧！’我的傻妞，别妄自菲薄了。”黎尤尤不知道哪个哲学家说的，说没说，这重要吗？已然不重要了，看到白依依那信任的眼光，黎尤尤内心犹如注了一针强心剂，坚定地报了名。

因为是三人组合，大家又把目光投向肖飞飞，肖飞飞瞪着眼：“看我干吗？我又不参加。”

“刚才还说别人没出息呢，自己这个时候怎么认屄了？”白依依瞥了肖飞飞一眼，“好，你不参加没关系，到时我们庆功会可没有你的份。”

肖飞飞不屑一顾：“谁认屄了，我这是不稀罕！”

“参加这次比武的，白天训练算全勤，晚上不用值夜班。”唐军生传达了院领导的指示，又说，“比武要是能拿第一名，我拿出个人一个月的工资给大家发奖。”

肖飞飞一想，白天训练，晚上还不用值夜班，要是不参加训练，就得连轴转，不划算，万一得了第一，还有奖金拿，赶紧举手：“那我也报名。”

唐军生说：“那好，我们战场上见，让我们在这个护士节，遇见最好的自己。”

白依依和黎尤尤全身心地投入训练中，战场救护本领也有了很大的提高。肖飞飞只想躲避值班，对拿第一也不抱多大希望，无心训练，一直拖后腿。白依依说她，她还振振有词：“就凭姐这技术，还用训练？到了比武场上注意就是了。”

白依依无奈，骂了一句：“三人行，必有猪头。”也只能听之任之了。

夕阳染红了天边的云彩，凉风习习透射出比武的冷。第105个国际护士节来临前夕，比武竞赛在医院大操场拉开序幕。只见操场上硝烟弥漫，大喇叭中播放着刺耳的轰鸣声，四周聚集着灯光。

“第一个竞赛环节，自救互救技术演示开始。”随着一声指令，10名浑身“挂彩”的伤员进入演练场就位，紧接着10名参赛队员快速来到他们身边。“伤员颅顶部创伤，迅速使用三角巾帽式包扎。”大家闻令而动，迅速从急救包中取出三角巾，找准伤口，缠绕打结。大家全神贯注、动作麻利，不一会儿就全部完成伤口包扎。

“伤员右肩胛部炸伤，使用急救创伤绷带包扎。”“右前臂中段骨折，使用骨折夹板固定。”“左手炸伤，包扎肢体残段。”前一个课目刚刚完成，下一个课目马上下达，丝毫不给人喘息的机会。在紧张的节奏下，三组护士先后上场比试相关课目。

每组演示结束后，来自陆军军医大学士官学校的专家评委走上演练场，逐一检查伤员包扎效果。走到肖飞飞面前：“三角巾打结位置不当，影响伤员视线；急救创伤绷带过松，影响止血效果……”评委当场为肖飞飞指出5个问题，肖飞飞脸红一阵白一阵的，和评委理论起来：“不就是一个演练吗，那么较真干吗？”专家们丝毫不留情面，严格按标准扣了分，还现场示范讲解操作要领。

许红军副院长说：“为了检验综合急救技能，每组的演示课目均为现场临时确定。竞赛采用急救创伤绷带、弹力绷带夹板、旋压式止血带等多种新式战创伤救治器材，这对平时习惯于传统救治办法的护士们来说也是一次考验。”

黑暗的阴影逐渐笼罩了大地，演练场突然响起隆隆的枪炮背景声，滚滚浓烟从地上升腾而起，第二个竞赛环节“战场综合急救”在模拟战场环境中展开。

“敌人袭击造成一名伤员意识丧失、呼吸停止；另一名头部炸伤，右前臂闭合性骨折，大腿下段大出血，迅速前去救治。”导调员一声令下，白依依组和另外一个组分别从野战帐篷两侧冲出，利用设置的障碍物做掩护，交替快速接近伤员。

该课目考查运用战救器材急救伤员和转移伤员的技能，由两组护士采取对抗赛的形式进行。为了检验大家的临机处置能力，组员们须自主安排人员分工、器材准备和救治办法。

她们抵近伤员后，迅速判明伤情进行分工，肖飞飞快速按压伤员胸口进行心肺复苏，白依依和黎尤尤互相配合，对另一名伤员进行包扎。十几米开外，她们的对手、第二组的3名护士也在争分夺秒地抢救伤员。

“轰隆隆……”一阵敌机轰炸声突然传来，两组人员迅速卧倒，用身体护住伤员。敌情解除后，她们马上爬起来继续投入抢救。3分钟后，白依依将一名伤员搀扶起来快速后送。不一会儿她又飞跑回来加入另一名伤员的抢救中，在完成包扎、输液等一系列步骤后，她们将伤员抬上担架快速回撤。第2组的护士们也不甘示弱，抬着伤员紧随着她们追了上来。

夜色幽深，灯光抛洒斑驳的碎影。视线不佳为后续演练带来了难度，但大家一个个斗志不减，睁大眼睛专注地应对着各种特情，一批批伤员经她们现场急救后快速后送。一旁的评委们仔细观察着她们的一举一动，在一份表格中实时记录着每一个扣分项目及理由。

检查、测试、消毒、包扎、打吊针、填写伤票、记录伤情。野战救护所内，早已等候多时的救护成员们紧急忙碌起来，动作行云流水，一气呵成。逐渐地，伤员的呻吟叫喊声小了，气息也平稳了。急救队评审员唐军生擦了擦额头的汗珠，终于松了一口气：“好啦，送和平医院吧！”

半个小时后，随着最后一个小组成员完成救治，导调员高声宣布比武结束，成绩很快出炉，第二组的 3 名护士用时最短、纰漏最少，综合成绩第 1 名，她们在一阵热烈的掌声中走上领奖台。白依依组由于前期肖飞飞失误较多，获得了第三名。

“我们要做官兵生命的保护神，让官兵放心上战场，让官兵的家人放心，就必须练就过硬的救护技术。”许副院长随后进行了总结，却独只给第一名颁了奖，许副院长说，“作为比赛我们可以排出名次，给大家颁发证书，但大家要记住一句话：在战争中，第二名是没有奖的。”

黎尤尤显然不记得许副院长说了些什么，虽然没能领到奖品，但能获得第三名，她依旧激动万分，却没有人注意到，白依依和肖飞飞正充满敌意地互视着……

第十三章
你终于醒了

唐军生日记：

2016年5月12日。陶班长，今天是你昏迷的第215天。今天是我们的护士节，前天我们进行了比武，今天又要演练。我预感到会有什么喜事降临，果然，你醒了。这是今年以来，不，是自从“他”走后，13年来我遇到过的最大一件喜事。因为，你是我的梦。

“今天是护士节，我们不能只顾着过节，不要忘了8年前的汶川大地震。”正当大家认为比武已经过去了，今天该放假休息了，谁知为了增强大家的防震意识，医院史无前例地举行了一次防地震演练，要求将所有病号都转移至安全地方。

任务部署了下来，大家却没有多少热情。要知道，比武也只是少数人参加，这样的全员转移，可不是轻易能完成的。肖飞飞不停地抱怨：“瞎折腾啥呀？地震来了，两条腿的，谁还不知道跑啊?!”还有人担心：“万一转移期间病号出现了问题，搞不好还会出现医疗纠纷，谁负责啊?”

“负什么责啊？出现了问题，转移不出去才应该负责任呢！”唐军生见大家积极性不是很高，动员道，“革命战争年代，野战医院遭受袭击是常有的事，经常需要撤离，因撤离不及时遭受重大损失，甚至血流成河的惨痛教训屡见不鲜，大家从书中和一些影视作品中应该有所了解吧？我想就不用我多说了啊。”唐军生停顿了一下，又义正词严道，“现在我们有这么好的条件，却连转移一下病人的勇气都没有了吗？别忘了我们肩上的责任，别忘了我们肩负的使命！”

为了展示战地医院一路硝烟一路歌和“一切为了前线，一切为了胜利”的精神风貌，唐军生还为大家讲了《一个带血的药箱》的故事：“我讲的这个故事，是发生在我们友邻医院的一件真实的事。那时，那所战地医院成立不到一年。”唐军生像是有备而来，打开手机中保存的这个故事，瞟了一眼，深情地讲了起来：

“1949 年 1 月，天津战役打响。19 岁的某战地医院卫生员杨冒光和他的班长程学斌被安排到二团三营，担负战地救护任务。出发前，院长专门叮嘱他们，前线药品很紧缺，你们要像保护自己一样保护好药箱。两名卫生员把院长的话牢牢记在了心里，一路上紧紧捧着药箱，连睡觉都不肯松手。这场战斗极为惨烈。国民党守城部队装备精良，又占据有利地形，战友们一批批往前冲，又一批批倒下去。看着战友们在战壕里痛苦地挣扎，杨冒光和班长比谁都着急，抱着沉重的药箱，左冲右突，穿梭在弹雨火海之中。突然，‘砰！砰！’两声枪响，杨冒光看到鲜血从班长的胸口喷涌而出，班子身子一歪，就倒在了自己面前。杨冒光含着热泪，一把拽过药箱，转身冲进炮火之中。这时，一颗手榴弹在他身边炸响，鲜血迅速染红了杨冒光的军装和药箱。钻心的疼痛向他袭来，杨冒光从炸烂的军装上用力地扯下几片布条，给自己做了个简单包扎，就艰难地向受伤的战友爬过去。1 寸、2 寸，1 米、2 米……因为失血过多，短短 10 米他却爬了很长时间。终于，他爬到了伤员身边，拿出最后的力气，用仅剩的一块绷带帮伤员包扎好伤口。做完这一切，年轻的杨冒光如释重负，倒在了受伤战友的身旁。经过29个小时的激烈战斗，天津战役取得了胜利。当战场上响起山呼海啸般的胜利欢呼，我们的卫生员杨冒光，却再也没能睁开眼睛，但他手里仍紧紧攥着那只带血的药箱。”

唐军生看着大家说：“作为卫生员，杨冒光以带血爬行的姿态，展现了后勤兵向着胜利挺进的最美冲锋。这是我们后勤兵的使命，也是我们后勤兵的光荣。”

大家听得热血沸腾，一个个跃跃欲试，似乎想立马上战场。可组织这么大一个活动，万一真出了问题，可不是闹着玩儿。和平年代毕竟不比战争年代，安全底线还是要守的，为了谨慎起见，唐军生给大家介绍了转移不同病号的注意事项和技巧。白依依一心想着过一把“打仗”的瘾，心想着要是真的穿越到战争年代，自己会不会像杨冒光那样勇敢？

“依依，这哨子就由你保管了。”为了确保大家能听到号令，每个科室都配发了哨子，说是应急用。听到唐军生的话，白依依方从幻想中回过神来，接过护士长递过来的哨子，顺手装在了兜里。

“想什么呢？大家回头准备吧！”唐军生将任务做了具体安排，就让大家分头准备了，特意交代陶兵最后转移，还悄悄向白依依透露，“像陶兵这样的重病号，实在不行就不转移了。”唐军生难得诡秘一笑，“院领导讲的，毕竟是演练嘛！”

“呜……呜……”伴随着刺耳的警报声，医院开始了演练，唐军生和白依依等人招呼着大家转移，连打扫卫生的牛兰也放下工具，加入了转移伤员的大军中。轻病号还好，有的自己走，有的被搀扶着走。看着这些缠着绷带、瘸腿绑胳膊的病人，真有点战争年代野战医院被袭击，伤病员大撤退的味道。

转移完大部分病号，唐军生和白依依已经筋疲力尽。陶兵此刻仍像化石一样躺着，唐军生和白依依试了几次，都没能把他放到轮椅上。

唐军生再一次抱着陶兵使劲拽,一个没注意两人都摔在了地上。看着一脸沮丧的护士长,白依依从衣兜里掏出哨子,拼命地吹了起来:“地震了,地震了,紧急集合!”

“你发什么神经?不知道他听不见?”就在唐军生抬头瞪着白依依之际,手扶轮椅的黎尤尤突然兴奋地叫了起来:“护士长,你看,他动了,他动了!”

陶兵的嘴唇果然动了,慢慢地睁开了眼。唐军生竟忘记了正在进行的演练,搂着陶兵竟号啕大哭起来:“你终于醒了,你终于醒了!”

白依依从没见护士长这样过,在她眼里,护士长早就见惯了生生死死,是一个极易控制自己情感的人,平时总是微笑待人,从没有像今天这样在众人面前毫无顾忌地表露过感情。“护士长这是咋啦?”这是因为白依依不懂得,陶兵对唐军生的重要性。在唐军生的记忆中,丈夫陆兵的音容笑貌永远停留在了2003年,也就是陶兵现在这个年纪上,眼见“他”复活了,任唐军生再坚强,也没法控制情感了,任由眼泪的闸门打开……

众人重新把陶兵抬到床上,唐军生面向大家说:“你们都出去招呼其他人吧,我在这陪着陶班长。”大家虽然不明白究竟发生了什么,但看到刚才护士长那喜极而泣、近乎失态的样子,都自觉地退了出去。路上,一名刚来实习的护士说:“这人和护士长什么关系?不会是护士长的儿子吧?还是……”

“还是什么?瞎说什么呢,护士长哪有儿子?这是医患关系,医患关系,懂吗?”白依依打断那名护士的话,煞有介事地教育起人来,“白求恩精神咋学的啊?护士长可是一个纯粹的人,高尚纯洁的医患关系,咋净向歪处想呢?!”

“依依姐,我也没说什么呀?都说你和护士长关系好,我就是随便问问啊。”那名护士委屈地说,“我来十多天了,就看护士长对陶班长最好了,不是亲戚关系是啥呀?”

白依依想想也是,其实她心中也有这个问号,只是不便问罢了。她还想说什么，看着许红军副院长从对面走了过来，像是检查人员转移情况，赶紧报告了陶兵醒来的消息。许红军一听，立马安排说："赶紧组织专家会诊。"说完，径直去看陶兵了。

唐军生仍抱着陶兵，一言不发，像是在沉思、在追忆，心底却一遍遍默念着对陆兵的思念：如若人生只是一场梦，我愿沉醉在与你相遇的那场烟雨里，寂静欢喜；如若你我只是一场戏，我愿只演绎这一次与你邂逅的剧集，不离不弃。从来不曾怀疑，相信有一个你，可以陪我走到底；从来不曾放弃，坚信有一份爱，可以让我千山万水地追寻。

看见许红军等人进了病房，唐军生仿佛意识到了什么，连忙松开陶兵，站起来拉拉衣服下角说："许副院长来了，坐，快坐、快坐吧。"

许红军凑近陶兵一看，也是一脸的惊讶，顿时明白了八九分。他岂能不明白？当初唐军生结婚，他就是主婚人。如今，世事变迁，物是人非，往事不可追。只是，看穿但不说穿。许红军觉得，很多事情，只要自己心里有数就好了，没必要说出来。

不一会儿，几名专家都来了，对陶兵进行了第21次会诊，得出结论："人是醒过来了，各项体质特征都还好，还需要恢复一段时间。"

"人醒了就好，醒了就好。"许红军又对唐军生说，"这段时间好好照顾他，有什么情况随时报告，医院全力支持。"

"嗯！"唐军生重重地点了点头，就算没有院领导的吩咐，她哪天不是尽心尽力照顾啊？陶兵可是她的回忆，她的希望啊！

这些天，唐军生有事没事总往陶兵病房里跑，亲自给陶兵扎针、喂药、喂饭、擦身、讲故事，总是使不完的劲。白依依想进去看看，想找陶班长倾诉一下，都没瞅到机会。

本来已经下班了，晚饭后，白依依不自觉地又一次来到病房前。她隔着门上玻璃，看见护士长拿着一本书，不厌其烦地读给陶兵听，心里泛起一阵嫉妒:“老女人这是想干吗？第二春吗?”转念又一想,“呸呸呸,护士长是什么人？多少人爱慕追求的对象啊,这不都拒绝了吗？不会的,不会的。”

白依依此刻确实想找个人说说话:“唉,我犯得着吗？那家伙已经醒了,我说什么他都能听到了。”说着,捂住嘴走了,“还是找黎尤尤那小妮子聊聊吧。”白依依来到护士站,没寻见黎尤尤,就回家了。

第十四章

支持友邻,我们责无旁贷

唐军生日记:

2016年5月15日。陶班长,今天是你昏迷的第218天。在我们医院旁边新组建了一个陆军机关,是领导你们的吧?那里现在什么医疗设施都没有,我们医院就临时组建了一个门诊部,我很想去那里工作,可院领导没让我去,安排我们科护士黎尤尤去了,我支持她!

中部战区陆军机关今年初刚刚在石市组建,适逢隆冬时节,来自沈阳、济南、北京的数百名干部来到一个新城市,生活、工作条件比较艰苦。和平医院为保障新组建机关官兵健康,派出11名医护人员组建了临时门诊部。医护人员两个月轮换一次,这又到了轮换期,黎尤尤就报名参加了,唐军生还给她讲了中华人民共和国成立以来我军历次体制编制调整改革的情况。

唐军生简要介绍说,新中国成立后,我军历史上实施的较大规模的体制编制调整改革就有10次,先后有数十个大军区和兵团级单位被撤销,近千所军队院校、医院等被裁撤、缩编或改隶,全军员额从抗美援朝时的627万人减为这次改革前的230万人。

唐军生走后，黎尤尤突然对军队改革产生了兴趣，还“百度”了有关改革的内容，将我军经历的10次改革是如何划分阶段、如何实施以及其他一些感兴趣的信息摘抄下来，边抄还边默念，一副十分专注的样子。

刚才护士长在的时候，肖飞飞没有兴趣听护士长讲那些改革的事，觉得那都是国家、军队的大事，与自己关系不大，听多了“改革总要有人做出牺牲”，还担心会“牺牲”到自己头上，就脚底抹油借故溜了。如今眼见护士长走了，肖飞飞蹑手蹑脚地走了过来，到了黎尤尤跟前大喊一声：“小妮子，干什么呢？”

黎尤尤好一个惊吓：“妈呀！你是鬼呀？！走路也不出声。”她拍拍胸口调整一下呼吸，“吓死我了，吓死我了！”

“嘁，就你这点儿胆量，早晚得死！”

“人固有一死，我是人，是早晚得死，可话从你嘴里说出来，听着怎么那么刺耳呢？！”黎尤尤翻眼看看肖飞飞，“好像你是千年老妖，早晚不死似的。”

“我是说，你早晚得被吓死。”肖飞飞这无故落掉两个字，难免让黎尤尤误会。

“我会不会被吓死与你无关，只要你不吓我就行了。”说完，黎尤尤继续抄写改革的事。趁黎尤尤不注意，肖飞飞一把抢了过来，看了看，好奇地问：“哎，小妮子，你抄这些干什么？”

“这不是要到临时门诊部工作了吗？我想那里都是改革后新来的，大家肯定会讨论一些关于改革的事，我提前做些准备，也不至于被大家笑话一无所知啊！”黎尤尤还真是个诚实的孩子，似乎忘记了刚才的惊吓，实话实说了。刚说完，黎尤尤就后悔了，她恍惚间当成是和白依依聊天了，连忙用手捂嘴。可说出去的话泼出去的水，想收也收不回来了，知道不出意外地要遭肖飞飞一阵奚落。

“看不出来啊，还挺有心的。”可肖飞飞很快话锋一转，“你说你傻不傻啊？在院里待着不好吗？非要去那里干吗呀！”护士长在的时候，肖飞飞不敢说什么，这护士长一走，肖飞飞立马给黎尤尤“洗起脑”来。肖飞飞其实也很想去，那里的兵哥哥多，又都是大机关人员，说不定能攀上高枝呢，可又怕吃苦。肖飞飞怕在黎尤尤面前暴露自己的真实想法，就吃不到葡萄说葡萄酸说教起来：“沙子是废物，水泥也是废物，但它们混在一起是混凝土，就是精品；大米是精品，汽油也是精品，但它们混在一起就是废物。是精品还是废物不重要，跟谁混，很重要！”

肖飞飞还眉飞色舞地举例说：“民国初名妓小凤仙，如果跟了民工，就属于扫黄对象；她跟了蔡锷，则千古流芳了。”

肖飞飞一脸的得意样：“你是谁，决定了你的起点；和谁在一起，成为什么样的人，才决定你的终点。既然你的起点也就这样了，人生的走向还是可以稍加争取的嘛！咱这白藕绿叶荷花，知根知底的，本就是一家人，在这跟着姐混，不好吗？”

“据说，星星的密度等于在欧洲大陆上放三只蜜蜂。有些人看似很近，其实很远，像咱俩这种油和水的关系，也搅和不到一块去啊。”肖飞飞风马牛般的一阵瞎扯，黎尤尤只当是耳边风，肚里瞬间像是装着个冰坨子，说话冷冰冰、硬邦邦的。她停下手中的笔，用十分坚定的语气说：“院领导都说了，支持友邻部队，就是支持军队改革，我们责无旁贷。”

“真不知道说你什么好了，跟你说话真的有拉低我智商的节奏。院领导的这种官话，你也信啊？院领导说了，院领导咋不去啊？”肖飞飞自知黎尤尤平时不待见她，这次又这么不愉快，再套近乎只会是逗哑巴挨口水——自讨没趣，便用右手轻轻拍拍桌子说，“我们是善后办，做善后工作的，老老实实在这善后就行了，懂吗？”

自从今年 2 月 1 日五大战区正式亮相，七大军区撤销后，各军区都成立了善后办,和平医院就暂时归北京军区善后办管理了。百万大裁军时,我军曾成立过善后办,其作用和功勋有史为证。30多年过去了,善后办再次应运而生。

地位特殊、使命光荣,是善后办的真实写照。善后办搞的是保障,为的是打胜仗。善后办的一位领导总结得好:“与战区、战区军种相比,善后办虽然不处在改革建设第一线,但担负的任务与改革建设息息相关;虽然组织设置不同于作战部队,但直接对中央军委负责;虽然是一个临时性的机构,但必须对军队长远建设负起应有的历史责任。”

“我们善后办虽然不是打冲锋的,却是兜底的、打掩护的,有功而不居,无名而不怨,善后,要善为改革解除后顾之忧。”经历了这么多次改革教育,黎尤尤记住了一句话,这次总算用上了,理直气壮起来,“善后、善后,可工作不能落后啊。这叫涓涓细流汇成大海,点点星光点亮银河!”

“哎,我说小妮子,你今天是飞机上弹琵琶,怎么净给我唱高调呀?就你,还给改革解除后顾之忧,还点亮银河呢,你以为你是谁呀,煤油灯上盖个酒瓶,就以为自己是电灯泡了。”

肖飞飞不无讽刺地讲道,一只骆驼,辛辛苦苦穿过了沙漠,一只苍蝇趴在骆驼背上,一点力气也不用,也过来了。苍蝇讥笑说:“骆驼,谢谢你辛苦把我驮过来。再见!”骆驼看了苍蝇一眼说:“你在我身上的时候我根本就不知道,你走了,你也没必要跟我打招呼,你根本就没有什么重量,别把自己看太重。”

黎尤尤可能是被肖飞飞说急了:“你才苍蝇呢,这么看不起人。”

肖飞飞站起来猛一拍桌子,“哎哟”一声叫起来:“疼死我了。”她甩甩手接着说,“我这只是打个比方,没说你是苍蝇。你没听回来的人说啊?他们那什么都没有,连值班的桌子、凳子都是从我们这儿拉过去的。要药品没药品,要人手没人手,你去能干啥?你是不是真傻了呀?!”

"哪有你这么恶心的比喻？我是一粒尘土，我也没把自己当作珍珠啊。我干好我的工作，唱什么高调了？"黎尤尤针锋相对地说，"你才傻了呢，回来的人还受到院里嘉奖了呢。说别人傻的人，往往自己才是最傻的人。"

"哎哟哟，还嘉奖呢。"肖飞飞仔细一琢磨，这是在变相骂她，便顺口讥讽道，"嗨，小妮子，这是从哪里学的？文化水平不高，还装哲人哪！"说到情急处，肖飞飞竟用手指敲着黎尤尤的头，"姐劝你呀，放下你的三分钟热度，放空你禁不住诱惑的大脑吧。"

"也请你闭上尖酸刻薄的嘴吧，吧嗒吧嗒能抵五挺机关枪，子弹都打不透，兜来兜去就知道欺负尤尤。"白依依查房回来，虽然不明白善后工作有多重要，也无心关注军队改革的事，但看见肖飞飞一副盛气凌人的样子，气就不打一处来，却又想着维护姐妹情谊，笑眯眯地走了过来，拉开肖飞飞的手。三人坐下后，白依依对肖飞飞说："我给你讲个故事吧。"肖飞飞见平时护士长对白依依最好，也不敢放肆了，点了点头。

白依依清了清嗓子，一本正经地说：

"村里有个傻子，不认识钱，别人拿一张一块的和一张五块的，问他要哪个，他只挑一块的拿走。每次有人逗他，他总是拿走那张一块的，不拿五块的。人们纷纷笑他太傻，拿他寻开心的人也越来越多。有一天傻子的老爸忍不住问他：'别人给你钱你怎么不挑大的拿呢？'傻子说：'要是挑大的拿，以后谁还拿钱逗我？'"

白依依刚说完，黎尤尤连忙拍手："好、好、好！"

白依依轻轻推了她一下："瞎鼓啥掌呀？你又不是傻子。"

"那你的意思是说，我是傻子喽！"明眼人都能看出来，肖飞飞再装傻，岂不让人觉得更傻？

"我也不是说谁傻。"白依依说，"我讲这个故事，就是想说明一个道理：当你觉得别人傻的时候，其实自己才是个傻子！别玩心眼，谁都不傻。别耍心机，你会失去得更多！”

“价值产生信心，信心产生热忱，而热忱则征服世界。你要学会怎样做自己的主人，指挥你自己的心。”白依依又拍拍黎尤尤肩膀说，“老姐我呢，支持你去临时门诊部。不过呢，门诊部离这也不远，要经常回来看看，我会很想你的哟！”说完，白依依给了黎尤尤一个大大的拥抱。

“当我不存在啊，真是没办法和你们聊，两个傻子。”肖飞飞酸劲一上来，查房去了。身后传来白依依和黎尤尤爽朗的笑声：说别人傻的人，往往自己才是最傻的人！

第十五章
迷人而又短暂的笑容

唐军生日记：

2016年8月14日。陶班长，今天是你昏迷的第309天。第一次看见你这么迷人的笑容，我都有点不敢相信，是不是“他”真的回来了？我感觉你离我很近，又仿佛有一堵墙阻隔着。命运总是捉弄人，当看到你再次倒下的那一刻，刚刚愈合的心又成了碎块。

陶兵一天天地好转，已经能勉强下地走路了。照顾陶兵已不再是唐军生的“专利”，大家轮流照顾着。而陶兵明白了什么，也就本能地知道拒绝什么了。

这天下午，白依依例行性给陶兵换药、擦身体，擦拭下身时，陶兵说什么都不让。白依依冲他莞尔一笑，笑得有点坏：“那以前也是这么干的，你怎么不说啊？这什么都看过了，你倒不好意思了！”

陶兵没想到白依依会这么直白地说，一下子涨红了脸，小声说道：“还是喊护士长来吧。”

白依依笑着问:“哟,护士长就不是女的了?!”

陶兵难为情地说:“那不一样!”

白依依追问:“哪里不一样了?”

这两个女人,不一样,至于哪不一样,陶兵还真说不出来,除了年龄上有差距,却又没有什么不一样,就吞吞吐吐地说:“就是感觉不一样嘛!”

白依依平时很看不惯“娘炮”,但见平时刚强威武的兵哥瞬间变得害臊起来,更觉得是一种可爱的美,本想再逗逗这位腼腆的兵哥,这时正好唐军生进来,白依依指了指陶兵说:“护士长,这人洋得,还不让我伺候了,非让你给他擦身,要上天啊。”

唐军生对白依依使了个眼色:“你先忙去吧,我来。”唐军生快步走到床前,和蔼地问了几句,开始帮陶兵擦起身来。陶兵像听话的孩子一样,一动不动,似乎很享受。

一直以来,多是唐军生亲自照顾陶兵,陶兵已经对护士长产生了依赖,这种依赖谈不上爱,更多的是对寂寞的恐慌、对无助的排斥、对自卑的掩饰。唐军生的错觉却越来越严重,以至于恍惚中觉得时间停滞,岁月静好,宛如十多年前和陆兵的相逢。

晚饭后,陶兵躺在床上没什么事干,反复回味着下午发生的事,觉得在白依依面前表现得太过“娘娘腔”。“应该更刚强些,我怕什么?损害了军人的好样子。”胡思乱想了一番,他就拿起手机玩。

来查房的白依依上前一把夺过手机说:“别玩了,对手机不好。”看陶兵愣了一下子,白依依笑嘻嘻地改口道,“是对眼睛不好。”

陶兵一改先前的腼腆,也跟着笑嘻嘻地问:“眼睛怕手机吗?”

白依依答:“怕。”

“那我考考你。”没等白依依说话,陶兵就笑着问,“胃怕什么?”白依依答:“怕凉。”

又问:“肺怕什么?”答:“怕烟。”

再问:“肝脏怕什么?”答:“怕油脂。”

还问:“心脏怕什么?”答:“怕咸。”

进一步问:“胆囊怕什么?”答:“怕不吃早餐。”

试探着问:“你怕什么?”答:“怕你……”

陶兵追问:“怕我什么?”

“你太坏了,套我话。”白依依方觉得有点失言了,红着脸补救说,“怕你乱跑,怕你不听话,怕你玩手机,怕你不吃饭、不睡觉……”

陶兵打断白依依的话:“看你脸红的,别解释了,越描越黑。不过呢,常识还掌握得不错,是个合格的护士。”

白依依急中生智,想起了前天看到的一句话,搪塞道:“你说我这没权没势的,每天挣那么点工资,还得伺候你这样难缠的病人,现实每天抽我几巴掌,你说我脸红不红啊?”

“我难伺候吗?”陶兵笑着说,“我昏迷时,好像听着有个人总向我唠叨,那是谁啊,总怕我醒不过来?”

白依依急急澄清道:“那是护士长啊,她最怕你醒不过来,整天担心你。”

“护士长担心我不假,可那感觉不一样。”陶兵摇摇头,“还应该有个人,说的话有时我听得清清楚楚,就是不能动。要是当时能动,我姜子牙火烧琵琶精,非抓她现行不行。”

“你才琵琶精呢!”白依依下意识地承认了,也真的有点着急了,“不和你说这了,我也考考你,看你脑子正常不正常再说。”

陶兵端坐了起来:“你出题吧。”

白依依想起最近流行的一个段子,一本正经地说:“满满一浴缸水,旁边有一把汤匙和一个小脸盆,你怎么把浴缸里的水弄没?”

陶兵惊奇地说:“这也太简单了! 当然用小脸盆了。”

白依依认真地看着陶兵，沉默了一会儿，答道："正常人会把浴缸里的塞子拔掉。"白依依站起来说，"看样子你病得还不轻啊，不单是身体上的，还有精神上的。"说完，她出去推了一把轮椅过来，"为了给你治病，我推你到外面走走吧。"

陶兵一言未发，却又无可辩驳，只得乖乖听从了白依依的安排。

夕阳西下，远处的地平线上，一轮太阳将要落下，西天的晚霞挥动着绚丽的纱巾，浅浅时光，几许温暖。白依依身穿护士服推着陶兵沿着主干道往操场方向走着，远远望去，不多的几个人在散步。陶兵在病床上躺久了，出来浑身有着说不出的舒坦，嘴巴也像河水倾泻一样滔滔不绝。

白依依听着陶班长讲述当兵的故事，军营的故事总是那么新鲜，战友之间总是那么纯洁，就像她和黎尤尤之间，虽然性格、家庭、经历都完全不同，却总是心心相印。白依依觉得和作战部队比起来，医院根本不算部队，太多的人只是当成了居家过日子的场所，想想自己也是。

到了操场，三三两两地有人跑步，一个个汗流浃背的，白依依和唐军生也曾在这里多次 PK。白依依低着头问陶兵："陶班长，你五公里能跑多少啊？"

"我们连整体下来 19 分钟多。"陶兵没有直接回答白依依。

"那你跑第几啊？"

"我都是跑最后一个！"

"啊，你是连队的拖油瓶啊？"说着，白依依拍了陶兵一下，"赶紧好起来给我练，就知道拖连队的后腿。"

"开什么玩笑！我是跑最后一个，但也没拖连队后腿啊。"

白依依纳闷了，又拍了陶兵一下："就你嘴硬，跑最后一个，还不拖连队后腿啊？"

陶兵笑笑说："我是收拢组的，当然跑最后一个了，但体能绝对是最好的。有一次一个人背着三杆枪跑，还有一次直接背着战友冲到终点……"陶兵越来越兴奋,说到激动处起身就要站起来跑,被白依依一把拽住:“小心点,还没完全恢复。”

“不过,个人再优秀,也比不上团体重要。”陶兵引用拿破仑的话说,“2 个马木留克兵绝对能打赢 3 个法国兵,100 个法国兵与 100 个马木留克兵势均力敌,300 个法国兵大都能战胜 300 个马木留克兵,而 1000 个法国兵则总能打败 1500 个马木留克兵。”

白依依此刻最想知道陶兵五公里最快跑多少,因为对于她,努努力也能跑 19 分多,便继续问道:“这些道理我懂,什么联合作战了,协同作战了,我们还讲协同保障呢。我现在就问问你最快能跑多少,老实回答我。”白依依的话不容商量。

“连队最近测的一次,当时跑了 16 分多,不过那是在演习场,路不平。”陶兵受伤后这一“觉”睡的,最近一次也是十个月前的事了。白依依还是很佩服。

为了防止陶兵再有跑步的冲动,白依依就推他出了操场,沿着主干道往大门口方向走。走到距离大门口十多米的地方,第一天报到的场景又在白依依眼前浮现,想想也真是奇怪,当初需要献血救治的人,如今又成了自己的病号。好在人抢救过来了,白依依此时倍有成就感。院里工作人员散步的、看病的人来人往,似在证明着医院的人气特别旺。

一阵微风吹过,阵阵热浪袭来,白依依停下脚步。陶兵也不再说话,眼睛直勾勾地看着远方,或许是在病房里待久了,一颗青春的心荡漾起来。

白依依问:“看什么呢?”

陶兵调皮地说:“正前方,十二点钟方向,发现美女一‘枚’,长得特别好看,小蛮腰特别细,一看就是个模特儿。”

白依依不懂什么军语,眼神四处搜索了一番:“是吗?我怎么没发现有美女?注意你的用词,重新组织一下语言。”

“报告！”陶兵喊了一声说，“我仔细一看，原来是一老娘们，打扮得跟妖精似的，那腰跟发育不良似的，一看就不是啥好玩意儿！”逗得白依依哈哈大笑。

而这一幕全被站在楼上的唐军生看在眼里，她多么想把白依依叫回来，自己推着陶兵走，可有什么理由呢？又希望陶兵的快乐能多一点点，她能远远地看着陶兵笑，就已经很知足了。回想当年陆兵就是这样冲着她痴痴地笑，那笑就像沙漠里开出的花，让唐军生念念不忘、刻骨铭心。她实在不想破坏这和谐。

唐军生只顾着幻想，白依依只顾着笑了，谁也没有料到，危险竟一步步逼近。

就在白依依用手擦拭笑出的眼泪之际，从身后开过来一辆小车，突然，一个手拿风车的五六岁小男孩倒着跑来，嘴里还不停地冲着不远处的同龄小女孩喊：“快来追我啊，快来追我啊！”就在小车快要撞上小男孩的一刹那，陶兵用尽全力站起来，扑倒小男孩，司机紧急刹车，还是重重地将陶兵撞倒在地。

白依依见状立即大喊起来：“救人呀，快来救人呀！”

唐军生飞奔下楼，和赶来的医护人员一起，迅速将陶兵送进了急救室……

第十六章
偶遇神秘老太太

唐军生日记：

2016年8月15日。陶班长，今天是你住院的第310天。你很勇敢地救了一个孩子，可你也差点把命搭进去了。我不知道是该替你高兴还是该怪你，也不知道对白依依都说了些什么，你醒后她就不见了，应该是回家休息了吧。当被救小男孩来看你时，我明白了，换成是我，我也会那么做。

陶兵被车撞了后，再一次被推进了抢救室。唐军生和白依依都无法面对这突如其来的变故，急救人员担心她们情绪失控，就没安排她俩进手术室。待在门外的唐军生再也控制不住自己的情绪，对着白依依就是一顿暴风骤雨般的指责："谁让你推他出去的？谁让你推他到门口的？谁让你不把他看好的？……"

出了这样的事情，白依依也很自责，也很委屈，但没想到护士长会发这么大的火，眼泪扑簌簌地往下掉，任由护士长批评，也不做任何争辩，她知道护士长这个时候听不得任何辩解。

急救室抢救了一夜,唐军生和白依依待在外面等了一夜,唐军生说了一夜,白依依也哭了一夜。“总算是抢救过来了。”听到这个消息,唐军生不顾一切地跑去看陶兵。白依依此刻反而很平静,她太累了,心累成伤,她踉踉跄跄地往外走。

不知何时,滴答滴答,疏疏落落的雨,赶着时间的脚步,哗啦啦地下起来。雨下得很缠绵,仿佛隔世的呢喃,絮絮私语着。值班护士黎尤尤赶紧取出一把伞,撑开送给白依依。白依依本能地接过伞,有气无力地说了声“谢谢”,就走了出去。

走到科室楼后面,迎面走来一位上了年纪的老太太,手里提着早点,像是出去晨练顺带买的,又像是专门出去买早点,忘记了带伞,想走快又怕摔倒,想跑却又跑不动,头上搭着一把老式蒲苇扇子,正淋着雨回来。此刻,白依依多想痛痛快快淋一场大雨,一扫心中的苦闷,擦肩而过的瞬间,就随手把伞递给了老太太:“奶奶,这伞你打吧!”

白依依轰动全院的事很多,作为医院的老人,老太太自然对白依依有点印象:善良,正直,就是孩子气太重,容易好心办坏事。其实老人家觉得,有点孩子气,也没什么不好。人总有一天会长大,何必成熟太早,失去太早?不是有句话吗?“成熟的年龄,多余的是成熟”。老太太一眼看出白依依有心事,就说:“孩子,去我家吧,就在后院。”说着,老太太朝自己住的地方指了指。

白依依知道那个后院,那是医院有名望的专家的住房,在医院家属院东南端的一栋楼。白依依正好也不知道这个点该去哪里,回家爸妈看到自己这个状态,肯定又会问东问西,心里更烦,就一手打着伞一手搀扶着老太太朝后院走去。

老太太住在一楼,还有一个小院子,院子里种着一些菜和花草,还有几棵果树。白依依没有心思看这些,感觉头有点晕,眼有点疼。老太太将刚买的鸡蛋汤给白依依喝了点，白依依也许是太困了，就迷迷糊糊躺在老太太的大沙发上睡着了。这个沙发有一米多宽，平时老太太也爱躺在上面睡觉。老太太进屋拿了一条毯子给白依依盖上，也就没再打扰她。

再说，唐军生进去看见陶兵醒了，疯一样冲上去抱着陶兵的头痛哭，被医生劝道："病人刚醒，需要休息。"唐军生意识到失礼了，慌忙松手。这时，走过来一个小男孩，唐军生认出了正是昨天陶兵救的那个，胖嘟嘟的小脸上写满童真。他将一束鲜花捧到陶兵面前："解放军叔叔，谢谢你救了我，长大了我也要当兵，像你一样勇敢。还有，我以后不调皮了。"

身边的护士帮着接过鲜花，放在陶兵床前。陶兵抚摸着小男孩笑了笑："没事的，你也没有调皮，下次注意安全就是了。"

小男孩竟用左手敬礼："叔叔，我记住了。"稚嫩的童音，一双眨着的聪慧的眼睛，充满童趣的动作，逗得大家都笑了。唐军生也跟着笑了，心里荡起层层涟漪，这一刻她忽然明白，要是昨天换作自己坐在轮椅上，甚至在更糟糕的情况下，自己也会奋不顾身地去救眼前这个小男孩的。唐军生这才发现白依依没在身边，只觉得她是累了一夜，应该回家休息去了……

临近中午，白依依醒了，这一睡就是四个多小时。她伸伸懒腰，揉揉眼，小声问："这是哪儿啊?"

"孩子，你醒了，这是我的家啊。"老太太笑眯眯地端来一碗粥，"孩子，快点喝了吧，先垫垫，一会儿我给你做饭去。"白依依这才想起早上的事，有点不好意思："奶奶，我咋就跟你来这儿了呢?"

"这说明咱俩有缘啊!"老太太笑了笑，"这家里就我一个人，你安心住这儿就是了。"

白依依环视了一下，屋内属于老式装修，橱柜应该都是实木的，古朴、简约而又实用，看得出这屋的主人是一个有思想、爱生活、有品位之人。白依依喝完老太太熬的八宝粥，也不怎么饿了，就和老太太聊起了家常。

白依依的出现,打开了董老太太那些朦胧的记忆的闸门。

老太太名叫董祥英,今年82岁高龄了,原先也是医院的一名护士。后来随着护理的病人增多,尤其是军人病号增多,她发现好多人治好了身病,心病却无法医治。那时候医院没有心理科,也没有心理医生,就听当时是心脏病专家的老公说,有一种学科叫心理学,她就托人购买了一些书籍,自学了心理学,免费给官兵和群众提供咨询服务。董老太太呵呵笑了起来,几颗没“下岗”的牙齿也上下打架:“没想到,这一干就是30多年,直到退休,还成了心理专家了。”

董老太太幽默乐观的讲述,让白依依渐渐露出了笑容。老太太又指着眼前的房子说:“这房子也不是分给我的,是分给我老伴的,他级别高嘛。当初退休后说可以在北京分大房子,我说要那干啥?在这院里住几十年了,就这房子挺好,门口还有个院,我还可以种点菜,住着舒坦。”董老太太还颇显得意,“竟然没有人催我换房子,我还担心要搬家呢。”

白依依直言说:“奶奶,你知道现在北京的房价有多高吗?一套房能买你这好多套房子呢,甚至是你这栋楼,你亏大发了!”

董老太太摆摆手:“我不管,我就习惯住这儿,金山银山也不换。”

董老太太的老伴前年年底走了,唯一的女儿在国外留学3年后,嫁到国外去了,一两年才回来一次,留下老太太一个人孤零零的,三室两厅的房子确实够住了。看着可爱可亲又可怜可敬的老太太,白依依把以前和昨天发生的事毫无保留地全抖了出来。

“我们每个人都是孤身一人,只不过有时陪伴簇拥的人多了,便有了错觉。到了一切恢复原本的时候,就觉得自己被万众离弃,其实那只不过是幻象消失,还你一个本来面目而已。”老太太这句意味悠长的话,像是对白依依孤独内心的安慰,她又针对昨天的事说,“谁都无权指责你,他们也许听过你的事情,但他们感受不到你所经历的一切。”

董老太太这话说得专业，白依依听着也舒服，就托着下巴专心听老太太解惑。

"生活总会给你答案，但不会马上把一切都告诉你。孩子，你不要有什么心理负担！小唐护士长说你，是她不对，改天我见了她，我说说她。"老太太掰着手指讲了三点，"第一，你推陶兵下楼散步符合医嘱要求，况且也没走太远；第二，陶兵救人属于英雄行为，不然，孩子就可能有危险；第三，陶兵毕竟抢救过来了。"不过，董老太太也纳闷了，唐军生平时挺稳重的一个人，也挺厚道，自从老伴去世后，还经常来家看自己，怎么这次这么没轻重呢？

听老太太这么一分析，白依依心里释然了很多："奶奶，我现在心里好受多了，我饿了，今天这顿饭我做。"说着，白依依从沙发上起来，帮老太太打开电视，"奶奶，你在这儿休息会儿，我做好饭喊你。"

"好咧！"董老太太也不推辞，心安理得地看起了电视。

白依依走进厨房一看，从菜地摘的新鲜蔬菜已经洗好切好，就等白依依炒了。白依依近一年来伺候过各种各样的病号，跟着唐军生学了不少厨艺，炒个菜是不在话下的。考虑到董老太太年龄大了，白依依尽量把菜炒得清淡些，老太太吃得很合口味，直夸白依依人漂亮厨艺好。

饭后，这对祖孙像是认识了好久一样，无所不谈，她们有时坐下聊，有时边在菜地干活边聊。雨后的花园菜地，淡淡的青草味，伴着怡人的花香。一阵风吹来，吹乱了白依依的思绪，也吹起了她衣角边的记忆。

"生命要像鲜花一样盛开，我们不能让自己先枯萎。"老太太边给花修枝边说，打断了白依依的沉思。白依依也跟着老太太感慨大自然的馈赠，叶落归尘，岁月极美，心似莲开，清风自来。白依依有一种心旷神怡的感觉，精神为之一振。

末了，董老太太让白依依将成熟的向日葵掰下来带给护士站的姐妹们吃，她摸着自己的嘴说："我年龄大了，这东西吃不动了，种些也是看着玩，这花开一季了,果子就留给你们年轻人了。”

白依依一听也是,就欣然遵命了。

老太太指着几盘不太成熟的向日葵说:“像向日葵一样,努力朝着阳光微笑。很多时候,我们刻骨铭心的记忆,别人却早已忘记,与其纠结于心,不如看淡,看轻。十年前你是谁,一年前你是谁,甚至昨天你是谁都不重要,重要的是今天你是谁以及明天你将成为谁。”

白依依点点头,看时间不早了,又要上班了,就和董老太太道别:“奶奶,你讲的我都记住了,听你一席话,胜读十‘本’书啊,我会经常来看你的。”

董老太太知道白依依已然走出了心里的苦闷,送白依依到门口,也笑着说:“孩子,常来啊,我这儿随时欢迎你。”

面向白依依远去的背影,董老太太掏出一张30多年前全家人的合影,盯着女儿的照片看,喃喃自语:“多像啊,中国那么多好后生,咋就跟着一个外国人去了呢? 国外有什么好的?”老太太触景生情,摇了摇头。

第十七章
一张转诊单

唐军生日记：

2016年9月13日。陶班长，今天是你住院的第339天，也是一个值得所有联勤人铭记的日子。终于又把你从死亡线上抢救回来了，我悬着的心也落地了。联勤改革实质性展开，成立了武汉联勤保障基地和五大联勤保障中心，我不知道这次改革会带来怎样的变化，只希望幸运常伴你左右，改革越来越好。

2016年9月13日，这是一个值得铭记的日子，也是一个令所有联勤人骄傲的日子——中央军委联勤保障部队成立大会在京举行，习主席亲自向武汉联勤保障基地和各联勤保障中心授予军旗并致训词。一纸命令，白求恩和平医院划归郑州联勤保障中心管辖。

举行完迎军旗仪式，医院在办公楼显著位置将主席训词全文刷在了一面高墙上，要求人人背记。

背记了好几天，白依依只记住了几个纲，唐军生倒是记得一字不落。还好,医院对白依依这类招聘人员要求也不是很苛刻,能记住训词的四条大要求就行了。

这些天,白依依更加细心地照顾陶兵,她虽然不清楚陶兵和护士长是什么关系,但她明白陶兵在护士长心中的分量,不敢有丝毫的大意。除了护士长交代的事,为了防止再有什么闪失,她一有空就往陶兵病房跑,时间一长,两人竟无话不说了。而唐军生也没再责怪白依依,她觉得白依依真心“悔改”了,是一个尽心可靠的护士。

这次白依依再来看陶兵,陶兵精神很好,正和来看他的三名战友合影留念。看他们胳膊伸得跟长臂猿似的,那自拍的难受样,白依依走过去伸出手说:“把手机拿来,我给你们拍一张。”四人笑嘻嘻答应。

接过陶兵递来的手机,白依依调整好距离,对好焦,拍了几张,送到陶兵和几名战友面前说:“拍得还不错吧?”一名战士插话道:“白护士长得这么美,拍的照片也这么好看,说啥都是对的。”

白依依听后心里乐滋滋的,不料陶兵接下话说:“白护士,你可千万别当真,我这兄弟啊,话都是反着说的。”说着,顺手拿起床头柜上的镜子照了起来,冲着战友道,“出生的时候,上帝问我是要记性好,还是要长得帅,我已经忘了当时是怎么回答的了。”头发明显有点长了,他甩了甩头,又冲着白依依笑了笑说,“还蛮帅的嘛!”

“你这人咋那么不诚实呢?不但骗上帝,连自己都骗呀!”白依依翻眼看了看陶兵,“长得真有创意,活得真有勇气!”点点头,“嗯,嗯,你的长相已经突破了人类的想象,极具后现代艺术水准,有变形金刚的血统。”又故作生气道,“正话反话,姐乐意听就行。今天哪,拍照到此为止,为了你的健康,手机呢,暂时没收了。”说完,扬长而去。

陶兵扬着脖子:“嗨,凭什么?”

一名战友望着走出门口的白依依说:“这小姑娘,还挺厉害的啊,是不是拦我们旅长的那位啊?”又拍拍陶兵肩膀说,“兄弟,你得 hold(把持)住啊。”

美好的时光总是那么短暂,幸福的感觉总能在一瞬间消失。

就在大家期盼陶兵身体越来越好时,陶兵却突然感到头痛难忍,像要爆裂一样,几度昏迷过去。看着束手无策的医护人员,稍稍清醒过来的陶兵心痛、心碎,一度想放弃治疗。他不顾一切地冲出病房,被前来查房的白依依拦住。白依依对陶兵再次受伤这事深感愧疚,所以这次一定要救他。

“我是白衣天使,救你是我的责任,不管你愿意不愿意,我都要救你,都要照顾你。”白依依学着唐军生的语气,不容商量地说,“赶紧给我回去,军营男子汉就应该勇敢面对。”

白依依的话犹如醍醐灌顶,让陶兵无地自容,又惊得异常清醒。他之前一直讲“自己即使在哪里跌倒,也要把那里砸个坑”,如今却被一个小姑娘呵斥懦弱,即便心中委屈,也要硬撑下去,就乖乖地回到了病房……

医院也在千方百计协调,商讨救治方案。作为全军领先的颅脑治疗专科中心,桂林联勤保障中心福州总医院应邀派出专家,对陶兵实施远程会诊后,提出转诊建议。

当听说陶兵需转院至 1700 公里外的福州总医院时,白依依找到唐军生询问:“护士长,陶班长人都这样了,转院靠谱吗?”

唐军生也是心急如焚,十分担心地说:“悬啊,改革前涉及隶属不同军区两个医院间的转诊,需要层层上报的,少则三五天,多则半个月,有的压根就批不下来。”

“那陶班长还能等得了吗?”白依依一脸的惊讶,看到唐军生伤心的样子,又安慰道,“陶班长吉人自有天相,肯定等得了,肯定等得了。”

唐军生却没有多少把握,只希望一切都顺利,奇迹能出现,祈祷着陶兵能挺过这一关。

“不用等了!现在建立了联勤保障新模式,已经高效运转起来了。”许红军副院长及时送来了上级的政策:新联勤保障体制下,5个联勤保障中心联成网,中心既保障体系内部队又辐射全军,伤病员可在全军范围内转诊转运。

听到这个消息,白依依兴奋得像个孩子:“太好了,太好了!”

唐军生连忙催促说:“院长,那咱赶紧报啊,赶紧报啊。”

“还用你说啊,早报上去了。”许红军说,“我来之前,医院就已经紧急报请郑州联勤保障中心了。”

随即,郑州联勤保障中心电话请示武汉联勤保障基地,基地、桂林联勤保障中心、福州总医院三级迅速行动,联勤保障部队的战勤值班制度高速运转……短短32分钟,隶属两个中心的两所医院,成功建立起医疗转诊通联机制。

接到转院的正式通知,唐军生悬着的心稍稍放宽,赶紧喊来白依依一起准备转院的事。

树木的地下根脉是各自为政抢地盘、争养分,还是攥指成拳深扎根、广联通,直接影响着树木主干的生长。联勤保障亦是如此,只有甩掉各自的“坛坛罐罐”,打破地域供应的界限、指挥体系的壁垒,保障能力才能轻松起飞。白依依边准备转院的事,边想着前天一名领导讲课时说的话,突然拍手道:“说得太对了,太有哲理了。”看来改革的红利真的与每个人息息相关呀。

唐军生瞅着走神的白依依说:“你发什么神经?赶紧准备吧。”

白依依方从回忆中走出,忙碌的手也快了起来。

联勤保障体制改革之前,像陶兵这样的危重病员适用于过去“中心医院—军区总医院—解放军总医院”的三级救治体系,难以在第一时间转诊至福州总医院。唐军生感叹道:“新联勤保障体制推倒了一堵堵‘墙’,搭起了一座座‘桥’,优质高效保障真正落到了实处。”

第二天早上,陶兵从重症监护室被转出,和平医院救护车呼啸着驶入正定机场。经民航部门提供的转运伤员专门通道,陶兵躺在担架上被抬进机舱,固定在最后两排经改装的座椅上。唐军生和白依依以及医院专家组携带移动医疗设备,随机伴随保障。

8 点 10 分,春秋航空 9C8785 从石市正定机场起飞,12 点半抵达福州长乐国际机场。尾舱舱门缓缓开启,陶兵的担架沿东航客梯被抬下,直接进入机场救护车。在机场一个指定区域,机场救护车与福州总医院救护车迅速进行伤员转接。13 时 05 分,载着陶兵的福州总医院救护车驶出机场,驶向下一站——福州总医院。

到达医院后,福州总医院立即组织了专家会诊,一位 91 岁高龄的老专家微笑地注视着病榻上的陶兵,耐心倾听主治医师的病情汇报。而后,他又亲自为陶兵仔仔细细检查了一番。

老专家检查完毕,笑眯眯地对陶兵说:“我救你,请放心。”显然,老专家已经胸有成竹,很快带领人研究制订最佳治疗方案,并精心组织了手术,再次将陶兵从死亡线上拉了回来……

在和平医院大交班会上,许红军副院长颇为感慨地说:“这次陶兵跨区转送,打破了战区的界限,更打破了运输投送的层层壁垒,全军运输投送力量织成一张网,融为一体!”

第十八章
购物节买些啥？

唐军生日记：

2016年11月11日。亲爱的兵，今天是你住院的第398天。大家都在网购，都在讨论马云。我不知道网购好不好，也不知道该买些什么，天冷了，就给你织件毛衣吧，虽然这很普通，也很传统，但这是我的一片心，希望能带给你温暖。

陶兵在福州总医院住院一个月后，又踏上了转回和平医院的征程。一番周折后，陶兵总算“回家”了，白依依心中有种说不出的兴奋与激动。

坐在飞机上，大家也没有什么事，和平医院的这帮医护人员像是得了职业病似的，三句话不离老本行。一名医生说：“昨天在朋友圈里看了一则信息，一名32岁的青年才俊患肝癌走了，实在令人惋惜啊！可人为什么会得肝癌呀？”

正好随行的有一名医院的肿瘤科专家，他解释说：“癌的出现是有一定缘故的，而且与我们的生活习惯有一定关系。我们常说的肝硬化，就是肝癌的病发缘故之一，得了肝硬化的患者肯定要留意起来，不然很容易形成肝癌的。再就是常常食入氯仿、被多氯联苯等净化物质，也会在一定程度上增加肝癌的发病概率。”

白依依伸过头插话问：“好多年轻人饮食没有规律，会不会得肝癌啊？”白依依这么问，是提前做了功课的，她知道会，想请专家确认一下，抑或借机考一考专家，也显示自己问得有水平。

对白依依来说算是问题，对专家来说还不是信手拈来？那名专家不紧不慢地回答说：“不科学的饮食也能形成肝癌，由于过夜食品会霉变，进而含有大量的黄曲霉素，而黄曲霉素是一种高致癌物质，常吃此类食品，无疑会增加肝癌的发病几率。因此不要吃发霉变质的食品，不吃烧烤、腌制品等，减少肝癌出现的病因。”

这时，躺在担架上的陶兵咳嗽了几声，大家觉得在一个刚刚在鬼门关转了一圈的患者面前谈论生死，确实这个话题有点沉重了。一时间，大家都哑巴一样默不作声了。

为了缓和这尴尬气氛，白依依捏着自己鼻子，凑到陶兵眼前，用搞怪的腔调说：

“我是肝！是个哑巴！请注意，当你发觉我疼痛时基本上就晚了！

“请你记住我，我每3分钟过滤你全身血液一次！

“一小时过滤20次！一天过滤480次！一年过滤175200次！

“我拼命工作为你解毒，可你半夜十一二点不睡觉，你喝酒，你生气，没事还吃大肉串。你埋怨皮肤暗沉，胃不舒服不消化，脂肪肝，睡眠不好情绪不佳……”

机舱内顿时笑声一片，陶兵斜眼瞅瞅白依依：“你是谁呀？”

白依依依旧捏着腔说：“我是你的小心肝。”

众人大笑，陶兵却臊得满脸通红……

有白依依这个“活宝”在，旅途总是愉快的。很快便到了机场，他们下了飞机，又转车到了和平医院。

这一轮游离于死亡边界的折腾，让白依依更加懂得了生命的可贵，不免学着哲人感叹一番：一辈子真的好短，有多少人说好要过一辈子，可走着走着就落单了。曾经，又有多少人说好要做一辈子的朋友，可转身就成为最熟悉的陌生人。有的明明说好明天见，可醒来就是天各一方。白依依决定好好犒劳一下自己。

群里有人转发了一条信息，白依依低头翻开看了看，乐了：

昨天丈母娘打电话给老婆，说想女儿了，叫她回去住几天。我就纳闷了，为啥丈母娘不叫我去呢，于是我就打电话问丈母娘。丈母娘语重心长地说：“你小子傻啊，快双十一了，你想让她败家吗？农村没网，住两天就太平了！”我流着泪挂了电话，真是中国好丈母娘！

“广告就是告诉别人，钱还可以这么花。”离双十一还有几天，铺天盖地的宣传，就为狂热的购物节掀起了波澜，这注定又是一场购物盛宴。白依依对着手机说：“马云，你就偷着乐吧！赚那么多钱，也不知道分给本姑娘点花。”收起手机，白依依闭目想象着双十一那天买些啥，送给谁，嘴角渐渐露出微笑。

双十一这天，大家都在抢着购物，都在讨论马云，都在预测前一个小时能卖多少，今年能否突破一千亿。

肖飞飞知道这些天黎尤尤私下找人借过钱，肯定是口袋里装了石榴皮——一个子也不会有，故意问黎尤尤：“小妮子，这都购物节了，你准备买些什么啊？”

黎尤尤家是农村的，全家就她一个人上班，爸爸治病要花钱，还要供弟弟上高中，平时都是省吃俭用的，哪还舍得买什么啊，这些天借钱也是给爸爸治病，不知怎么让肖飞飞知道了。肖飞飞非但不同情她，还总喜欢刺激她。和肖飞飞斗嘴斗了这么久，黎尤尤也学得刁钻了，她没有直接回答肖飞飞，而是说："昨天找了一大夫，把脉后，建议我多运动，不要买饮料，多喝白开水，多坐公交或步行，不要在外面吃饭，尽量吃素，少吃肉类和海鲜！我点了点头！"

肖飞飞连忙问："你是啥毛病啊？"

"老中医说：收入太低，压力太大，不适合高消费，一花钱就上火！"黎尤尤在肖飞飞眼跟前左右扇了几巴掌，笑着说，"我的钱包就像洋葱，一打开我就想哭，我刚刚扇了它几个耳光，希望它能快点肿起来。"

"哎哎哎，你别扇着我了！"肖飞飞往后连连躲闪，讥讽道，"嗨，你这小妮子，还挺会给自己找理由的，看不出来啊。"

"我呀，现在恨不得头插羽毛，本人待售：聪明活泼小可爱，青春活力新一代，物美价廉，童叟无欺。"黎尤尤话一出口，就后悔了，仿佛预测到肖飞飞会说什么。果然，肖飞飞不客气道："喊，就你还聪明小可爱呢，我看价廉倒是真的，物美可就不敢讲了。"

黎尤尤知道和肖飞飞打嘴仗占不到便宜，见肖飞飞一直翻看着手机，却迟迟没下单，黎尤尤把矛头一转："别光说我啊，你打算买啥呀？"

"我嘛，我嘛，还没想好呢。"肖飞飞显得十分扭捏，似乎有不可告人的秘密，又想在黎尤尤面前显摆一把，"就是看上了一个包包，还没想好让谁买呢。"肖飞飞男朋友其实对肖飞飞挺好，只要是肖飞飞想要的，总是变着法地弄到送她，可肖飞飞总嫌他家里穷，不愿和他一起过苦日子，不清不楚地还另外"备胎"了两个。肖飞飞突然一闪念，把想要的包包拍个照片同时发给了三个人。

第一位是出差在外的公务员，很快回复了：想买就买吧。

第二位是个外地的商人，也很快回了信：需要钱尽管说，我在忙。肖飞飞顿时感觉温暖多了。

可迟迟不见自己的男朋友回复，肖飞飞憋了一肚子火，寻思着这次绝不轻饶他,大不了就分手。临下班时,却看见男朋友来接她,一副笑呵呵的憨厚样儿。

“你咋来了?还好意思来呀!”肖飞飞正想发火,男朋友从身后取出一个包,深情地看着她,“飞飞,你要的包,我跑了好几家商城才买到的,送给你。”

护士站的姐妹们投来艳羡的目光,不料,肖飞飞却说:“傻货,你怎么不从网上买啊,今天双十一,网上有好多打折的。”

男友一脸无辜地说:“你要的东西,怎么能随便打折呢?”

听了这话,一旁的黎尤尤羡慕嫉妒恨呀:“要是有个人这么对我,多好啊,想想都美。”带头为肖飞飞的男友呱唧呱唧,大家也纷纷鼓掌。

男友不好意思地挠挠头,肖飞飞瞪了他一眼:“嘚瑟啥呀,走吧,你一个月那点工资,也就够买这个包的。”说完,头也不回地走了。男友回头和众姐妹挥手告别紧跟着走了。

白依依早来接班了,也看见了这一幕,冲着肖飞飞离去的方向狠狠说道:“就这还不知足,就知道作吧,总有一天会作死你。母鸡想上树——不是什么正经的鸟儿。”

黎尤尤这时凑过来问:“依依姐,你今天买了啥啊?”其实,今天白依依也确实慷慨了一把,一下子刷了一千多,像很多盲目购物者一样,只知道购买,付款,具体买了什么了,除了几件重要、必需的,其他的真的记不清了,都是跟着感觉加入购物车统一结账的:“管他呢,反正买了不少,收到就知道了。”说完,白依依查房去了。

双十一,也是光棍节,这对军营战士来说,往往是筷子夹骨头——光棍对光棍。白依依也好奇军营单身汉们是如何过双十一的,推开病房一看,陶兵一手捶着被子,一手哈哈大笑:“太有才了,太有才了!”

“傻笑啥呢?”白依依拿起吊瓶正要给陶兵扎针,看他乐成那样子,也不由得笑了起来。

“哥们发给我一条微信，说，一女的在群里招亲：‘今年谁愿陪姐过光棍节，姐让他明年过父亲节。’群里骚男一个个蠢蠢欲动，唯有一名当兵的岿然不动！一哥们试探道：‘哥为何如此淡定？’当兵的呵呵一笑：‘从11月11日到明年父亲节间隔仅剩7个多月，这爹当得冤啊！’众棍猛悟，齐声道：‘这才叫真正的坑爹啊！’”说完，陶兵又大笑起来，还神秘地对白依依说，“双十一今已来临，冷静，便宜不贪。”

可陶兵哪里知道，白依依今天已经给他网购了一双运动鞋，希望他好了，能和自己比试一下五公里。谁知竟是假货，眼看上当受骗了，白依依也无心去维权，就当买一次教训了，运动鞋也没能送出，好遗憾啊。白依依给董老太太买的一条围巾倒是不错，收到后赶紧给老太太送去。连日的劳累，白依依两腿酸痛不已，很想找点事活动活动筋骨。

大门敞开着，董老太太正在收拾菜地。“奶奶，忙着呢？我来帮你干吧。”白依依将东西放下，和老太太一起忙活着。

“孩子，快来啊！”老太太也不客气，两人边干边聊，见白依依脸色不大好，两人劳动了一会儿，就回屋休息了。白依依拿出给老太太网购的围巾，还亲手帮老太太系上，乐得老太太合不拢嘴。

老太太问白依依：“孩子，是不是哪里不舒服？”

白依依揉揉肩：“可能是累得吧。”

可不是嘛，白依依跟去福州总医院，这一去一个多月，忙前忙后地照顾陶兵，自然累得不轻，两腿跑得都疼。董老太太询问诊治了一番，进屋拿出一套银针：“我给你扎一针看看。”

白依依听说过针灸，可一见这么长的针，心里还是打怵：“奶奶，这管用吗？”

“管用不管用，试试才知道啊。”说着，董老太太取出银针，笑笑说，“要相信奶奶，奶奶针灸的次数不比你输液扎针少。”

听老太太这么一说，白依依也只好一试了，她撸起裤腿，紧紧闭上眼，深呼吸一口，又停了一会儿，咬咬牙说："奶奶，你扎吧。"

"已经扎完了，睁开眼吧！"白依依不敢相信自己的耳朵，睁开眼一看，小腿上果然有两根银针，惊奇地问："奶奶，你什么时候扎进去的？"

老太太笑眯眯地说："就刚才啊。"老太太边说边取针，白依依酸痛的腿果然好了不少："奶奶，能教教我吗？"白依依心想学会了，以后可以帮着陶兵扎针，还能帮妈妈治疗肩周炎。

老太太点点头，立马讲起了针灸知识，从此，白依依来老太太这又多了项学针灸的任务，也比以前来得勤了。

唐军生不懂什么网购，手机上也没下载支付宝，这么多年也从未想过网购什么，看别人买买买，讨论得挺热乎，也就偶尔说几句马云创业的话，挺励志的。不过白依依总打趣说"地球人都知道了"，唐军生也就知趣地不说了，只当是和这帮小年轻聊不来这个话题。

唐军生这些天明显早回家了些，照着丈夫陆兵的身材，默默给陶兵织起了毛衣。以前陆兵在的时候，唐军生每年冬天都给他和病号织毛衣，毛衣也是她送给陆兵的第一件"定情"信物。自从陆兵走了，唐军生再也没织过了。如今，为了陶兵，唐军生又重新织了起来，织好就迫不及待地送给陶兵了，虽然款式老旧，但颜色是绿色的，陶兵挺喜欢的，也就欣然接受了。

第十九章
一个冬天织了8件毛衣

唐军生日记：

2017年1月8日。亲爱的兵，今天是你住院的第456天。我今天又给你织了件毛衣，可看到你正和依依拿毛衣说事，理智告诉我，你不想要了，你已经有了4件。我也实在找不出送你的理由了，那我就给你存着吧，等来年再送给你。

天气越来越冷，连日来的雾霾扰得人心烦意乱，难得碰上个阳光明媚的日子，陶兵穿上了唐军生给他织的毛衣，躺在洒满阳光的房间，享受着天然的日光浴，手里摇着一片白依依给他捡来的梧桐落叶，编织着未来。既而进入梦乡，是那么香甜。

唐军生心里也是暖暖的，因为痛着陶兵的痛，所以温暖着陶兵的温暖。隔着玻璃门远远地看着陶兵，她多么想抱抱陶兵，却又不敢，心怦怦直跳。为此，却唤醒了唐军生爱织毛衣的习惯，每晚下班后，她都织得很晚，织好一件就送陶兵一件。

“护士长,你已经送我一件毛衣了,有一件穿就行了,这件你留着吧。”从第二件开始,陶兵就拒绝。唐军生微笑着说:“一件哪能够啊,你换着穿吧。”陶兵默默接受了。

送第三件时,陶兵说什么也不要了,唐军生故作生气地说:“这织都织了,别枉费了姐的心啊。”陶兵不想让护士长寒心,也就勉强收下了。送第四件时,唐军生硬塞给陶兵就走了。

可唐军生仿佛着了魔一样,依旧不停地回去织毛衣。

白依依来查房,陶兵赶紧将树叶藏在床头,白依依过来笑着问:“什么好东西?”陶兵脸红红地说:“没什么。”白依依掀开枕头一看,床头放着3件绿色毛衣,陶兵身上还穿着一件,很奇怪地问:“咋这么多毛衣?谁送的?女朋友?”

陶兵庆幸树叶放在褥子底下没被白依依发现,胆从心生,挠挠后脑勺,轻轻地摇了摇头:“俺还没有女朋友呢,护士长送俺的。”又强装豪情道,“至今未敢恋爱,只因台湾孤悬海外!”

白依依背着手,猫着腰来回踱步,上下打量着陶兵:“嗯,还不错,还挺合身的。”只是白依依不明白,“护士长为啥要送你这么多毛衣呢?”

“秘密。”陶兵故意卖起了关子,白依依直勾勾盯着陶兵一言不发,陶兵纳闷,“你咋不问我啥秘密呢?”

“既然是秘密,我又何必问呢?”白依依欲擒故纵,“俺的好奇心可没有那么强。”

“每个人都有秘密,不问就是体贴呗。”陶兵诡秘一笑。

白依依一听,有点儿肉麻,顺手拿起床头一件毛衣就打陶兵:“谁体贴你了?!谁体贴你了?!”陶兵只有招架之功,并无还手之力,一个劲儿叫喊:“我投降,我投降!”

这时,唐军生又过来给陶兵送毛衣,隔着门口玻璃脸都臊得发热,理智告诉她,再也没有理由送给陶兵了,也不可能送出去了,只好快速折了回去,放在家中,寻思着明年再送吧。在唐军生的内心世界里,仿佛白昼有陶兵就有梦,夜晚有梦就有陶兵,只好用织毛衣打发漫长的夜,一个冬天竟织了8件毛衣,颜色和样式也都一模一样。唐军生不知为谁而喜,为谁而忧,为谁而悲,为谁而伤,为谁而感到如此凄凉。

人都是有感情的,作为回报,陶兵让战友捎来十字绣,一有空就学着刺绣。起初,白依依还嘲笑他说:“这拿枪的手,怎么也拿起了绣花针?”

“要你管。”陶兵将十字绣藏在身后,“不许看,不许看。”

“这么大的人了,还害羞呢。”白依依心想,陶兵找点事做也好,省着他天天玩手机伤眼睛,也就不再调侃他。

一周后,陶兵将绣好的“好人一生平安”拿给白依依看:“好不好看?”白依依没想到,陶兵这双操枪弄炮的手,还这么灵巧,观赏了一番:“不错,不错。”又指了指自己,“送我的?”

陶兵丝毫没有顾及白依依的感受:“美得你,送给护士长的。”

“好你个没良心的。”白依依拍打着陶兵,“就知道想着护士长,我就没照顾你啊?”

“哎哟,哎哟!”陶兵故作痛苦状,“护士长送我那么多件毛衣,我不得表示一下啊?”

“我照顾你,职责所在,关你什么事呀?!”白依依说了句一语双关的话,顺便将双十一那天购买运动鞋的事和陶兵说了,陶兵一脸的诧异:“那咋不拿给我呢?只要你送的,我都喜欢,一根鞋带也好啊。”

“贫嘴。”白依依直言道,“长这么大,我还没送过男孩子东西,哪能第一次就送个残次品?”她恨恨地骂道,“可恶的商家,可恶的马云。”

“关人家马云什么事啊?”陶兵看了看白依依,“那么多的网店,他哪能监管过来啊?”

“监管不过来,他也有责任,可惜了我一片心。”白依依转而又怼陶兵,“不像你,一点良心没有!”

“谁说我没有良心了?知恩图报俺还是懂的。”说着,陶兵从床头拿出一个本子,递给白依依,“给你。”白依依接过来打开一看,全是漫画,足足有50多页,虽然画得不是多么好,但依稀记录了白依依照顾陶兵的每个动作细节。白依依惊喜道:“什么时候画的啊?”

“从我醒来以后,能动了我就开始画了。我昏迷的时候,隐隐约约听到有人来向我倾诉,那时我就想画来着。”说着,陶兵往自己胸口指了指,“这个人一直在我这里呢,这个送你了。”

白依依娇羞道:“谁说要你这个了,也不问问人家喜欢不喜欢。”说完,白依依抱着这本漫画,满心欢喜地跑出了病房。

白依依先去卫生间调整了一下情绪,脸庞红红的,心里美美的,对着洗脸池的大镜子“欧耶”,正好被一个病患家属瞅见,白依依连忙闪出了卫生间。

“尤尤,和你商议个事呗?”到了护士站,只听见肖飞飞对着黎尤尤神秘地说,还把黎尤尤的水杯端到跟前。

“你这没事献殷勤,我可受不了。”黎尤尤只顾写着东西,头也没抬,“有什么事直接说吧,别拐弯抹角的,我一不小心就会被你绕进去。”

“咱俩换一个班呗,我后天晚上有事,大后天的白班我替你上了。”肖飞飞看黎尤尤家不在这,又好脾气,经常跟她换班,因为上周刚换了两个班,这次又换,着实有点心虚。

没等黎尤尤表态,白依依插话道:“你就知道欺负尤尤。”

肖飞飞一脸的不高兴:“我怎么欺负她了?我们只不过换个班,谁也不欠谁的。”

“你那也叫换班呀,你让她上什么班,你就应该还她什么班,你用自己夜班换尤尤白班,哪有这好事?谁不想每天晚上在家舒舒服服睡个好觉?”白依依早就看不惯肖飞飞这种行为，自己不想上夜班，就和别人换，“谁不知道上夜班累啊，还好意思说谁也不欠谁的。”

肖飞飞被白依依说得打脸了，很不以为然：“这是我们两个人的事，只要我们愿意就行了，我们姐妹情深，不计较这小事！”

“这怎么成了你们个人的事？排班有严格规定的，你不懂吗？报护士长批准了吗？”白依依越说越激动，“你让尤尤替你上夜班，夜班费你给她了吗？还姐妹情深呢?！咋不说占人家便宜呢?！这是小事吗？出了问题谁负责？”

黎尤尤担心事情闹大了不好收场，连忙打圆场：“依依姐，快别说了，我辛苦点没啥。”肖飞飞像是找到了救星，顺着台阶下：“换个班，能有啥事啊？”

“能有啥事？”白依依瞪了肖飞飞一眼，转而又奚落起黎尤尤，“你呀，你呀，就是耳根子太软，你自己都不会拒绝，谁能救得了你？天天熬夜班，熬得内分泌都失调了，你再这样下去，时间长了身体会垮的。如果身体垮了，不见得别人都那么好心替你上夜班，某些人可是念完了经打和尚的，有用是亲，无用是仇。”说到这，白依依故意瞟了肖飞飞一眼，“还有，上次的教训你还没长记性？”

原来，上个月，肖飞飞找黎尤尤连续换了两个夜班，加上自己的一个，黎尤尤一连上了三个夜班。那晚夜班黎尤尤不知吃了什么，刺激得腹痛腹泻，无奈夜间零点起身去了厕所。

看月亮孤苦伶仃地悬挂在医院的上空，光线好暗，像极了恐怖小说里的感觉。本就害怕的黎尤尤，出卫生间的时候，迎面遇见一个女郎，恍惚中，看到她时髦的短裙，卷卷的头发，模样有点模糊。和黎尤尤擦肩而过的时候，女郎突然对她龇牙笑着，轻轻拍了拍她的肩膀，顿时吓得她魂飞魄散，几乎尖叫起来。只听到女郎嘿嘿两声，声音却夹杂着男人浑厚的磁性声音！“我的天哪！见鬼了，见鬼了！”

黎尤尤飞也似的钻进护士值班室，赶紧反锁值班室的门，黎尤尤有种想哭的欲望！她一直在想："那个奇怪的女人到底是谁？为什么拍我肩膀？还有那声音回想起来十足的男人口气！这不是鬼是神马玩意？"不用说，黎尤尤一夜无眠。

第二天一早，白依依来接班时见黎尤尤仍惊魂未定，忙问原因，黎尤尤以为自己是梦游，怕大家笑话自己，或者怕别人说自己迷信，自己吓唬自己，就让白依依不要声张。

后来白依依帮着一打听，确实有一位患者家属半夜上厕所拍了黎尤尤一下，只不过那家属声音像男的，这事就不了了之了。白依依这次重提，就是提醒黎尤尤不要老是替肖飞飞上夜班。

讲完这些，白依依又安慰黎尤尤说："私自换班不出事还好，如果真有事，你就等着挨医院、挨护士长的收拾吧！你不知道，我们有事换班都得经过护士长批准的，而且排班表也会照实改。"说得黎尤尤战战兢兢、哑口无言。其实，白依依更是说给肖飞飞听的，让她有点羞耻心。

"换一个班，又不是要人命，让你说的，好像天塌地陷、世界末日似的，我不换了。"肖飞飞见状，悻悻地走了。

"世界末日算什么啊，我们还有复活节呢！"白依依冲着肖飞飞走的方向喊，"就是不和你换班，咋的?!"还握拳豪言壮语道，"此去泉台招旧部，旌旗十万斩阎罗。"黎尤尤只顾在一旁笑了。

第二十章
深夜救助醉汉

唐军生日记：

2017年2月3日。亲爱的兵，今天是你住院的第482天。你送我的刺绣，我挂起来了，看着真好。还有，我们今天救助了一名醉汉，他是那么沉，我和依依根本挪不动他，要是你在就好了，可以帮帮我们，我们有时真的需要人帮助。

唐军生收到陶兵送她的“好人一生平安”刺绣，像是小学生第一次得了奖状那么兴奋，赶紧找人裱起来，先是挂到客厅里，左看看，右看看，越看心里越美，平时拘谨的她竟哼起了歌：谁能与我同醉，相知年年岁岁……

可总觉得哪里有不妥，想了一会儿，便摘下挂到了卧室靠床尾一边的墙上，她还把老公的照片找出来挂了起来。这样，每晚睡觉，一抬头就能看见。

急诊科护士排的是双班，一个班出120，专门出去完成120指派的任务；另一个班属于二线护士，留守急诊科，负责科室的院内急诊分诊，侧重抢救室急救、留观室的护理工作。

已是深夜11时,唐军生躺在床上正欣赏“杰作”,这天担任120值班的白依依打来电话,说是要紧急出车救护。唐军生当上急诊科护士长立下的规矩,只要是晚上出急诊,都要通知她,没有特殊情况,她必须到场。

唐军生快速穿好衣服,一路小跑上了急救车。

呼救现场在距离医院五公里外的一个道路旁,急救队员到达后,只见一个重度酒精中毒的中年男子,一米八多的身高,又魁梧肥胖,躺在冰冷的地面上烂醉如泥,不停地大喊大叫。

冬夜,外面气温很低,醉酒患者衣衫单薄,冻得瑟瑟发抖,路上依稀有行人匆匆路过,也无人关注。

急救队员协力把醉汉抬上救护车,拉回医院急诊科留观察室醒酒。

醉汉烦躁不安,不停地在病床上翻滚,无论唐军生和白依依怎么询问,就是说不出家人的联系方式。急救队员经常会遇到这样的“三无”患者,唐军生唯恐醉汉坠床造成二次跌伤,和白依依专门把他安置在软担架上,盖上两床棉被保暖,忙着开放绿色通道。

唐军生让白依依遵医嘱加药,刚想为患者输液,他却想呕吐。白依依连忙拿来痰盂,可他一阵阵干呕,要吐却没吐出来的痛苦的样子。

突然,患者站了起来,悠悠就往外走,唐军生以为他要去厕所,便和白依依搀扶着他去卫生间。醉汉东倒西歪的,两个柔弱的女子根本无法控制他,也跟着东倒西歪,艰难行走没几步,醉汉突然摔倒在地。

“你看看值班医生在忙什么呢,让过来帮帮忙吧。”面对这么个醉汉,唐军生知道,靠她和白依依的力量是无法保证醉汉安全的。唐军生心里明白,像这种“三无”患者,护士们不仅要为患者的生命负责,肩负救治职责,还是患者的全权监护人。这种情况下,万一摔出事来怎么办?

未等医生过来,醉汉好像对于刚才摔一下并不在意,竟自己爬了起来,摇摇晃晃又回到了观察室。唐军生赶紧去端来治疗盘,为醉汉输液,找了半天也没找到他手上的血管，加上患者喝醉了，一点不配合，手舞足蹈，唐军生正要为他扎针时，醉汉突然酒疯发作，一拳挥过来打在治疗盘上，器械撒了一地，几个玻璃瓶也成了“杯具”。

唐军生赶紧捡起器械，又换了一个托盘来，耐心开导了醉汉一会儿，醉汉平静了些许，唐军生让白依依辅助摁住醉汉，耐心地寻找可以穿刺的血管，“要补液啊，必须找粗点的血管了。”唐军生凭借过硬的技术，一次性穿刺成功。

唐军生用盒子和胶布固定好针头，交代白依依一定照看好。安置好后，唐军生发现醉汉安静了，白依依紧张的心慢慢放松下来，唐军生倒有点担心了：“醉酒的患者越闹越没事，就怕人事不省的。”唐军生使劲地拍着醉汉，“快醒醒，快醒醒。”醉汉倒是有反应，又开始舞动手臂，嘴里嘟囔着听不清的词汇和一连串数字。

唐军生好像听到了一个电话号码，以为是醉汉的家人，赶紧让白依依拨打试试。拨通后，对方是天津的，一个女声说：“你打错了，我不认识！”还加了一句，“深更半夜的，神经病。”

待醉汉情绪稍稍平复下来，值班医生检查了一下醉汉，还好没什么大碍，交代了几句，就出去了。唐军生和白依依一直守在醉汉旁，细心观察、照顾着，不敢有丝毫的懈怠。

休息间隙，白依依小声问唐军生：“护士长，看这喝醉酒难受的，为什么还有那么多人喜欢喝酒啊？”

“男人嘛！有些应酬是少不了的，中国人最讲感情，酒逢知己千杯少嘛！”唐军生只是揣测着众人的心思，这个问题她也没有答案，可能是众说纷纭吧。

白依依却直接问道：“护士长，你喝醉过吗？”

唐军生不好意思地笑了笑：“军校毕业时喝醉过一回，那时全班人都喝醉了。”

白依依追问：“什么感觉？”

“没什么感觉？回去就睡了，第二天醒来，发现吐了一地。全班人有一半都吐了，从那之后再也不敢喝酒了。”唐军生笑了笑，“我当时还找了些防醉酒妙招，什么喝酒前喝杯酸奶或者吃块小糕点、喝热汤、多吃绿叶菜、酒后喝蔬果汁了，好像都没什么用啊。”

“最重要的还是要管好自己，喝酒伤身，要尽量克制自己，避免醉酒。”唐军生只顾自己讲着，不知不觉凌晨2点了，按照往常这个时候值夜班，白依依早躺在床上休息了，就是急救值班，也躺在救护车上呼呼大睡了。

听护士长讲完，白依依已困得昏昏欲睡，迷迷糊糊问唐军生：“护士长，咱这样卖力地做这些，有人知道吗？”

唐军生苦涩地笑笑说：“最近不是流行着一句话吗？叫‘人若欠你，天必还你’，其实这里面还有一个很有意义的故事呢。”

白依依有气无力地问：“啥故事啊？”唐军生缓缓讲了起来：

清末民初时，流传着一个真实的故事：在辽东半岛南端的一个叫后羊圈的村子里，有一个哑巴。他给一家财主打长工，到年终算账时，哑巴得到的钱比别的长工少。活没少干，工钱却比别人少，哑巴非常不满，但是他不能说话，无法和财主理论，于是决定把财主家的柴火垛烧掉来表示抗议。

到了晚上，哑巴来到柴火垛刚要点火，忽然想到，要是把柴火垛点着，人家用什么做饭呢？不能点！

那怎么抗议呢？去点喂牲口的草垛吧，于是哑巴爬到墙头上刚要点火，又一想，点了草垛，牲畜不就没吃的了吗？不能点！

哑巴想了又想，还是算了吧，正准备回去，却一不小心，“扑通”一声，从墙上掉下来。财主从屋里听到了动静，就出来问：“是谁啊？”

哑巴一急，竟然说出话来：“是我，哑巴。”

财主惊讶地问："哑巴，你怎么能说话了？"

哑巴说："我从墙上掉下来，摔了一下，就会说话了。"于是把刚才的来龙去脉、前因后果说了一遍。

财主很羞愧，感觉对不起哑巴，把少给的工钱都给补足了。

人善，人欺，天不欺；人好，心好，有好报。善有善报、恶有恶报的天理谁也摆脱不了，苍天有眼，神目如电，头上三尺有神灵！

唐军生绘声绘色地讲着，白依依依旧困得睁不开眼，有气无力地说："护士长，还有神灵呢，你还信这个啊？这顶多算是个日出西山水倒流——天下奇事。我现在不求有多大回报，就想着能有一张床躺下就行。"

"也不是信什么神灵，主要是做事要对得起自己的良心。"唐军生笑笑说，"那我再给你讲一个年迈夫妻住旅馆的故事吧。"唐军生担心白依依睡着，其实也怕自己睡着，所以一个故事接着一个故事讲了起来：

一个初春的夜晚，大家已经熟睡，一对年迈的夫妻走进一家旅馆，可是旅馆已经客满。

前台侍者不忍心深夜让这对老人再去找旅馆，就将他们引到一个房间："也许它不是最好的，但至少你们不用再奔波了。"

老人看到整洁干净的屋子，就愉快地住了下来。

第二天，当他们结账时，侍者却说："不用了，因为你们住的是我的房间，祝你们旅途愉快！"这位侍者自己在前台过了一个通宵。

老人十分感动，说："孩子，你是我见到过最好的旅店服务员，你会得到报答的。"侍者笑了笑，送老人出门，转身就忘了这件事。

有一天，侍者接到一封信，里面有一张去纽约的单程机票，他按信中所示来到一座金碧辉煌的大楼。原来，那个深夜他接待的是一个亿万富翁和他的妻子。富翁为这个侍者买下了一座大酒店，并深信他会经营管理好这个大酒店。

这就是著名的希尔顿饭店和他首任经理的传奇故事。

听完故事,白依依指着眼前的醉汉说:“你还指望他是我们的贵人? 一个‘三无’人员。”

唐军生笑了笑说:“人不可貌相,我们救他,不是因为他将来对我们有没有帮助,而是因为这是我们的天职。”

两人不停地聊着,到患者输液完毕,指针已经指向早上6点。醉汉这时也醒了过来,迷迷糊糊地问:“这是哪儿啊?”

“这是医院啊!”白依依没好气地回答,倒是唐军生问醉汉什么,醉汉就回答什么。唐军生知道醉汉已经醒了,悬着的心也落地了。

第二十一章
救命恩人,我拿什么回报你!

唐军生日记:

2017年2月8日。亲爱的兵,今天是你住院的第487天。前几天我们救治了一名私营企业家,看样子挺有钱的,费尽心思给我送礼。这哪能要啊?我们是天使,治病救人是我们的天职呀!这个社会怎么了?好像不收礼就“另类”了,真有点搞不懂。改风气,真是永远在路上啊!

醉汉醒来后,和唐军生的一番简短对话,大致清楚了救治情况,一个劲儿地说着感谢的话,还劫后余生似的感恩:“需要什么尽管提,只要我能做到的,一定照办,一定照办!”

唐军生和他寒暄了几句,起身欲走,一旁的白依依冲着大汉吼道:“以后少喝点酒,折腾我们不要紧,你连自己命都不要了吗?我们什么都不需要,看看你少了什么吧?”

经白依依这么一提醒,大汉一摸兜,心一惊:“我的手机和钱包呢?”大汉好像记起了些什么:昨晚签了一笔大单,几个哥们邀请他去喝酒,不停劝他多喝，出了酒店门，朋友帮他叫了一辆快车，行使了一会儿他就不省人事了……

“你问谁呢？昨晚我们也找过了，什么都没有，我们还着急呢。”白依依瞅着大汉，略显生气地问，“嗨，嗨，你不会是怀疑我们拿了你的手机和钱包吧？”

“哪能呢？”大汉摸摸头，有点儿不好意思，“我知道你们救了我，部队医院嘛，谁不知道在这方圆几十里口碑最好了。”

“这还像句人话。”白依依“哼”了一声，冷冷笑道，“头等舱可以优先登机，银行VIP可以免排队，演唱会最贵的门票位置最好。可身体器官一定要匀乎着使用，特别是肝脾肾胃啥的，要学会省着用，省着用就是在延长保质期，要不然这零件配起来可贵了，还不一定有货呢。”

大汉连连称：“是，是，是，小姑娘说得有道理。”

“别光嘴上说呀，关键是要有行动，我要录下来作为呈堂证供。”说着，白依依掏出手机正要录音。大汉眼前一亮：“小姑娘，录音就不必了吧，能借你的手机打个电话吗？”大汉双手伸到白依依面前。

“你打吧。”白依依顺手递过来手机，“别小姑娘、小姑娘地叫，我今年都24岁了，成年人了，不是医院雇用的童子军。”

大汉会心地笑了笑：“都说女孩子的年龄是秘密，别人唯恐隐瞒不住，你这还主动报出，少见啊。”

“年龄有啥保密的？从娘胎里出来就注定了，谁也改变不了。”白依依对别人隐瞒年龄始终不理解，又仿佛觉得大汉的笑不怀好意，“怎么？不像吗？我这年龄可是身份证、户口本都有证明的。”

经这么一说，白依依精神了不少，大汉也变得异常清醒：“我信，我当然信了，你看起来不大不小刚好24岁，多一秒则长，少一秒则短。”

白依依扑哧笑了：“什么乱七八糟的，你是形容年龄呢，还是形容身段呢，这都精确到秒了！”

大汉笑答："当然是年龄了！"

白依依撇撇嘴道："什么刚刚好，今天可不是我的生日。"

大汉笑着追问："哪一天是你的生日？"

"2 月……"白依依刚要说出生日，看着大汉盯着她看，似乎有不可告人的秘密，话锋一转，"你套我话，我才不上你当呢。"

"你这小姑娘，刚才还说年龄不保密呢，现在又不说了。罢了，我先让人来接我吧。"说完，大汉拨通了一个电话，起身走到门口，小声说了几句，就把手机还给白依依了。

"有什么见不得人的，打个电话还这么神神秘秘的。"白依依接过手机，"哦，原来你不是'三无'人员啊？"

大汉不解："何为'三无'人员？"

"无钱、无证件、无家属喽。"白依依脱口说，"碰到你这样的病人，治疗生活护理一肩挑，出了问题还得我们扛着，冤不冤啊，还在这跟你瞎扯了半天，就当是给你'话聊'了，免费。"

大汉上下拍打了一下衣服，露出一身的名牌，有点嗤之以鼻："你看我像'三无'人员吗？"

白依依像是故意逗大汉，扭头撇撇嘴道："难说，如今叫花子都一身名牌，还开大奔呢。"

"你见过几个叫花子开大奔啊？这么瞧不起人，怕我不给钱啊！"大汉也不再争辩，"一会儿你就会明白了。"

半个小时后，男男女女的来了五六个人，看打扮像是职场上的人，这大冷天的还个个西装革履的。一个身穿黑色西服的中年男子递过来一个皮包说："王总，这是你要的。"

"好好给我查查，昨天到底发生什么了？"王总从包里拿出厚厚的一沓钱，递到唐军生和白依依面前说，"这是我的一点心意，谢谢你们救了我。"原来大汉叫王德福，是当地一家著名的民营企业的老板，特意让秘书准备10万块钱感谢唐军生和白依依的。

“救你是我们的责任，我们不是冲着你的身份，更不是冲着你的钱，换作其他任何一个人，我们也会这么做的。”唐军生把钱挡了回去，也不管他是什么“总”了，是什么原因醉倒街头了，只想早点打发他走，自己也好早点回去休息，“你要是有心，把治疗费交了就可以出院了。”

白依依也帮腔说：“带上你的全名备注，交费去吧。”拉着唐军生一起走了。身后传来王总的声音：“我一定会报答你们的。”

天刚破晓，淡青色的天空还镶着几颗稀落的残星。或许是垂怜唐军生和白依依一夜救助的疲累，今天换班的人早早来了，白依依伸了伸懒腰，瞌睡虫又把她招将去也：“折腾了一夜，困死我了。”唐军生拉着她：“走，到我那睡会儿去。”迎着清晨的寒风，呼吸着那一缕气息，品尝这凉凉的味道，许多人还蜷缩在温暖的被窝里，抑或正准备开启一天的上班模式，而唐军生和白依依却刚刚结束一夜的忙碌……

临到家门口了，唐军生忽然想起家里挂的丈夫照片和陶兵送的刺绣，一向诚实善良的她竟也撒起了谎：“依依，你去护士站看看，我的钥匙是不是落那了。”白依依领命去了。

白依依没走多远，唐军生赶紧上楼，打开房门，将丈夫照片取下，犹豫了一会儿，干脆把刺绣也取下，胡乱藏在衣柜里，方匆忙给白依依打电话：“依依，我钥匙找到了，你快点回来吧。”

“这护士长，怎么也这么健忘了？”白依依嘟囔着，又折了回来。

上了楼，白依依甩掉鞋子就往唐军生大床上一趴，四仰八叉呼呼睡了。唐军生摇摇头笑了笑，把白依依小腿往床上拢了拢，盖好被子，坐在床头发了一会儿呆，也躺在白依依身旁睡了。

一觉醒来已是下午4时，两人简单弄了点饭，三餐并一餐吃了。

王总原以为天下乌鸦一般黑，医生护士没有不收红包的，只是当着众人的面不便“下手”，寻思着私下找唐军生和白依依逐个“公关”。

王总先是跟随唐军生到了家里，拿出厚厚的一沓钱，被唐军生拒绝后，又买了不少购物卡，偷偷从门缝里塞到唐军生家里。唐军生发现后向王总发出严厉警告：“你再这样，我可报警了，你这是行贿，是犯法的。”

王总似乎心里很过意不去，也很委屈：“护士长，你跟别人真不一样啊，这也不收，那也不收的，我这心里不踏实啊。”

“你有啥不踏实的？收了你的东西，我心里才不踏实呢。”唐军言辞恳切道，“在你看来，你送的这些是宝贝，而在我看来，我的清廉人格名声是宝贝，收你一分，我就一分不值，何不让我们各自守住自己宝贵的东西呢？”

这话虽然古人说过，也有类似的典故，可王总听起来依然新鲜，感觉这东西对唐军生来说，就像拉了弦的手榴弹似的，估计给也不会要了，只好悻悻地走了。

王总心想着唐军生是军人，不好“对付”，用同样的方式又“公关”起了白依依。一而再，再而三，竟也惹恼了白依依：“想收买本姑娘，简单，你的命值多少钱，就拿多少钱吧。”

王总不好意思地笑了笑：“这命是无价的，怎么能用金钱衡量啊？！”

白依依义正词严道：“你也知道不能用金钱衡量，本姑娘的职业道德也是无价的，也不是用金钱衡量的，不要用钱玷污了它。”

王总没想到这小姑娘说话和护士长一个腔调，小声嘀咕了一句：“真是蛇出一窝！”又觉得这样形容实在不妥，只恨自己读书少，眼下也只能想到这个刚从别人那盗版来的句子了，还好白依依没听见，赶紧溜了。

王总一系列“公关”计划，像是香炉前打喷嚏，无一例外地都碰了一鼻子灰。“部队医院果然名不虚传，就是不一样啊！”感叹之余，他还有点自惭形秽。

“救命恩人，我拿什么回报你?!”为了表达感激之情，王总又心生一计。一天早上，王总请来当地多家媒体，亲自送来锦旗，浩浩荡荡的队伍敲锣打鼓的，装扮得像是迎亲队伍一样，引来无数群众围观。盛情难却之下，白依依大大方方地接受了媒体采访。巧的是，这天正好是白依依的生日，只是白依依谁也没有告诉，只当采访是给自己庆生了。

镜头中的白依依仿佛戏台上的花旦，要多美有多美。当地电视台播出后，陶兵看得如痴如醉，眼都舍不得眨一下，连连小声称赞：“乖乖，这不是我们的白护士吗？真是五官之美如花开艳阳——直接，精神之美似暗香浮动——内藏；虽然不是演员，但展示了最动人的白衣神韵啊；虽然不是模特儿，但穿出了我心中最美的时装。”

第二十二章
冲动的惩罚

唐军生日记：

2017 年 5 月 14 日。亲爱的兵，今天是你住院的第 582 天。我不明白，我这是怎么了，我对白依依发了那么大的火。她固然有错，可我也是太冲动了，冲动得可怕，用一句热门的话说是“我终于成了我讨厌的自己”。我不敢奢求你的原谅，只希望你快点好起来。

经媒体大力宣扬，白依依以崭新的姿态，闪耀着美的光芒，再次成了全院的焦点，也成了很多人心中的“女神”。

令白依依苦恼的是，近段时间，唐军生似乎有意疏远她，甚至有些针对她，有事没事还在工作上挑些小毛病。白依依很少去唐军生家了，两人也基本上不到操场上一起长跑了，可白依依又不明白自己哪儿做错了，让护士长这么不待见。

有时，心灵需要一处空地，植入一些绿色的希望，在寂寞的时候，能撑起心灵那一片阳光，温暖唐军生那潮湿的心房。可唐军生等来的却不是阳光与绿色,而是持久的压抑,无法阻挡那沸腾的思念。心中的那些伤与痛,只有她自己知道,不是轻易就能够遗忘的,总会在不经意间慢慢地浮起。听到一些事,明明不相干,唐军生也会在心中拐上好几个弯想到陶兵;听到有人提起陶兵的名字,唐军生更是会条件反射似的突然沉默,产生恍然如梦的感觉。真不知是宿命的悲,还是轮回的痛。

白依依和陶兵之间的眉来眼去,让唐军生那些被深埋的往事,就如影子一样,忽快忽慢地穿梭在她的回忆中,针扎一样疼,一如既往地迷茫着,放纵着。她这颗野草一样的心,天马行空,转嫁给白依依的矛盾也一天天堆积着,终于在一天爆发了。

白依依本就心里不痛快,在为病人张玉清女士输液时淡淡地问:“张玉清是吧?”病人张玉晶女士以为在喊自己:“是我。”陪同人也回答是。

白依依就放心地为该患者静脉穿刺后,又调整滴速,送患者到输液屋座位上,再次看一下患者名字,问病人叫什么名,巧合的是病人发音不准,此时其他患者及陪同人也都在。

白依依核对后觉得无误,继续为下一个患者输液治疗。这时,真正的张玉清患者去厕所回来了,白依依问她:“大姐,你叫什么名字?”

“张玉清?”白依依听后有点蒙了,“刚刚为张玉清女士输上,我也多次核对了,不会出错啊,会不会重名呢?”

白依依立即查对医嘱,再次到刚才那个“张玉清”患者身边,再问患者的名字,并核验了张玉晶的身份证,恍然大悟。

白依依立即关闭输液阀门,更换液体,通知医生检查患者病情。张玉晶女士大惊失色,家属也恐慌,虽然观察室其他患者及家属听到白依依多次核对了患者姓名,患者发音也的确不准,家属又在看手机没专心听护士喊的名字,按道理白依依没有过错,但患者家属突然质问白依依:“你是干什么吃的?”

白依依连忙道歉:“对不起！对不起!”

患者家属又说:“光对不起就行了吗？我们又不是你试验的机器,这么粗心还当什么护士?”一副得理不饶人的架势。

白依依好说歹说,旁边的病人也都帮着说话:“算了,算了,人家小姑娘也是核实过了的,没说清楚,双方都有责任。”总算把患者和家属搞定了,他们才没有投诉。

可不知道怎么的,这件事很快就被唐军生知道了。第二天晨会上,唐军生一个劲儿教育大家,细节决定成败:“我们护理工作的质量好坏就是由细微的细节决定的：夜间值班,去病房为病人更换点滴时,切记一定要关好处置室的门;为病人输液、处置时无论多忙,都不能忘记三查七对;帮病人拔针时,告诉病人正确按压的步骤和方法,为病人着想,也为自己下一次穿刺做准备;病人输液时不方便,要主动询问病人是否需要上厕所,是否要喝水,是否需要协助打饭,要揭开被子看看输液局部是否渗漏;进出病房轻轻开关门,表示对病人的尊重;巡视病房时,不要吝惜自己的笑容和语言,还要为病人做一些举手之劳的小事,有时,哪怕是最微小的举动也能带给病人无尽的感动……”

正当大家面面相觑,觉得护士长今天怎么变得婆婆妈妈的,唐军生突然话锋一转,十分严厉地批评白依依:“你是干什么吃的？连个人名都核不准,这个月的绩效工资扣除。”

本来白依依就觉得委屈和憋闷,护士长又批评又扣工资的,白依依虽然把钱看得很淡,也不缺钱,可心里一百个不服,对着唐军生吼道:“你凭什么扣我工资?”

唐军生也大声道:“就凭你查对不严谨,违反查对制度。”

白依依瞪大眼睛问:“那我违反哪一条哪一款了,啊?”

“你这是典型的护理不良事件,违反了《护理不良事件报告制度》,发生事故隐瞒不报,就是犯了原则性错误。”唐军生毕竟经验丰富,说得有理有据的，“事后你不分析事件发生的原因，现在还没认识到错误，更谈不上整改和改进。”

“你别给我上纲上线，我知道你是嫉妒我，是在借机打击报复。”白依依其实心知肚明，护士长的处罚也是必要的，只是没想到这么重。

再坚强的人，心里都一定有那么一些弱点，一触就碎，一碰就痛。唐军生心里也明白，她是存有私心，是在借机宣泄。

就这件事而言，处理白依依明显过了，无论怎么严谨，人不是机器。人员配备不齐，医护人员长期处于过度劳累状态，早晚会发生这些问题。而对于一个护士而言，辛辛苦苦上班，图啥呢，绩效奖说扣就扣了，那人家为什么还要上班加班呀？

想到这，唐军生非常懊悔自己的冲动，用嘴伤害人是最愚蠢的一种行为，但事情到了这个分上，也没有台阶可下了，只能顺着白依依的话说：“我嫉妒你什么，啊？”不过语气明显缓和了。

“嫉妒什么你心里清楚。”白依依以为是救治王总，采访的事出了风头，可当时是你不愿去，非让我接受采访的啊，没想她是当面一套，背后一套，就愤愤地抓起笔和本走了……

白依依气呼呼地来到董老太太家，敲门前还特意稳定了一下情绪。董老太太戴着一副老花镜，正在沙发上看一本过时的杂志，还是上次白依依给她带来的《解放军画报》，一看白依依今天来这么早，脸色也不对，连忙让她坐下，问：“孩子，咋回事，这？”

白依依再也藏不住委屈，呜呜地趴在董老太太肩上哭了起来。董老太太轻轻地拍拍她：“傻孩子，有什么委屈和奶奶说说吧，没有什么过不去的坎儿。”

白依依把事情的前前后后和董老太太说了一遍，并坚持说：“护士长是针对我，是在打击报复。”

“你有什么根据呢?”董老太太以前总听白依依夸护士长人可好了,对她可好了,怎么今天就变得凶神恶煞了,还处处针对她？于是不解地问,“小唐护士长以前对你不是挺好的吗?”

“我感觉,感觉的。她就是变了,变得不可理喻,变成了老巫婆,变成了老乌龟。”白依依一边骂,一边替自己辩解。

“感觉？有时感觉不一定准哪！骂出来就好了,骂出来就舒坦了。”董老太太听白依依骂完护士长,笑了笑说,“物理学上有一个牛顿第三定律:任何作用力,都会有一个与之相等的反作用力。其实牛顿这一定律也适用我们人际交往中,你喜欢别人,别人最终也会喜欢上你;你讨厌别人,别人有一天也一定会嫌弃你。你要想别人怎样对待你,你就必须首先怎样对待别人。”

见白依依似懂非懂的样子,董老太太举例说,美国前总统艾森豪威尔刚开始工作时,他的上司是个坏脾气的老头,对下属不苟言笑,极其严厉,人人见到他都胆战心惊,生怕遭到他的批评、责骂。让人意外的是,艾森豪威尔尽管是个初出茅庐、毫无背景的“新人”,这位上司对他却相当“友好”,经常微笑着和他打招呼,甚至在午休期间,邀请他一起喝过咖啡。

同事们既羡慕又不解,问他:“每个人都说我们的上司是最不好打交道的人,但他为什么对你这么好呢?”艾森豪威尔笑道:“我每次和他见面,都想象他在冲着我微笑,然后我就对他回以微笑。”

同事更加疑惑了,艾森豪威尔继续说道:“一开始,他对我的微笑视而不见,但我假装他有着看不见的微笑,遇见他总是给他一个灿烂的笑容。终于有一天,他也对我露出了一点笑容。再过些日子,他开始真正地对我笑了,并开始和我说话。开始只是打个招呼,后来交谈越来越多。现在,我和他已经是一对融洽的朋友了!”

董老太太讲完故事,看了看白依依,若有所思道:“强势的人,未必是强者。一个真正聪明的人,是懂得如何让自己左右平衡甚至委曲求全的人。任性，是最大的敌人，刚则易折，柔则长存。”

白依依点了点头，董老太太又微笑道：“你说小唐护士长针对你只是猜测，你不是她，不知她走过的路、她心中的苦与乐，不要凭借着蛛丝马迹、只言片语就去评价别人的人生。在你看不到的角落里，有很多你不知道的事。还有，你犯了错误不报告，违反了规定，还当面顶撞护士长，人家能高兴吗？有时我们需要低头，有时我们需要仰头，低头不是认输，而是要看清自己的路；仰头不是骄傲，是要看见自己的天空。”

白依依假装认真地听着，董老太太又语重心长地说：“喜欢的人，高冷你也觉得可爱；讨厌的人，稍微冷个脸你都觉得她是在装。我们最大的错误，往往就是把最差的脾气和最糟糕的一面都给了最亲近的人，因为在亲人面前毫无保留啊，这毫无保留也伤人最深，你说对吧？”

白依依一想也是，这两年自己不正是把唐军生当亲人了吗？自己是不应该当面顶撞护士长，最起码应该等散会后再找护士长说说。想明白了这点，白依依决定找护士长聊聊，哪怕就是辞职不干了，该自己承担的责任也要勇于承担。

“一个人的本性是不会轻易变的，我相信小唐护士长优秀的本质没有变。”这一点白依依并不否认，老太太劝白依依道，“若一个人比你优秀，你尽可以放心交往，因为优秀的人散发智慧并照亮未来！若一个人比你有德行，你尽可与他成为一个团队，因为厚德载物！若一个人的生命比你有质量，你尽可用心与他成为好朋友，生命才有高度与宽度。”

听老太太这么一说，白依依心里亮堂多了，起身揉揉眼道：“谢谢奶奶，我回家睡去了，困死我了。”老太太挽留不住，边送白依依到门口边感慨道：“人生难免会有磕磕绊绊，有时不被理解甚至被误解也很正常。记住我一句话，只要心是善良的，对错都是别人的事。”

其实，白依依一走，唐军生就后悔自己的冲动了，还想起了一句话：“吵架最激烈不过一分钟，而那一分钟你说出的话，是你用一百分钟都弥补不回来的。”她寻思着找时间和白依依好好聊聊，当面向她道歉也行。却不知，人的嫉妒心一旦起来，很多时候是不受主观意志控制的。激动起来，总免不了有人会有过激行为。接下来发生的事，更是让唐军生和白依依始料未及。

第二十三章

误会咋就越来越深?

唐军生日记:

2017年5月15日。亲爱的兵,今天是你住院的第583天。我不知道我怎会如此想你,怎会如此在意你。明知道没有结果,明知道是一种错,却还是放纵自己,一错再错。看到你和依依在病房里的那一幕,我整个人都蒙了,竟然动手打了依依。这是我第一次打人,竟然还是当着你的面,请饶恕我吧,罪过。

第二天上午,白依依精心梳理打扮了一番,看着镜子里的自己,十分满意,微微一笑道:“你有多美好,镜子里的你就有多美好。”却又像是丑媳妇要见公婆一样,心里忐忑不定,“如果把我内心的愧疚说出来,护士长会不会觉得我没出息?可是不说出来,我又觉得自己没出息,总不能连自己都看不起自己吧?道歉!道歉!”

下决心向唐军生道歉,白依依心中默念了千百回,无论护士长说什么,就只当听妈妈唠叨了,绝不顶嘴,绝不狡辩。“不会打我吧?不会,不会,护士长人那么好，打我我也不躲，让她出出气吧。长这么大还没被人打过呢，想知道梨子的滋味就要自己尝尝，挨一下打也无妨。皮实，抗打，不是家人拦着，早去练拳击了，无妨。”

白依依带着阿Q精神来到了护士站，听黎尤尤说护士长去开会了，正好医生给陶兵开了注射液，白依依端着治疗盘先去看陶兵了。

陶兵所在旅负责文化的李晓辰干事来省城办事，顺便来看看陶兵。为了给陶兵解闷，李干事还将旅迎新春晚会视频捎给陶兵看，这些自编自演的节目是陶兵最喜欢的，看得陶兵有时笑得前仰后合，有时眼泪汪汪的。欣赏完节目，陶兵将笔记本电脑放在一旁，两人也开始了采访式的表演。

在单位，陶兵是连队的文艺骨干，这样的大型晚会肯定少不了陶兵参与，李干事往往是主持人，有时也客串一下节目，他搭档最多的就是陶兵。

只见陶兵将之前输液用的胶布揭下来粘在脸上，额头上还包裹着一个白毛巾，将自己打扮成一个老者，拄着一根不知从哪儿弄来的拖把杆，蹒跚地走到床前事先准备好的一把椅子前，就座。

扮演主持人的李干事坐在床沿，拿着用一张硬纸卷的“话筒”，很熟练地开口问陶兵：“你还经常去看医生吗？”

“是的，常去看。”

“为什么？”

“因为病人必须常去看医生，医生才能活下去！”

说完，陶兵和李干事呱唧呱唧鼓起掌来。

李干事接着问：“你常问医生有关药物的服用方法吗？”

陶兵头摇得拨浪鼓似的：“不，不，不，我常问护士有关药物的服用方法。”

“为什么是问护士，而不是问医生呢？”

“因为护士小姐漂亮呀！”两人再次呱唧呱唧了一番。

“那你不怕护士不懂,耽误你的治疗吗?”

“不怕,我常把药扔掉,因为我也要活下去!”陶兵说的虽是玩笑话,却透露了不少实情。有一段时间,没完没了地输液让他都烦了,他经常等护士走后,悄悄将针头拔掉,液体都流到脸盆里去了。

“好啊,给你的药你竟然扔掉,你这不是糟蹋国家的钱吗?”白依依推门进来,看到眼前的一幕也扑哧笑了。陶兵赶紧扯掉脸上、头上的东西,装作一副痛苦的模样:“哎哟,白护士,你可来了,我这盼星星盼月亮的,可把你盼来了,你看我这浑身都疼啊。”

白依依边准备药具边说:“你就装吧,继续你的表演。”

因为之前白依依拦过陶兵的旅长,白依依的事早在旅里传开了,李干事早听说过眼前这位白护士,如今一见打扮得小媳妇一样的白依依,果真有点像带刺的玫瑰,忍不住盯着多看了几眼。白依依美眸一瞪,将装好的针头在李干事面前晃了晃:“看什么看? 要不你也来一针?”

李干事连忙摆摆手:“不不不,我可不要,我可不要。”李干事担心被白依依这玫瑰扎着了,看看时间也差不多了,就朝陶兵挥挥手,“兄弟,你在这慢慢‘享受’吧,我要走了,回头再来看你啊!”

“别啊,咱节目还没演完啊!”陶兵想让李干事帮着解围,没想到,李干事就这么脚底抹油溜了。

李干事走后,白依依又将注射器举到陶兵面前:“你不是喜欢扔药吗? 这次咱肌肉注射,看你怎么扔!”

陶兵真刀真枪都不害怕,眼前小小的针头却让他着实有点眼晕:“白护士,咱都几个月没打过针了,怎么又开始打针了啊?”

白依依趾高气扬,又不可抗拒:“这我哪知道,医生给开的呀,专门治你这种输液、吃药不老实的人。”

“那好吧,打就打吧。”陶兵无奈,撸起袖子露出胳膊。

“今天打屁股，”白依依十分严肃地说，“快趴过去。”

陶兵有点难为情：“真打屁股啊？”

“没得商量！”

“那好吧。”陶兵醒来后打过几次针，有打胳膊也有打屁股的，他不明白到底有什么讲究，只好趴在床上，将裤子往下脱了脱，战战兢兢地说，“白护士，你可轻点啊。”

见陶兵裤子仅脱掉了一点，白依依将陶兵裤子往下使劲拽了拽：“这有什么不好意思的。”陶兵连忙抓住裤子：“能打针就行了，看什么看，我屁股上的胎记又不是三角形的。”

白依依知道，陶兵所说的三角形胎记是最近朋友圈里广为流传的一个笑话段子：

一位朴素的老太太，背包进银行，要存50万美金，总裁在VIP室接待。

总裁：“您老一生的积蓄？”

老太太：“哪里？我豪赌为生，逢赌必赢，刚赢的！”

总裁：“枯树枝上结黄瓜——不可能的事！”

老太太：“那就赌一把吧，明早你的屁股上会出现一个三角形的胎记，赌注就这50万！”

总裁狐疑不决，望着一袋现钞，决定应赌。

老太太走后，总裁回到家对着镜子检查了好几遍，他没有发现任何胎记，直到第二天约定时间，再到VIP室。

老太太早到了，旁边站着一个穿着考究的男律师。

老太太：“今天律师做证检查你的屁股。”

总裁：“真是没有胎记，更别提三角形的。”随后脱下裤子，让他们检查屁股……

老太太看看：“果然没有，我输了。”

这时律师脸色铁青,不停地以头撞墙,总裁大惊。

男律师:“她刚与我赌150万,说你会当面脱裤子让她看你屁股!”

“臭美得你,谁稀罕看你了?”白依依正言道,“什么形状的也不行,今天本姑娘是要打针,不是要打赌。”说完,白依依不由分说抓住陶兵裤子往下拽了拽,陶兵屁股上还真有一块硬币大小的胎记,“我以前怎么没发现啊?”

陶兵十分难为情地说:“那是你没在我屁股上打过针,以前都是护士长打的,还拿我开玩笑呢。”

白依依想想还真是,以前自己给陶兵打针,都是打胳膊,还真的没打过屁股。这一次白依依也顾不上胎记不胎记了,瞅准了地方,朝陶兵屁股就是一针,迅速注射完毕。

陶兵“哎哟”一声,用手揉着扎针处顺势翻身一滚,谁知,白依依的衣袖被压在了陶兵身下,陶兵这么一用劲翻身,一下子将白依依拽倒,白依依正好压在陶兵身上……

这时,唐军生开会回来过来看陶兵,目睹了这一幕,又见陶兵裤子都退到了大腿根,怒火中烧,一把拉开白依依,伸手就给白依依一巴掌:“你们干什么呢? 这么不注意影响。”

“护士长,你误会了。”白依依捂着被打的脸,感觉天旋地转,吞吞吐吐地说,“不是你看到的那样子,我,我,我……”

人犯错误,大半是该用真情时太过动脑筋,而在该动脑筋时又太感情用事。唐军生愤怒的瞬间,智商几乎等于零,她容不得白依依有丝毫的辩解:“误会你什么了? 还狡辩,滚出去!”

白依依捂着脸哭着跑出去了。

唐军生让陶兵赶紧穿好裤子,不由分说地又教育了陶兵一番,也就气呼呼地离开了病房,留下陶兵目瞪口呆。

两个本想和解的冤家,因为这突如其来的变故,梁子结得更深了。唐军生再也忍受不了，就将报告打到院里，说白依依不适合当护士，建议辞退。

许红军副院长详细了解了情况，明白唐军生这是有心结，心想将两个人暂时分开也好，就做主将白依依调到了耳鼻喉科。一颗冷心，情变难拉回，何不留点自尊，留点颜面？白依依没多想也就一口答应了。

白依依这一走，却让两个人陷入了痛苦的境地。

第二十四章
难解的冤家

唐军生日记：

2017年5月27日。亲爱的兵，今天是你住院的第595天。你问我白依依的事，我真的不知道该如何说。白依依走后我也很后悔，我天天睡不着，也哭过很多次。还好白依依回来了，我们和好了，我一定努力克制自己，好好对她，就像对你一样。

生活，苦乐都有，悲喜都遇，没有一个人天天都快乐，没有一个人月月都愁怀。耳鼻喉科是和平医院的招牌科室，病号一直爆满。白依依一来就忙开了，也就忘记了一些不快，忘记了一些愁苦，也淡化了她和唐军生之间的恩怨纠结，一晃十多天过去了。

这边唐军生不明白自己怎么了，尤其是不明白为什么会打白依依那一巴掌，她可是第一次打人啊。陶兵给她讲了整个事情的经过，唐军生更是懊悔不已，经常深夜一个人落泪。

还有一个睡不着的人就是陶兵了，自从白依依换了科室，也从未回来看过他。陶兵对白依依的思念就像片片白云，飘浮于天，更似悠悠流水，欲绝不止。他茶饭不思，夜不能寐，经常两眼无神地看着天花板，像极了昏迷刚醒来的那一阵子。陶兵一遍遍问照顾他的护士："白护士去哪儿了？白依依去哪儿了？"

护士不好说什么，都摇头不语。唐军生看着心疼，却又不知如何安慰，只道："依依这几天身体不舒服，就没来上班。"

陶兵两眼放光，急切地问："怎么了她？严重不严重？怎么没见她来住院？"还要起身去找白依依，被唐军生按住："你自己就是一个病人，先把自己养好了再说吧。"

"不行，不行，没有白依依的消息，我养不好病。"陶兵一不留神暴露了心思，却又放肆地不加任何掩饰，紧盯着唐军生的眼睛等待答案。

"没事的，她休息几天就好了。"唐军生眼神躲躲闪闪的，有意避开陶兵。陶兵还是敏锐地发现了，两眼怔怔地望着唐军生："护士长，你和我说实话，是不是因为你打了她，白护士辞职不干了，再也不来了？"

"没有，我已经向她道歉了，过几天她就会来上班的。"唐军生说这话明显感到心虚，却又在心底坚定地表示，一定把白依依找回来，为了陶兵，她也必须这么做。

都说失去以后才懂得珍惜，其实珍惜后的失去最痛。假如光阴能够倒流，假如记忆能够抹去，纵有千万个理由，唐军生也绝不会打白依依。唐军生想着各种道歉的方式，甚至想过古代人的负荆请罪，可她又觉得那实在有点搞笑。几次走到白依依工作的耳鼻喉科，她想进去当面道歉，又担心白依依不予理睬。思来想去，她只好把情绪发泄在纸上，一遍遍写着道歉信，一周竟写了十几封，却总没有勇气递给白依依。

唐军生也找董老太太倾诉过，在董老太太面前忏悔了一番。董老太太倒是没有过多地责怪唐军生，她知道唐军生这些年不容易，一个人的苦闷藏在心里太久太压抑了，就旁敲侧击劝慰道：“人生有三苦：一苦是，你得不到，所以你痛苦；二苦是，得到了，却不过如此，所以你觉得痛苦；三苦是，你轻易地放弃了，后来却发现，原来它在你生命中是那么重要，所以你觉得痛苦。正所谓，心安一切安，心乱一切乱。说白了也就12个字：放不下，想不开，看不透，忘不了。”

每个人都有一个死角，自己走不出来，别人也闯不进去。唐军生不愿意承认错把陶兵当作陆兵的现实，如此情深，却难以启齿，也就一直憋在心里，对谁也没说出来。

陶兵习惯了白依依的好，拥有的时候不觉得，一旦失去，却仿佛失去了所有。这次白依依玩笑般地离开，让陶兵感到无助、害怕，他依旧不停地打听白依依的下落。唐军生既不敢面对陶兵也不敢面对白依依，忧郁的面孔，假装坚强的微笑，被撕碎的心瓣散落一地，好想将灵魂深深埋葬，却又无处安放，心病累积着竟然抑郁了。

得知唐军生抑郁了，董老太太主动联系了白依依。正好白依依有段时间没到老太太这来了，她就买了一些水果给老太太送来。

董老太太正在给菜地里的黄瓜喷水，雨珠顺着瓜秧的茎滚下来，一滴滴钻到土里，又一滴滴钻到了秧花的嘴里，寻不见了。

白依依赶紧放下水果过来帮忙，祖孙二人边浇地边聊。老太太说：“释迦牟尼说过一句话，无论你遇见谁，他都是你生命中该出现的人，绝非偶然，他一定会教会你一些什么。所以你也要相信，无论你走到哪里，那都是你该去的地方，经历一些你该经历的事，遇见你该遇见的人。”

白依依相信这些天发生的事，已经传得沸沸扬扬了，许多不明真相的人甚至怪白依依不检点，说唐军生那一巴掌打得好，白依依咎由自取。白依依不知道在别人嘴中会有多少个版本，也不会知道别人为了各自目的而说过什么去诋毁自己，更无法阻止那些闲言碎语，但也绝不拿别人的错来惩罚自己，依旧按部就班地上下班，始终用一句很霸气的话回应那些想看她笑话的人：如果你没瞎，就别从别人嘴里认识我！

只是白依依真的没有脸面再回去看陶兵了，倒不是担心别人会说什么，只是怕再刺激唐军生。唐军生向她倾诉了全部的秘密，在白依依善良的心里，唐军生太可怜了，无论唐军生对她做过什么，她都不会去计较了。

董老太太听完白依依的倾诉，语重心长地说："没有过不去的事情，只有过不去的心情。很多事情我们之所以过不去，是因为我们心里头放不下。比如，被欺骗了报复之心放不下，被讽刺了怨恨放不下，被批评了面子放不下。大部分人都只在乎事情本身，并沉湎于事情带来的不愉快的心情。其实只要把心情变一下，世界就完全不同了。"

白依依笑了笑："奶奶，你放心吧，我的心情早就好了。"

"我不担心你，但想让你去开导一个人。"董老太太温柔地抚摸着白依依和蔼地说，"俗话讲啊，有容乃大。人要有一颗宽容之心，要能容天下难容之事。我们要学会宽容与自己看法不同的人，特别是与自己有矛盾的人。宽容别人实际上是给自己的心灵松绑，否则，只会给自己的心灵加压，受累的还是自己。"

董老太太趁机把唐军生忏悔的事和白依依说了，解铃还须系铃人，心病还须心药医，董老太太亲自出面调和，请白依依去看看唐军生，说了句让白依依很受触动的话："有的人把心都掏给你了，你却假装不知道，因为你不喜欢；有的人把你的心都掏了，你还假装不疼不痛，因为你爱。"这些道理，白依依岂能不懂？想想护士长以前的好，老太太的面子也一定得给，她也就借坡下驴答应了。

"这就对了嘛！"董老太太兴奋得像个孩子，笑着对白依依说，"日久见人心，是人是狗，是敌是友，时间长了自己瞅。"

白依依随董老太太来到病房，看到躺在病床上的唐军生，心底的怨恨就少了很多,还未开口,唐军生吃力地坐了起来说:“依依回来了,我要向你道歉。”说着就要下床。董老太太等人拉住,说:“你好好休息吧,今天白依依是专门来看你的。”

董老太太招呼其他人离开了,病房里只剩下唐军生和白依依。

“依依,对不起,是我不好,我不该打你。”唐军生一遍遍说着自责的话,还把前些天处罚她的事也说了,“都是我太冲动,遇到事情没事先和你沟通,你能原谅我吗?”看着消瘦憔悴又显得六神无主的唐军生,白依依突然生出怜悯之心,连忙说:“护士长,我也有错,都怪我粗心,犯了错还顶撞你。还有在病房里,是不能和病人随便开玩笑的。”

白依依简简单单的一句话,牵动了唐军生整个心脏。两个善良的人,本就无心去伤害谁,何况是曾经用心呵护,在忧愁和寂寞的日子里曾不离不弃一起走过,甚至宁愿用生命去守护的人,怎么能让一巴掌就轻易冰冷了两颗心?这一刻,无须再多的言语解释,或许也不必掰扯谁对谁错,同声自相应,同心自相知。所有的不痛快已如烟飘散,化作深深的理解和愧疚,将这对亦师亦战友亦母女亦姐妹的女人的心团团凝紧。唐军生轻轻拍打着白依依的肩膀,两人紧紧地抱在了一起。

抖落一肩前尘往事,静锁人去花落的不快,千山乌云眉黛扫,伴随一曲风的恋歌,白依依很快又回到了急诊科。唐军生和陶兵的情绪也一下子好了很多,仿佛什么事情都没发生一样,一切又回到了原来的样子。

第二十五章
拖班风波

唐军生日记：

2017年7月23日。陶兵，今天是你住院的第652天。出去培训了一个月，学到了不少知识，让我明白，先进的管理模式，不是单纯地靠命令实现的。回来发现护士站不那么和谐了，看来什么都要有个主心骨啊，我用学到的方法试试，希望能奏效。

没人愿意和肖飞飞换班了。趁护士长唐军生外出学习一个月，肖飞飞总是在要接班前来电话，告诉正在当班的护士，说无法准时来接班，需要对方帮个忙，接着上一个多小时班。

可是约定的时间到了，肖飞飞还是没来接班，打电话又说要过会儿才能到。几次三番，三番几次，科里每一个跟她交接班的护士都有这样不愉快的经历和感受。

肖飞飞这样一个“犀利姐”，很快引起了公愤。护士站的姐妹们也都曾经拒绝抵制过，可是，有时也难以拒绝，毕竟大家都是同事，低头不见抬头见的。

可是肖飞飞装聋作哑，依旧我行我素，对替她顶班的同事，既不知感恩，还变本加厉，迟到的次数也越来越多。时间长了，大家都不愿和她交接班。

肖飞飞还有个毛病：上班期间，一打电话就是很长时间，说说笑笑，胡侃乱扯，一副旁若无人的样子。临时负责护士站工作的白依依和她说过几次，肖飞飞不但不知悔改，反而认为白依依是拿着鸡毛当令箭，和她过不去。

肖飞飞来接白依依班，又晚了两个多小时，白依依忍无可忍："你怎么那么不自觉呢？身边有你这样的姐妹，这等队友，悲哀！真悲哀啊！"

肖飞飞不以为然地说："谁家还没有个事呀？不就晚来一点吗？有什么大不了的！"

白依依因护士节比武的事，本就对肖飞飞不满，这次又憋得火起，瞬间爆发了："你是晚来一次两次吗？你哪一次正常到过？哪个姐妹像你这个样子？也不看看大家如何评价你的。"

肖飞飞明知大家对自己评价不好，却脸歪怪丑镜——强词夺理："我又不是人民币，怎么能让人人都喜欢我？"又把矛头指向白依依，带点讽刺加挖苦，"我当然不如你了，你像白云一样纯洁无瑕。我最纯粹、最高雅、最美丽的护士小姐，你伟大！你伟大，我晚一会儿接班，还在这和我叫唤啥?!"

肖飞飞真是乌鸦落在猪背上，只看到别人的黑，又是个穷嘴恶舌头令人讨厌的家伙，别人接班要是晚到一分钟，肖飞飞能一箩筐奚落话，到了她这里，晚到几小时显得是那么理所当然又理直气壮。白依依算是X光照人——把肖飞飞给看透了，这次也彻底被激怒了，唤醒了她早先信奉的，像肖飞飞这样厚脸皮之人，就该大胆爆粗口，气急了就大胆地动手。人生那么短暂，本姑娘凭什么委屈自己给你脸？她便一手叉腰一手拍着自己的脸讽刺肖飞飞道："脸皮才是人身体上最神奇的一部分，在有些人那，可大可小可厚可薄，甚至可有可无。国家怎么没拿你的脸皮去研究制作防弹衣呢?!"

别的护士早想有人治治肖飞飞了，就在一旁煽风点火。白依依这话说得够狠，眼看战火一触即发，唐军生这当儿回来了，忙问原因，大家一五一十把前因后果说了。

唐军生并没有去怪谁，先让大家平复下来，看到走廊里有一摊水的痕迹，心生一计："如果你们看到走廊里有一摊水，会怎么做？"

肖飞飞昂了昂头随口道："每天上班都忙得团团转，喊牛兰大姐擦擦就行了！"

黎尤尤看了看护士长小声说："这是小事，走廊里有一摊水，病人容易意外跌倒，我自己到卫生间拿拖把拖一下就是了。"

唐军生看了看白依依："白依依，要是你，你会怎么办？"

"啊？"白依依只想着刚才和肖飞飞吵架的事，这会儿还没消气呢，没注意到唐军生的提问，指了指自己，"护士长，你问我？问我什么啊？"

"你想什么呢？"唐军生又重复了一遍，"你看到走廊里有一摊水，会怎么做？"

"有水啊，当然是先擦掉了，这人过来过去的，滑倒了，你还不怪我啊？"白依依那双大眼睛一眨一眨的，闪烁着聪颖的光辉，像两颗朗朗的星星，"还有就是我得看看走廊里为什么有这摊水，不把罪魁祸首找出来，还会有水，我还得擦，我擦得过来吗？"

众人听后笑了，白依依也笑了。唐军生却一脸严肃地说："我们今天只是进行了一个小小的测试，我们大多数人会像肖飞飞说的，喊保洁人员打扫；能达到黎尤尤主动擦的境界，就已经很难得了；而能做到白依依这样的，有人可能觉得会有点'神经质'对吗？其实，这才是真正有质量意识的护士！"

说得白依依怪不好意思的，大家听后没人笑了。唐军生继续说道："如果我们医院的每个员工都有白依依这样的服务意识，那么我们医院的质量管理还会出现大的问题吗？还会有人延迟接班吗？还会因一点鸡毛蒜皮的事情吵架吗?”

有人小声奉承道:“护士长呀,你这才培训一个月,这层次一下子噌噌上去了啊。”

唐军生从包里掏出一本书晃了晃说:“这是管理类畅销书《这是你的船》,是我们在那学习时读的一本书,现在我推荐给大家看看。”

黎尤尤往护士长跟前探头探脑:“写的啥呀?”

唐军生翻了翻书,大致介绍了书的内容。

这本书说的是有关美国海军舰艇队的故事,当阿伯拉肖夫舰长接管“本福尔德号”的时候,这艘舰艇管理水平和作业效率都很差,士气低迷。然而,经过两年努力,阿伯拉肖夫舰长就为美国海军造就了一支充满自信、干劲十足的团队。

当有人问舰长是如何做到的,舰长是这样回答的:“我只是让他们记住了一句话:这是你的船。”当这个信念深入人心,船上的每个官兵必然都会全力以赴,造就一支强大的队伍自然不在话下。

简单介绍后,唐军生沉默了一会儿,看着大家说:“同样的,如果我们大家把医院当成自家的医院,把护士站当成自己的家,像当年的白求恩大夫一样,岗位就是战位,舞台就是实现自我价值的平台,我相信,我们就是一个温暖的大家庭、一个有战斗力的集体。”唐军生说完,掌声雷动。

唐军生又补充了一点:“无规矩不成方圆。资历再高,大不过医院制度。严格上下班制度不是一纸空文,不能只规范遵守制度的人,制度面前人人平等。我希望从今以后拖班现象不要再发生了,真有什么事,提前和我说,我来协调,严禁私自换班。否则,我就公事公办了。”

大家听得出来,最后是针对肖飞飞说的,大家都偷偷地看着肖飞飞。肖飞飞脸上火辣辣的,却还嘴硬:“你们都看我干什么?我以前是拖过几次班,下次不会了。”大家默不作声,似乎没人相信肖飞飞说的话。

唐军生又一次提醒大家道:“天下之才人,皆以一‘傲’字致败;天下之庸人,皆以一‘惰’字致败。古人的这句名言,我希望大家能记住,不要骄傲,也不要懒惰。不管我们踩什么样的高跷,不用自己的脚是不行的。”见大家不再吭声,唐军生又说,“好了,大家都去忙去吧,我相信肖飞飞一定能做好,因为这是我们自己的护士站。”说完,唐军生就去看陶兵了。

肖飞飞迫于护士长的威严,再也没有迟到过,也很少和人换班了。护士站在唐军生的管理下,暂时团结和谐了起来。

不料,这种表面上的和谐很快被打破。

这天,白依依从早晨接班后就一直不停地忙碌,双腿像是装了风火轮,奔忙于各病房之间,一上午计步器显示有18000多步。白依依接到一名新入院的40多岁的女病人,送她到病房后,详细介绍了医院环境、科室环境,把床单整理好后,拿出随身携带的小本,记录下患者的病史、主诉、既往史、家族史等,这些都是每个病人入院后该搜集的资料。

忙完这些,白依依又测量了患者的生命体征,嘱咐了句“阿姨,你稍等会儿啊”,就回护理站按医嘱为阿姨准备静脉输液去了。

医生告诉白依依:“这个病人需要用青霉素。”白依依刚才问病史时,患者对青霉素没有过敏史,就为患者做青霉素试验。白依依特别叮嘱患者家属:“现在是12点20,到12点40需要看试验结果,记得到时间按床头铃喊我。”因为病人太多,白依依只好麻烦家属帮忙记住看试验结果的时间。患者家属点头同意。

白依依为患者先静脉输入不需要试敏的药物,接着忙碌别的治疗和护理。她在为另一位患者做治疗时,发现那名阿姨到了该看青霉素试验结果的时间了,但是她又无法分身,于是立即按床头铃让肖飞飞去看试验结果。肖飞飞嘴上说“好,好,好”,可等白依依做完治疗回护理站问结果时,肖飞飞一脸的惊讶:“你喊我了吗?我怎么不知道啊!”

白依依来不及和肖飞飞争辩,急忙跑去病房,青霉素试验看着是阴性,但是超过规定时间5分钟了。白依依立即向病人承认了错误,担心万一青霉素过敏却没试出来,“希望阿姨配合,咱重新做一次试敏”。

“没事的,小姑娘,我以前打青霉素都没事的,这次不会有事的,就没必要再挨一针了。”病人和病人家属都坚持不做了。

白依依无奈,又找到医生,如实说了情况,医生又和病人解释后,病人才答应重新做一次青霉素试验,这次风波才算过去了。

后来,医生将这件事告诉了唐军生,晨会上唐军生狠狠地批评了白依依:“护理工作再忙,也不能当作出现差错的理由,只要我们开始了这一天的工作,就必须事事小心谨慎,绝不能出现任何护理差错事故。”

白依依流下了委屈的泪水,事后找肖飞飞理论:“有什么事情,你可以针对我,你怎么能拿患者的生命开玩笑?”

肖飞飞一脸无辜的样子:“谁拿患者的生命开玩笑了?是你好吧?谁还没有个求人的时候呢?”

白依依知道她这是在报复自己,多说无益。后来,唐军生查房时,偶然听到那天白依依做治疗的患者谈及此事:“白护士就是好啊,给我做治疗那叫一个尽心,听说最近还挨了批评,当初我听得很清楚啊,是让人去看了啊。”

唐军生找白依依核实情况,白依依淡淡地笑了笑:“事情都过去了,谁对谁错已经没有意义了,公道自在人心嘛!”

唐军生想起了一句话:“我们传统的思维是‘事实不容歪曲’,但实际上事实是可能被歪曲的。我们还常讲‘公道自在人心’,但实际上公道是可以塑造的。如果我们不塑造人心,而是去等‘公道自在人心’,那我们永远等不来这一天。”

唐军生说完,带着白依依找肖飞飞“讨个说法”。肖飞飞一看事情遮掩不住了,也只好承认了,还当着护士长的面向白依依勉强道了歉。可肖飞飞认为是白依依主动告的状，对此事更加耿耿于怀，两人的关系一下子冷到了冰点，一度到了剑拔弩张的地步。不过，“内战”没能爆发，双方最终也都克制住了。

唐军生心里明白，事情远没有过去，姐妹之间的嫌隙，并不是什么大的旧仇宿怨，归根结底还是责任心问题，不是一次两次教育就能搞好的。任重道远，她思考着，苦恼着，抗争着，努力实现突围，可突围的路在哪呢？唐军生一遍遍问自己，百思不得其解。唐军生能找到答案吗？

第二十六章
医院旧址义诊

唐军生日记：

2017年11月8日。陶兵，今天是你住院的第760天。医院建院80周年了，好多人来院里庆祝，还有不少外国人哪！我们沿着当年白求恩战斗的足迹寻根问诊，老百姓听说我们来了，可高兴了，排着长队来看病。我们虽然累，但为人民而累，值呀！

2017年11月7日，是医院建院八十周年纪念日，上午，来自军地100多个单位的有关同志，在白求恩亲手创建的白求恩和平医院，举行"建院八十周年暨传承白求恩精神研讨会"活动。国家卫生计生委、河北省卫生计生委、白求恩精神研究会等单位的代表参加座谈，来自加拿大、英国、印度等国家的国际友人也应邀参会。

为贯彻落实党的十九大报告中"传承红色基因、担当强军重任"主题教育，医院第二天开展了"重走白求恩路——老区健康行"活动，让大家明白从哪里来，应该到哪里去。唐军生反复思考着红色基因密码，似乎找到了突围的路:“我们医院的白求恩精神,不就是最好的红色基因吗?”

就在几天前,医院精心制作了最新宣传片,附有唐军生一首饱含深情的配诗:

这是一片历经沧桑、
充满传奇的热土;
这里有传承历史、
传播大爱的白衣天使;
每一朵云霞,
都见证过你的无私大爱;
每一抹微笑,
都彰显着你的医者仁心。
今天,是你的生日,
八十年薪火相传,
我们跟随你的脚步,
不忘初心再扬帆……

一听说要重走白求恩路,白依依早早起床,赶紧收拾了一下,她要好好利用护士长帮她争取到的机会。带队的依然是许红军副院长。

深秋的清晨,像露珠一样新鲜。天空发出柔和的光辉,澄清又缥缈,使人想听见一阵高飞的云雀歌唱,正如望着碧海想着见一片白帆。一辆载着 18 名队员的中型客车和两辆救护车迎着晨曦出发了,车上还有各类医疗器械以及价值近万元的药品。他们的第一站是 120 多公里外的革命老区——河北省唐县。

汽车穿行在太行山间的高速公路上,很多队员坐在车上就睡着了。许红军和几个老队员谈论着农村的医疗现状,多年的巡诊经历让他们得出了一个共同的结论:乡村依然是当下最缺医少药的地方。

白依依坐在右边靠窗的位置,透过车窗,两只大眼睛滴溜溜像雷达一样四处搜索,期望着能遇到老革命、老红军什么的,和众多的小伙伴一起,拉着老爷爷的手听他讲战斗故事。想想都美,像电影里演的一样。

老红军没瞅见,倒是听唐军生介绍起了医疗队的基本情况:

我们这支白求恩医疗队组建于2006年,十几年如一日地钻山沟、进乡村、入农户,长期转战于老少边穷地区,足迹遍布新疆、内蒙古、河北、山西等地的50多个县400多个乡镇,累计行程10多万公里,免费为群众看病治病30多万人次,与100多个基层卫生机构建立了"医疗联合体",培训卫生骨干1400多人次,把党的温暖送到人民群众心中。

经过两个多小时的跋涉后,车队停在唐县葛公村卫生院的门口。拥挤的人群早已等候在那里,这是这座"留守"村庄不多见的热闹场面。

葛公村有着光荣的革命历史,抗战时期是晋察冀根据地。白求恩曾在这里抢救过八路军伤病员,至今村里仍保留着白求恩做过手术的戏台。白求恩去世后,这里创建了白求恩卫生学校。1940年1月5日下午,晋察冀军区在唐县军城举行追悼大会。会上,聂荣臻司令员宣布将晋察冀军区卫生学校易名为白求恩学校,其附属医院易名为白求恩医院。命名后的白求恩学校和白求恩医院驻地迁往唐县葛公村。

"咦,不错嘛!"进了在医院旧址上改造成的卫生院,唐军生就感到了明显的变化。她记得前年来时,破旧的砖瓦房,脱落的墙壁,院子里水泥地也是坑坑洼洼的,如今换了新瓦片,墙壁粉刷一新,院子里也铺上了大青石,那棵已有800多岁高龄的苍松依旧枝繁叶茂,向过往的人们讲述白求恩的故事。

唐军生自言自语道:"现在扶贫政策就是好啊。"

医疗队迅速展开了工作。在卫生院的院子里,几张白色的诊桌一字排开，诊桌前是一些老人和中年妇女。诊桌的另一侧，唐军生和白依依忙碌起来，测血压、听心跳、摸颈椎、做彩超，医护人员面对的都是村里人最常见的疾病。平时生病，村民们几乎本能地选择“扛着”，最多是去医院拿些常规药品。

54岁的康大叔前一阵子总觉得身上不得劲儿，就去县医院做了体检，这回他专门拿着检查单来找专家看看。

“你有脂肪肝，不过别太担心，是轻度的，以后得吃得清淡点，注意多运动。”

听了专家的话，康大叔咧嘴乐了：“医疗队的专家权威，看病不含糊，真是俺们的贴心人。”

“这位大妈的血压已经升到了220mmHg，挺吓人的。”唐军生给一位50多岁的妇女测量血压时发现了异常，连忙将她带到医生面前，开了降血压的药。

高血压可能导致急性脑梗塞和脑出血，早发现早治疗是关键。唐军生打听了一下，大妈今天赶巧来这里走亲戚，她所在的那个乡村卫生院，“只有一个血压计，心电图不能做，药也特别少”。

太行山老区山高路险，山区群众居住分散，卫生力量薄弱，群众看病就医困难重重。青壮年劳力又普遍外出，老人们去一趟县城并不是件容易的事情。对他们来说，医疗队送上门的服务就像一场及时雨。

朴实的村民看完病后对医生连连称谢。这让唐军生想起了三年前来这巡诊的路上，她碰到两位老人举着报纸，上面歪歪扭扭地写着“老八路回来了”和“感谢白求恩”，向医疗队表示谢意。

两个多小时过去了，院子里依然人头攒动。白依依忙着给大家分发药品，导航引路，做起了寻医“导游”。

中午吃饭时，唐军生端着碗在院子里来回走动，仔细察看了一番，又问村卫生院的医生:“你们这啥时候整修的啊?看着挺好的啊。”白依依屁颠屁颠地跟在唐军生身后。

“半年前刚整修的。”还没等医生开口,一位中年男子走过来答道。

唐军生和白依依一看,这不是半年前她们深夜救治的企业家王总吗?唐军生惊讶地问:“你来干什么?”

王总笑了笑:“我来扶贫啊!”

唐军生被许副院长喊去了,白依依尖言尖语抢了句:“你来扶贫?哼,像你这样的商人,能不从扶贫款里拔羊毛就不错了。狼装羊笑,肯定居心不良。”

“哎,我说小姑娘,你别门缝里看人。”王总又好气又好笑,“我就是来扶贫的,你别不信。”

白依依因为救治王总过度宣传的事,一直耿耿于怀,又认准了王总这样的商人都是为富不仁,觉得扶贫帮难他肯定会躲得远远的,于是啃着鱼骨似的聊天——话中带刺,伸长了脖子:“我宁愿相信聋子听到哑巴说瞎子看到鬼,也不相信你。”

“我们这些整修费用,真的都是王总出的。”听了白依依连环炮似的说了一通,那名乡村医生笑着插话说,“上级的扶贫款,主要用于购买设备和药品了,整修房屋的钱就是王总给的。”

“看不出来啊,王总,还是个大善人哪?!这是怎么了?白菜熬豆腐,别想着揩油啊。”白依依为了掩饰自己的尴尬,双手比画着,学京剧里唱的,“你从良从善,有何居心,快快招来,快快招来,免受皮肉之苦!”

真不知白依依这是玩的哪一出,大家伙都被她逗乐了。王总也很配合,双手作揖:“那小的就实话实说了。”

原来王总从医院回去后,经调查终于弄清了事情的原委:那天是有人故意把他灌醉,乘坐的快车也是精心安排的黑车。待他熟睡后,他们把车开到了路边一个隐蔽处，拿走了他的钱包和手机。本来伪造了一份转移财产的合同，想逼迫他签字。这时一支部队演习回来路过这里，也靠边停车休息，几名军人正好下车方便，那伙坏人做贼心虚，匆匆把他扔下了车逃之夭夭，幸亏有好心人报了警。

“现在那些坏人都已经被绳之以法了。”王总收起刚才的嬉皮笑脸，叹了口气说，“唉，现在想想，赚再多的钱，没有了命，没有了健康，还不都是一场空?”他停顿了一下，“我去找那个报警的好心人，把前因后果说了说。可人家怎么说?‘我就打了一个电话，有啥子可感谢的?我也是白求恩医院救活的，要感谢就感谢他们吧。’”

“那位大姐和你们一样，救了我也不图回报，给钱不要，给东西也不收，我就寻思着为乡亲们做点事。”王总指着眼前的一片瓦房，一脸的诚恳，“你们有技术，有设备，有药品，我寻思着，你们巡诊虽然直接有效，但总是来了又走，你们能留下技术，我就把硬件给整修了一下，好拴心留人呀。”说着，王总用右手左右划拉一下，又看看白依依，“小姑娘，这环境看着还不错吧?”

“我是第一次来，不好评价你的丰功伟绩，王总。”白依依内心里感觉确实误会王总了，依旧嘴上不饶人，“王总，你那么有钱，要是真有诚意，怎么不把这县里的乡村卫生院都整修一遍啊?”

“看不出，小姑娘还是个急性子!”王总并不生气，“饭要一口一口吃，扶贫不得一步一步来呀?我准备一年扶持三到五个乡村卫生院，三年时间把附近几个县需要整修的乡村卫生院都整修一遍。”

“也对，金字塔是一块块石头垒成的，不过，在获得成功之前，每个人都有自负的权利，噢?”白依依不忘将人一军，故意看着王总道，“王总说话算话，大家可都听着呢，可别今天是热狗，明天就成冰棍了。”

王总哈哈大笑起来:“大丈夫言出必行，咱们做个约定，兑现不了承诺，你带着乡亲们去我家兴师问罪去。”

“我可不敢,我怕你家放狗咬我。”白依依今天似乎吃定了王总,弄得王总一点脾气也没有。王总连连透出底牌:“放心吧,扶贫款,我专门设立了一个账户,资金已经全部到位,绝不会食言的。”

“那我替乡亲们谢谢你啦。”白依依听见唐军生喊她,向王总深深鞠了一躬,“王总,你在这实现你的宏伟计划吧,我去忙了。”还带着俏皮地鼓励道,“王总,信心可以消灭贫困哟,加油!”

王总倒是恭敬了起来,双手作揖道:“白护士,你先忙,这里有什么需要,小的随时听你吩咐。”白依依显得很不适应,立马像变了个人似的,扭头一句:“你别拉着何仙姑就叫舅妈,咱五百年前可不是一家。”

王总笑笑摇摇头:“有意思,有意思。”

第一天义诊就一直持续到傍晚,医疗队正准备撤收时,周围村庄的群众闻讯赶来,一时间,各个诊台前又是人头攒动,但大家没有一句怨言,接诊完最后一个村民时天都黑了……

第二十七章
回访重病号

唐军生日记：

2017年11月9日。陶兵，今天是你住院的第761天。每一次来巡诊，都是一种受教育，内心受到一次次洗礼震撼。我们回访了一个叫甄一的男孩，那孩子很苦，也很坚强，我们一定会尽力救治他，让他健康成长，成为对社会对人民有用的人。

义诊，也是寻根。

太行山老区群众基础好，红色教育资源丰富，白求恩医疗队在义诊巡诊的同时，见缝插针组织参观晋察冀军区模范医院、白求恩手术室、白求恩特种外科医院等旧址，举行祭拜白求恩陵墓等现地见学活动，追寻白求恩的人生足迹，接受心灵洗礼。这也让白依依认识了一个伟大而又不一样的白求恩。

白求恩的伟大自不必说，他在晋察冀战场上九死一生的故事，早就广为人知了。让白依依重新认识白求恩，甚至有点刮目相看的是，白求恩不仅医术精湛，还爱好广泛，多才多艺，甚至还有一个很浪漫凄美的爱情故事。

医疗队在拜谒完位于唐县的葬有白求恩的烈士陵园后，来到了设在耿镇松岩口村的白求恩纪念馆。

跨进纪念馆的大门，一尊洁白的白求恩半身雕像迎门伫立，他高昂头颅、目光深邃、栩栩如生的形象，使人肃然起敬。唐军生仰望雕像，再读碑刻《纪念白求恩》名篇，虽没有人为的红旗飘飘、人声鼎沸的纪念场景，但见那川流不息的拜谒参观队伍，怀着无限虔诚的朝礼者，唐军生更觉得白求恩精神早已超越时空，成为一种永恒的纪念。

展厅宽27米，进深8米，陈列着白求恩同志在松岩口工作期间的照片和复制的文件、日记等。展厅里正播放着白求恩写的情诗《致驹儿》，白依依循着解说员的解说走进了白求恩的情感世界：

白求恩天性喜欢艺术，他写诗，无师自通地作画。他还喜欢照相、拍电影、做广播剧，甚至靠买卖艺术品发过小财，但他的主业是医生。1923年他到苏格兰参加外科医生会员考试，结识了出身富家、时年22岁的弗兰西丝·彭尼，两人一见钟情，坠入爱河，并于次年结婚，婚后定居美国底特律。

很不幸，白求恩1926年罹患了当时的绝症肺结核。他不愿把病传染给年仅25岁的妻子，就独自前往纽约州的特鲁多疗养院治病，让妻子回到了爱丁堡并坚决要求离婚。白求恩给自己做了当时很前卫的“人工气胸疗法”，死里逃生，并因祸得福成了名医。

康复后，白求恩给弗兰西丝去信，二人1928年在蒙特利尔复婚。由于过于专注工作和介入政治，加上性格原因，白求恩跟他挚爱的妻子于1933年再次离婚。

白求恩几乎宿命地是为战场而生的。他有着一颗燃烧的心，不能容忍这个世界上有法西斯残害人民。西班牙的炮火声结束了他人生的最后一次罗曼蒂克。奔赴西班牙战场前夜，他写了《血色的月亮》一诗跟苦恋的情人驹儿告别,把自己的小爱牺牲给了大爱,最后又从西班牙战场转战献身于中国抗日战争,并化为了永恒。

1939年11月12日,白求恩因败血症在河北唐县黄石口村去世。离别人世前,他最关心的人还是前妻。白求恩获知她的经济情况不好,这位刚强好汉一生从没要求过什么,只请求荐介他来华的国际组织眷顾一下他永恒的爱人。他在遗书中说:"请求国际援华委员会给我的前妻拨一笔生活的款子,分期给也可以。""向她说明,我是十分抱歉的,也告诉她,我曾经是很愉快的。"

听着讲解员声情并茂地讲解白求恩的遗书,白依依不由得眼睛湿了,深刻体会到了白求恩不仅是一个伟大的共产主义战士,也是一个重情重义的大丈夫,白求恩高大的形象在白依依心中越发高尚纯洁。白依依自言自语:"嗯,嗯,是个纯粹的人。"

进行完参观见学,医疗队又出发了。这次许红军副院长带着唐军生和白依依去回访一个人——唐县牛眼沟村一位叫甄一的14岁少年。白依依瞅着唐军生说:"我知道这个人,是不是两个月前在我们院做手术的那个男孩?"白依依对这个男孩印象深刻,原因是当初许红军腿受伤了,拄着双拐坚持给甄一做的手术,一时间在医院传为美谈。唐军生点了点头。

遇上白求恩医疗队,可真是小甄一的"缘"。五年间,医疗队先后免费为他实施了7次大型手术治疗,重新塑造着他的人生。唐军生悄悄对白依依说:"现在甄一腿上还打着石膏呢,我们这次去的任务之一就是帮他拆石膏。"

"来了!'白求恩'又回来了!"救护车一进村,迎接的人中不知谁喊了起来。唐军生看见在村口迎接的甄一,一路跑过去把他抱进怀里。

来到甄一家里,许红军立即为他拆石膏。唐军生和白依依在一旁配合,白依依凑上前瞅了瞅伤口:"这恢复得挺好的啊。"

“上次手术主要解决了甄一双足外翻的病症，让他将来有更好的行走能力。”许红军边说边仔细检查了恢复情况，像是给甄一的家人吃了颗定心丸，“从今天复查情况看，手术效果非常好，恢复得相当漂亮，踝关节和足已经连接到功能位了。”这意味着，不久后甄一就有可能站起来了。

“太感谢你们了，真是太感谢你们了！”听到这个消息，甄一全家无比激动。甄一的妈妈一个劲儿说着感谢的话，就要给医疗队员跪下。

唐军生赶紧拉起甄一妈妈：“大姐，你和家人的心情我们理解，我们一定会全力治好甄一的。”唐军生的话说到了甄一家人的心坎上，这一天，他们不知盼了多少年。

甄一患先天性脊柱裂、马蹄内翻足等多种疾病，一直到三四岁还站不起来，两条腿像面条一样没劲儿，大腿以下没有知觉。后来安上了支具，他拄着双拐坚持上学。甄一妈妈声泪俱下：“你说，我们生活在农村，辛苦一辈子也就这样了，这孩子就是我们的希望，我们的命啊。”

“这娃苦啊，也很要强啊。”甄一妈妈摸着自己的脚踝向医疗队员介绍说，“娃这脚踝骨长时间摩擦支具，常常能磨掉皮，甚至里面的骨头都露出来了，我看着都心疼啊。我给他垫的纱布上总是沾满血，肉和纱布粘连在一起，换药时那叫一个疼啊，可这孩子就是一声不吭。”讲着讲着，甄一妈妈的眼泪就掉了下来，又有一点点欣慰，“就这样子，我们甄一几乎没耽误过课，学习也非常刻苦，成绩一直很好，年年都得奖状呢。”说着，甄一妈妈指了指墙上的奖状，像是在欣赏一幅幅伟大的作品，目光中透出骄傲和自豪。

牛眼沟村是当年白求恩战斗过的地方，白求恩曾给60多位乡亲治过病。从小听爷爷讲白求恩救死扶伤故事长大的甄一，最大的愿望就是能有一位像白求恩一样的大夫来治好他的病。

五年前的一天，许红军和唐军生他们来到村里，免费为群众巡诊看病、送医送药。得知甄一的病情后，他们决定帮助这个可爱的孩子，让他凭自己的双腿站立起来。从那时起，一场跨越两地的爱心接力拉开序幕。

2012 年 11 月，和平医院的 17 名专家对孩子的病情进行联合会诊。“甄一患的是罕见的疑难病症，远比想象的复杂。”两轮大型会诊后，医院最终确定了手术治疗及康复方案。

第一次手术，经验丰富的许红军推掉一个重要的学术会议，不顾连续加班几个通宵的劳累，坚持亲自主刀。神经松解、终丝切断、干细胞移植、创面处理……手术涉及多项内容，持续了五个多小时，许红军差点累倒在手术台上。

第三次手术，既要校正甄一的髋部畸形，又要考虑保护骨骺不影响身体发育。为了确保万无一失，许红军边用射线拍片子，边根据片子精确下刀。六个小时的手术中，他先后照片子 20 多次，在射线透视下避开纤细的神经和薄薄的骨骺，精准运刀，毫厘不差，手术达到最佳效果。

甄一的多种病情交织关联，手术几乎涵盖了骨科下肢整形矫正的所有术式，每次手术都如在刀尖上跳舞。

指上的光阴，静默不语；心上的阳光，与爱同在。

医疗队五年持续不懈努力，免费为甄一实施 7 次大型手术治疗，一次比一次艰难，但一次比一次让甄一更接近康复。

听说白求恩医疗队又来到村里，村民们围拢过来。许红军详细地给甄一交代了恢复阶段的注意事项后，又和其他队员开始为村民诊疗。乡亲们像见到老朋友一样询诊，队员们一一解答……

一个白求恩当年战斗过的村庄，一所白求恩当年参与创建的医院，因为圆一个少年的康复梦而紧紧联系在一起。

当天巡诊结束时，许红军面向热情的群众说：“我们医疗队不管换多少人，换成了哪些人，对甄一的救治和关爱都会一直延续下去。考虑到甄一的身体发育情况，有的手术甚至已经计划到几年后他长到十七八岁时再做。白求恩医疗队的巡诊脚步，也会在太行山老区继续下去。”

太行山老区，当年来了个白求恩大夫，留下许多救死扶伤的感人故事。如今，新一代“白求恩”正在这里续写“白求恩的故事”。

第二十八章
来到了深山哨所

唐军生日记：

2017年11月13日。陶兵，今天是你住院的第765天。我们巡诊去了军营，战士们真是太不容易了，也真是太可爱了。一个深山哨所里住着一对夫妻，一直没有孩子，我们给夫妻俩进行了诊治，希望他们能早日达成心愿。

太行山深处，一条宽不足3米的盘山路伸向云霄。医疗队的3辆车像挂在崖壁上的缆车，低速爬行。30多公里的路程，车队走了将近两个小时，他们这是要去一处兵营巡诊，也是白依依梦寐以求的地方。

“白求恩医疗队来啦！”看到救护车上的红十字标志，官兵们乐开了花。在山头坚守了10多年的政治教导员，一大早就站在营门等候，满脸感动。他动情地说：“党和部队首长惦记着咱们呢！”医疗队的到来，使连队像过年一样热闹，100多名官兵整齐列队，从营门一直排到山口。

白依依跳下汽车，背着个简易药箱像是刘姥姥进了大观园，看什么都新奇，看什么都觉得新鲜。整齐的营院，干净的卫生，白依依有种“这边风景独好”的感觉，不停地拿着手机拍照。唐军生提醒她：“依依，这里是军事区，不能随便拍照的。”

白依依忽然想起了以前受过保密教育的，就在今早出发前，许副院长还强调过保密呢，白依依兴奋起来竟忘得一干二净，左右瞄了瞄狡猾地一笑：“还好没人看见。”赶紧将手机收了起来，和大家一起忙碌起来 。

战士们排队来检查，队伍整齐有序。白依依觉得每名战士都那么帅、那么阳光，她面带微笑帮官兵体检、发放药品，一晃两个多小时过去了，白依依一点也没感觉到累。见眼前的长龙只剩下几个人，唐军生冲她笑了笑：“累了就休息会儿。”白依依摇摇头。

这时，一名上等兵跑过来，立正站好给唐军生敬礼说：“护士长好，我不打呼噜了，睡得可香了！”

上等兵叫赵小武，今年 4 月，唐军生到这个地方巡诊，发现小赵经常头晕，经随行的耳鼻喉专家诊断，患有严重的“阻塞性睡眠呼吸暂停低通气综合征”。这个病可能引起呼吸暂停、记忆力减退，如果长时间得不到治疗，还会引起大脑萎缩，得尽快手术。巡诊结束当天，唐军生将他带回了医院，很快进行了手术。

唐军生抚摸着这位弟弟一样的小战友，充满深情地说：“好好在部队干，有什么难事找姐姐。”

大部队巡诊完了，得知距营区 5 公里外的哨所住着一对夫妻，据营队教导员反映，这对夫妻身体很好，很少患病，就是老班长结婚五六年了，妻子一直没怀上孩子。夫妻俩都很内向，早就通知他们有医疗队来巡诊，他们也没好意思下来。

许红军决定派唐军生和白依依以及一名妇产科专家去看看。小赵负责在前面领路，医疗队员在后面跟着。刚走不到 2 公里，陡峭的山路，就让白依依直喘气，时不时抱怨几句。

唐军生拍拍白依依肩膀说：“累了吧？我给你讲一个故事吧。”白依依却很倔强：“谁说我累了？我好得很呀，再走几十公里都没有问题。”白依依自己可以发牢骚，自己可以抱怨，自己可以内心里骂自己没出息，就是不想别人说她不行，尤其是在护士长面前，她总是有股不服输的劲头。

唐军生笑了笑：“好，颇有《一袋干粮》中的小姑娘的性格。”

“什么一袋干粮？”白依依拍拍背在身上的药包，“我这是一个药包，可不是一袋干粮，能治病，可治不了饥饿病。”

不管白依依愿不愿意听，唐军生只顾自己讲了起来：

“《一袋干粮》讲述了长征时期的一个故事，一个叫小兰的13岁小红军，在随部队一起前进的时候，好不容易得到了一袋干粮，她在心里盘算着，这些麦粉她一顿吃一把，再拣点野草，能吃20来天，走出草地没问题。

“第二天小兰扶着伤员，紧跟着部队。走着走着，前边出现了一条小河，他们用树干搭起一座桥，河水哗哗地流着。小兰把肩膀上的干粮袋背好，紧紧扶着伤员说，同志，该过桥了，慢慢走！

“谁知，走到桥中间，那个伤员忽然咳嗽起来了，身子一歪，小兰连忙扶住了他，可小兰那袋麦粉却掉到了河里，被冲走了。

“小兰心想啊，不能把丢干粮的事儿说出来。要是同志们知道了，准会把自己的粮食捧出来给她吃。大家的粮食都很少，她怎么能吃他们的呢？于是，小兰就赶紧拔了许多野草，把挎包塞得鼓鼓囊囊的，好像真的粮食一样。

“不久小兰的身体不行了，在护士长发现她吃野菜和挎包中‘干粮’的事后，大家才知道了事情的真相，于是大家每人自愿地分一点干粮给她，让她体会到了家的温暖……”

“小兰只是一个13岁的小女孩，却有大人一样的坚强意志，知道体谅他人。在她没有粮食时，她大可伸手向战友们要一些，可她并没有这么做，而是选择沉默，自己吃苦。”唐军生感慨地说，“面对伤势严重的伤员们，小兰大可丢下他们，轻松地自己上路，可她为什么没那么做呢？”

“小兰是个顾全大局，又积极乐观向上的人。”故事听得白依依眼泪汪汪的，她此刻心想：一个小女孩尚且如此，可想而知我们伟大的红军队伍的优良品质了。随即大踏步向前走去。

秋天的树叶总是枯黄枯黄的，挂在树枝上，便似那烘干的标本；落在空中，又好像一只只轻盈而潇洒的蝴蝶，不羁地飞舞着，自在地飘荡着。此情此景，不禁让唐军生油然而生一种敬畏——在生命将终结时，却仍然能以如此坦然的姿态从容地飘向大地，那该需要一种何等坦荡的胸怀啊！

经过一个多小时的艰难跋涉，医疗队员终于到达了哨所。这个二层楼的小小哨所，一楼住着夫妻俩，二楼是一个观测站。哨所掩映在半山腰的丛林中，四周被树木和竹林围着，不仔细看，很难发现。白依依想着这么个“世外桃源”真是好，携一抹淡淡的情怀，能让自己安静在时间的沙漏里，感受淡如清风、静若兰的美。

“住上个几天挺好的，可时间长了就不行了。”老班长实话实说，“夏天这里蚊子特别多，蚊帐都不管用；冬天一封山，连菜都送不上来，只能化雪水喝吃咸菜。”

听着老班长诉苦，白依依仿佛感觉到老班长的苦闷。老班长在这里待了11年，考虑到聚少离多，妻子3年前也过来了，可就是这样，仍没能怀上孩子。长时间的孤独、寂寞，让本就内向的夫妻俩，更不愿意见人了。这次和平医院来巡诊，夫妻俩早就接到了营里的通知，但他们商讨了一晚上，还是没有勇气下山去检查。

唐军生一边安抚夫妻俩，一边招呼妇产科医生给他们诊治：“这位是我们和平医院最有名的妇产科医生，也是全军有名的专家。”

一听到这，夫妻俩脸上放光，女的说：“我们以为你们巡诊，就是派几名医护人员来走走过场的，没想到在这深山沟子里还能看上‘专家号’，这是想都不敢想的事啊。”

夫妻俩很是配合，竭力丢掉羞涩，愉快地接受了检查、询问。后来夫妻俩又去和平医院进行了全面的诊断治疗，不到半年女方真的怀孕了。

第二十九章 看望老红军

唐军生日记：

2017年11月15日。陶兵，今天是你住院的第767天，也是我们巡诊的最后一天。我们走访了老红军和一些困难群众，聆听了很多白求恩的故事，听一次受教育一次。老红军们乐观，懂得知足，积极向上，我真为我们国家有这样的英雄感到骄傲。

“崔爷爷，我们来看你了！”唐县牛眼沟村一户普通农家，唐军生进门就喊，看得出来已经很熟了。接着5名穿着白大褂、绿军装的人陆续进了屋。今年97岁的崔爷爷是一位老红军，因最近摔了一跤行动不便，正在炕上休息呢。

唐军生为老人脱掉袜子，把仪器搬到炕头请医生悉心检查，还询问老人哪里不舒服，吃饭怎样、睡眠如何。老人笑着连声说：“好，好，好。”

崔爷爷1937年参加八路军，当时是一名小战士。1938年，在一次反扫荡的战斗中，一颗子弹从他的肩胛骨打进，他当即晕死过去。他回忆说：“不知过了多长时间，我醒了，身体被纱布裹缠着，两条腿怎么也动不了。我看到身边围满了人，其中有一个穿着白大褂的外国人。他打着手势，翻译告诉我大夫的意思，由于负伤昏迷时间长，天寒地冻，脚趾的软组织受冻坏死，需要马上动手术，以保全下肢。”

后来，崔爷爷才知道，这个外国人就是白求恩大夫，是八路军中最好的外科医生。乡亲们用担架把崔爷爷抬到位于山西五台县耿镇松如口的白求恩医院，白求恩亲自主刀为他做手术切除脚趾。

“那时候没有麻药，消炎用酒精。也没有橡胶手套，要不然白求恩在用手抠伤员的碎骨头时，也不会被骨头扎破左手的中指，后来感染导致脓毒败血症，一直高烧不退……”崔爷爷说，“我那时也是痛得厉害，但这些对我们八路军战士来说，太常见了，我咬牙忍住，一声未吭。手术做完后，白求恩大夫伸出大拇指，还赞扬我坚强呢。”

说到这，崔爷爷显得有点自豪，又充满感激：“半年多的时间里，白求恩大夫天天给我换药，查看伤口情况。经白求恩大夫精心医治，我伤愈出院。临行前，白求恩大夫对我说：‘肩胛骨里的子弹暂时无碍。现在，医疗条件简陋，又缺少药品，待以后条件好了再做手术吧。估计这颗子弹 30 年左右才会移动位置，不会有生命危险。’”

崔爷爷摸了摸肩膀，又继续说：“就这样，我带着体内那颗子弹，又参加了无数次战斗。直到 32 年后的 1971 年，这颗子弹游走到背部，用手都摸得到。我才在当时的一家部队医院，动手术取出了这颗子弹。”

说着，崔爷爷从床头取出一个红绸包裹，打开一看，竟是一颗子弹头：“这颗子弹，我一直带在身边，就是为了表达对白求恩大夫永远的纪念。”

大家看着眼前的子弹，对白求恩大夫当年的诊断由衷地佩服。白依依眨巴眨巴眼睛：“这也太神奇了吧？”

崔爷爷接话说：“白求恩大夫是很了不起，了不起的不仅是他的医术，还有……”

白依依脱口而出：“还有他的爱情故事！”惹得众人大笑，唐军生白了她一眼：“依依，不许胡说。”

崔爷爷也被逗乐了：“小姑娘倒也没瞎说，这些年随着对白求恩精神的全面解读，他的爱情故事也已经广为人知了。不过，他人格高尚还是体现在他的敬业精神上。”

崔爷爷为大家讲述了一个故事：在晋察冀的一次战斗中，白求恩曾经连续工作 **69** 个小时为 **115** 名伤员动过手术。他的手术台，曾经安在离前线 **5** 里地的村中小庙里，大炮和机关枪在平原上咆哮着，敌人的炮弹在手术室后面爆炸开来，白求恩大夫却在小庙里紧张地动着手术。他不肯转移，他说：“离火线远了，伤员到达的时间会延长，死亡率就会增高。战士在火线上都不怕危险，我们怕什么？”两天两夜多，白求恩大夫一直在手术台边工作着，直到战斗结束。

这些故事医疗队员都听过，来一次，崔爷爷也都会讲上一遍，可大家总是耐心听。

白依依站起来上下打量了崔爷爷的家，除了简单的生活设施，没有一件像样的家电家具，更别说高档电器了。她有点心生怜悯地问：“老爷爷，你感觉现在的生活怎么样？过得还好吗？”

“好啊，好啊。”崔爷爷竖起了大拇指，“这是中华民族五千年最好的时候。”扯上了这个话题，老人也打开了话匣子，“当年我们闹革命的时候，都没想到能过上今天这么好的生活，现在不愁吃，不愁穿，也不受小日本欺负了，你们还经常来看看我，有啥过得不好的？”崔爷爷头还使劲地往外伸了伸，指着院里一辆电动三轮车说，“看到了吗，看到那辆三轮车了吗？那是我的坐骑，只要天儿好，我都会出去遛遛弯。”

白依依一下子被惊到了，没想到老人家这么乐观，这么知足，或者说是有这么高的觉悟。仿佛崔爷爷说得也在理，只是自己没有从那个年代走过，一时理解不了。

离开崔爷爷家，医疗队员又去了附近的陈奶奶家。92岁高龄的陈奶奶怎么也没想到，80年过去了还能再见到“白求恩”。当年白求恩大夫带领八路军医疗队来到村里，把这里当作后方医院，给战士们疗伤，为乡亲们治病。陈奶奶拉着唐军生的手说：“见到你们格外亲！”

“人民血库作银行，百姓火炕作病床，省吃俭用作军粮。”这几句歌谣，是太行革命老区军民鱼水深情的写照。随部队转战的白求恩医院当年就把药房、诊室设在群众家中，老区人民为抢救伤员、支援部队做出了巨大贡献。

白求恩的药房就设在陈奶奶家的一间厢房里。那年，不满14岁的她突发胃病，白求恩为她配了一碗汤药，药到病除。80年后，白求恩医院又派人来到家里给她看病，老人家激动地拉着唐军生的手说：“你们还像当年的白大夫一样亲！”

看完了老红军，唐军生和白依依还挨家看望慰问一些困难群众和老党员，给他们送去米面油之类的慰问品。走到一户人家，破旧的院子里杂草丛生，院墙已经倒了一半，一间老旧的房子里，竟然躺着三位老人。唐军生知道这是村子里的老大难，村里将三位老人集中在这里，请了一个人专门照顾，只是村里能支付的工资比较低，照顾人的活又累又重，没人愿意干。这不，送饭现在都是各家轮着来的，可想而知，能好到哪里去。每次来这里，唐军生都觉得心里堵得慌。

屋里气味难闻，白依依屏住呼吸喊了一句：“老人家，我们来看看你们了。”抬头一看，王总王德福也在，“你怎么阴魂不散呢，跟着我们干吗？”

“我说你这小丫头，能不能好好说话？我先来这儿的好吗？”王总指着面前的三位老人说，“这些人不比那些老红军，老红军们上面都有补助，吃用都不用愁。你看看村里不管他们，他们怎么生活？”

“我说王总，你这撑船的老板，挺会看风使舵的啊。”白依依权当王总吃霸王的饭，给刘邦干事，不是真心的了，不免感叹道，“有时候觉得世界很大，想见的人总也见不着；有时候世界又很小，不想见的人在这山村旮旯屋里都能碰见。”

唐军生错过了原先在葛公村卫生院的唇枪舌剑，不明白白依依和王总为何上来就掐。不过，唐军生觉得王总说得在理，不免帮腔道：“再怎么精准扶贫，这些丧失了劳动能力的孤寡老人，只能靠政府养着，政府不养，他们就只能等死了。”

“什么政府不管，只能等死了？”王德福指了指自己，“这不是还有我吗？”

“你？”唐军生起初和白依依的想法一样，看看王总那真诚的样子，倒是信了他七八分，“你真的能帮他们吗？”

“我今天来是干吗的啊？就是接他们去养老院的。”王总又对着白依依说，“还有你，小姑娘，我今年帮扶整修的两个乡村卫生院，资金已经到位了，这几天就动工了，到时你去监工吧。”

唐军生不明就里，问了白依依才清楚了前因后果，不由得对王总刮目相看，说着抱歉和感谢的话。

白依依也插话道：“王总，你现在可是个纯粹的人了，已经脱离了低级趣味。以前多有误会，见谅！”

王总看了看白依依：“受你一夸，我怎么直冒冷汗呢。”又面向大家，“我会尽量配合政府，把扶贫工作做好，争取让大家都能过上好日子吧。”

走一个村庄，接受一次洗礼；看望一名老人，增添一份敬意。白依依这些天一直被感动着，内心不断掀起波澜。

落日熔金，西边的天空红透一片。返回医院时，弯曲的山路上，医疗队的车子开得很慢。路过一个村口，白依依看见路边蹲着一位老大爷，正守着两小袋东西，连忙让停车。

白依依下车问："大爷，你去哪里，我们捎你一程吧？"

"小姑娘，我不去哪里，我家就在这村子里。"大爷指了指身后的村子，又指了指眼前的两袋小米说，"这是我儿子去延安玩时买回来的小米，不知道被哪个黑心的人给骗了，里面掺了不少沙子，儿子让我扔了。"

白依依不明白："大爷，那你蹲在这里干吗呀？"

"我一看，这么好的小米，扔了怪可惜的，我就淘了淘，可儿媳妇说啥也不吃，怕他们小两口生气，我寻思着有人从这路过，谁要就便宜卖了，免费送也行呀，咱庄稼人不能糟蹋粮食啊。"说着，大爷捧出一把小米到白依依面前，写满皱纹的脸上也写满诚恳，"姑娘，你看，我都洗得干干净净的，一粒沙子都不会有了。"

白依依想也没想："大爷，这小米我都要了。你说天都这么晚了，我正愁买不到呢。"白依依从兜里掏出 300 元钱递给老人家，"大爷，不用找了。"说完，拎着 20 多斤小米上车了。

第三十章
真是夜猫子啊！

唐军生日记：

2017年11月16日。陶兵，今天是你住院的第768天。回来后一直忙，本想找你聊聊，没能抽出时间来。昨天去看你，你和依依都不见了，我心里那个着急啊。还好后来找到了你们，下次再出去记得说一声，记得带上手机啊。

白依依巡诊回来，晚饭后向陶兵炫耀了一路的收获，特别讲了白求恩的爱情故事。陶兵竖起了耳朵听，听得也是脑洞大开。陶兵看着侃侃而谈的白依依黑了不少，却越发显得干练，趁机调侃说："这重走了一趟白求恩路，苗条了不少啊。"

白依依面带桃花，莞尔一笑："本姑娘没能瘦成一道闪电，却被红土地染成了一片红云。"陶兵哈哈大笑，突然站起来，慢慢走了起来："看看啊，你这祥云也给我带来了好运，我这都快能腾云驾雾了。"说着，陶兵做出个飞翔的姿势。

陶兵经过第31次专家会诊，得出结论："恢复得很好，可以适当地下地活动活动。"白依依一看，陶兵确实不拄拐也能慢慢行走了："你就飞吧，一会儿，本姑娘带你再沐浴祥云去。"

陶兵故意祈求着白依依："天使，求求你快带我去吧，我憋在这里都快发霉了。"

"等会儿啊，"不一会儿，白依依出去推来一辆轮椅，"走，上车，本姑娘带你拜见白求恩去。"

陶兵第一反应是要去加拿大白求恩的故乡，故作吃惊状："那可是要远渡重洋，跨越千山万水的啊。"

"咱这就来一场说走就走的旅行呗。"白依依右手指向前方，"走，走，现在出发，我们快乐出发！"

夜晚的城市像一朵即将枯萎的花朵，努力地开出最后一缕艳丽。路上尽是匆匆下班的人群，白依依推着陶兵拐了几个弯，在一栋老式建筑前停下："到了。"陶兵抬头一看，昏暗的灯光下映衬着"白求恩纪念馆"几个字，笑了："这就是你说的远渡重洋呀，我们怎么没有跨越大海啊？"

白依依用手指轻轻戳了戳陶兵的脑袋："谁说没跨越大海了，比大海更宽广的是脑海，跨越了你这脑海了啊！"

陶兵更正说："世界上最宽阔的是海洋，比海洋更宽阔的是天空，比天空更宽阔的是人的胸怀，法国雨果没说脑海啊。"

"就你懂得多。"白依依又戳了陶兵的脑袋一下，"你傻呀，思想是行动的先导，胸怀不得用脑袋想啊，脑海不大胸怀岂能大？"对于白依依这种歪歪理，陶兵只能投降，连说："是，是，有道理。"

见门未锁，白依依欢喜地推着陶兵进了大门，并自觉当起了解说员。白依依小时候就参观过这个纪念馆，来院工作后院里也多次组织过参观，她多是拍照留念，背后的具体故事很少去听，也懒得去听。

这是一栋二层建筑，一楼二楼都是展厅。一楼主要展览近代领导人以及各类名人能人的题词、活动照片、签名等，还有就是柯隶华纪念馆；二楼有白求恩那个时代的不少实物，中间有楼梯，也有电梯。

陶兵是第一次来参观，凭白依依的经验，二楼比一楼内容更丰富，更具有观赏价值，简单在一楼逗留了一下，白依依就推着陶兵乘电梯去了二楼。进门右拐看见课本里那张白求恩为伤员做手术的经典照片，陶兵像是勾起了久违的记忆，盯着照片像欣赏艺术品一样看了很久。白依依狠拍了他一下说：“发什么呆啊，你知道背后的故事吗？”

陶兵被这突如其来的一拍吓了一跳，转身看了看白依依：“知道啊，当然知道了，这张照片伴随着我们长大的。”

“你知道这张照片谁拍的吗？白求恩的对面是谁？”被白依依这么一问，陶兵有点蒙了：“这我怎么知道啊？小学课文上也没讲啊。小的才疏学浅，还望赐教。”

“书上没有，那本姑娘我脑子里有啊，现在我就给你讲一下。”白依依有点得意，“这张照片是著名摄影师吴印咸，1939 年 10 月 28 日，在涞源县孙家庄小庙拍摄的。”见陶兵有点心不在焉，白依依提醒说，“听好了啊，听好了啊。白求恩的对面是他的‘高徒’林金亮医生，在白求恩等人培养下，林金亮后来有了‘华北第一刀’的美名。”

白依依眉飞色舞的讲解，陶兵觉得像是在表演，随口鼓励一下：“看不出来啊，懂得还挺多的，不错，不错。”

白依依越讲越起劲，陶兵也吃酒陪新娘——装模作样乐意听她“白活”，两人竟忘记了时间，等白依依把整个展厅都介绍了一遍，不知不觉 3 个小时过去了，晚上熄灯号响起。白依依掏手机想看看时间，一摸兜，坏了，才想起手机在护士站充电，忘拔了。陶兵也压根没想过要带上手机，自从白依依让他少玩手机，陶兵还真的戒掉了“手机瘾”。

白依依赶紧推着陶兵下楼，却发现大门也上锁了，喊了几声“来人哪，来人开开门啊”，她见无人应答，方知情况不妙，顿时花容失色。原来，当白依依和陶兵进来时，负责管理纪念馆的李阿姨刚好从楼上清理卫生下来，去了趟厕所，出来后就顺手把门锁上了。

现实往往就是这样，你才消失一会儿，似乎整个世界就都把你忘了。白依依和陶兵来医院纪念馆这么久，竟无人问及，直到唐军生晚饭后巡房没见到陶兵，才问值班护士黎尤尤。黎尤尤说：“依依姐推着走了啊。”唐军生赶紧打白依依电话，护士站传来白依依那熟悉的“小苹果”铃声，唐军生笑了笑：“这丫头，又去哪了啊？”转念又一想，“手机都没带，肯定没走远。”便下楼找寻去了。可里里外外把院里找了几遍，问了很多人，都说没看见。这才一下子着急了，加上连日来的劳累，急火攻心，竟晕倒在护士站……

有美女护士相陪，又在院里，又不是太晚，陶兵估计不会有什么问题，冷静思考了一下，对白依依说：“把所有的灯都打开，有人看到肯定会过来的。”白依依想想也是，连忙找开关，没想到忙中出乱，不知道触动了哪个开关，展厅内顿时漆黑一片。

白天还好，夜晚尤其冷，此时院里已经供暖，可纪念馆因整修，里面安装的有空调，暖气不常用，也就没有供暖。白依依之前只顾兴奋地讲解，这突然停下来，着实感觉有点冷了。她也无心谈论白求恩了，自嘲道：“白求恩精神也不能取暖啊。”

“这展厅设置的，连个窗户也没有。”没有电，电梯不能用了，白依依不敢冒险把陶兵弄下楼了。借助门外楼梯小窗户透进来的微弱灯光，白依依双手抱肩来回蹦蹦跳跳，时不时撞上墙和中间摆放雕塑的柱台，疼得摸着头说：“我要是蝙蝠就好了。”双手又背后，说着“飞，飞，飞”，突然“哎哟”一声又撞柱台上了。

陶兵哈哈大笑说：“你不是蝙蝠，可以做个蝙蝠女侠啊！”

白依依有些无奈："还蝙蝠女侠呢？我看是蜘蛛大侠还差不多，被网在这里动弹不得了。"

"你推着我，我给你指路。"

"你？你是夜猫子，你能看见路？"

"不信啊？不信咱试试。"待白依依推着轮椅，陶兵说，"听我的口令，左，左，右，左。"还真没撞上柱台了。

"你真是夜猫子啊？"白依依觉得真是奇怪了。陶兵笑笑说："俺当工兵之前，可是侦察兵出身，摸黑行军可是咱的强项。"两人这样在展厅里走着，白依依还真是不冷了，可她明显感觉越来越累，天生乐观的她，还自嘲道："要是带上手机就好了，计步器估计 2 万多步了。"

"我给你数着呢，18966 步了。"陶兵鼓励道，"距离 2 万步还差一点点，继续努力啊。"这让白依依又有了动力。

唐军生凌晨一点多醒来，第一句话就问："陶兵回来了吗？白依依回来了吗？"值班护士黎尤尤摇摇头。

唐军生摸摸自己仍有点发晕的头，努力搜索着记忆，记起些片段，巡诊回来的路上，白依依一直嘟囔着说要讲给陶兵听，带陶兵也看看白求恩来着，突然想到了一个地方："快带我去一个地方，去白求恩纪念馆看看。"

"护士长，我吃完晚饭来接班，路过纪念馆，看见那里门都锁了。"黎尤尤又说，"都这么晚了，纪念馆就那几步远，他们去那早该回来了。"唐军生知道，急诊科距离纪念馆直线距离也就 200 多米远，白依依推着陶兵去的时候，是故意躲着人走的小路，可唐军生坚持要去纪念馆。

唐军生打电话给李阿姨，央求李阿姨去给开开门。李阿姨觉得唐军生人好，平时对自己多有照顾，真的还就起来了。

黎尤尤扶着唐军生来到纪念馆，李阿姨开门后连忙去开灯："咦，怎么停电了呢？病房、路灯还都亮着灯的，估计跳闸了。这个月都好几次了，院里说是来修的，一直没顾上。你们等一会儿啊，我看看去。”李阿姨找总闸去了。

听见上面有动静，黎尤尤警觉起来：“不会是进小偷了吧？”唐军生打开手机上的电筒：“走，我们上楼看看去。”在黎尤尤的搀扶下上楼了。

来到展厅门口，灯突然全亮了，见白依依睁着惺忪的眼推着陶兵走，似睡非睡的陶兵嘴里还喊着“左，右，左”。突然间的亮光，照得白依依和陶兵直眯眼，白依依勉强睁开眼说：“护士长，你们怎么来了？”

白依依本想着肯定会挨护士长一顿臭骂，刺眼的灯光下，谁也没有注意到唐军生脸色如白纸，一句话没说，一头栽倒在地。

“护士长，护士长，你怎么了？”白依依大喊着跑过来，抱着唐军生就奔向急救室……

第三十一章 出彩联勤人

唐军生日记：

2018年2月8日。陶兵，今天是你住院的第852天。我没想到，我能评选上“出彩联勤人”。我感觉我只是尽了一名护士应尽的义务，没有什么出彩的地方啊？组织给了我无上的光荣，我更要努力工作，为护理事业、为强军事业发光、发热。

唐军生又昏迷了5个多小时，第二天一早终于醒了。白依依熬了些小米粥端过来喂她，唐军生吃了几口，用孱弱的声音问：“哪儿来的小米啊？真香！”

白依依一脸哭腔说：“护士长，就是我们上次重走白求恩路，回来的路上从大爷那买的啊。”

“革命老区的人民就是实诚啊，大爷好人哪。”唐军生记起来了，撇撇嘴，“这咋哭上了呢？”

白依依是专程向唐军生道歉的，她觉得是自己把护士长给气晕了，十分内疚:“护士长,你怎么不骂我啊?”

“骂你干什么啊?你已经长大了,知道用红色基因教育人了。”唐军生温柔地抚摸着白依依的头,“我知道你是好心,只不过出了点小意外,下次记得再细心些,到哪里去告诉人一声啊。”

白依依重重地点点头,哭声更大了,她希望护士长快快好起来。

“傻丫头,我这又不是什么大病,只不过是晕倒了,休息一下就好了。”唐军生抚摸着白依依柔声说,“别哭了啊,这么大的人了,让人看着多不好啊。”捏着白依依的小脸蛋,“来笑一个,笑一笑。”

白依依擦擦眼泪,艰难地挤出一丝微笑,似乎比哭还难看,唐军生也笑了。

这时,许红军副院长过来看唐军生,除了询问病情,还带来一个好消息:“唐护士长,你入围中心‘出彩联勤人’了。”

为展示典型风采,彰显榜样力量,引领军营风尚,郑州联勤保障中心在部队开展了首届“出彩联勤人”评选表彰活动,每个团以上单位要求上报 1 人。经科室推荐,政治部审核,院党委研究决定,唐军生作为和平医院的候选人已于 9 月份上报到中心机关。经过层层遴选,唐军生作为 20 名候选人之一参与最后角逐。

“当初上报的时候,我就不大同意,这怎么还是报我了啊?”唐军生小声说,“大家都很优秀,优先考虑一下别人吧,组织给我的荣誉已经够多的了。”

“报别人,都有人反对,报你没有一个人反对。院党委为了工作好做些,也只能报你啊。”许红军副院长又说,“咱这只是入围了,最终 20 个人中,只选 10 个人,咱还要继续努力啊,争取评上。”说着,把中心依托一个官方公众号发布的投票系统分享到了朋友圈里,鼓励大家多投票,还附有这样一段话:“人生的淡季太多了,收获的时候就该力争,唐护士长,这次我们力挺你。”

白依依以前很反感朋友圈里的拉票投票,也很少关心上级组织的这些活动，打开手机，看也没看就投了唐军生一票，因为每个微信用户只能投一次票。这几天，白依依进行了疯狂拉票："我要让投票像病毒一样蔓延。"她见人就问："你今天投票了吗？"有不少朋友回答："投了，投了，我让身边的朋友都投了。"

白依依连董老太太都教会了投票，乐得老太太说："都这把年纪了，快入土了，还玩起了高科技。"白依依受此启发，专门联系网络公司给董老太太家安装了宽带，通过视频，老太太能经常和远在国外的女儿、外孙聊天了，让本就乐观的老太太逢人就笑。

美丽如花的容颜会衰老，清纯善良的心却永远一如当初，唐军生寻求的只是平平淡淡，却在一次次精神洗礼之后，发觉自己早已有了红色的血脉。其实，根本不用白依依拉票，唐军生的票数一直稳居榜首。经专家团评审，中心党委研究，唐军生最终成功入选了首届"出彩联勤人"。

唐军生在一线临床护理岗位工作23年，年年被评为优秀护士，荣立个人一等功1次，二等功、三等功各2次，被评为"全国三八红旗手"，荣获联合国和平一级勋章和第43届国际南丁格尔奖。2011年9月被评为第三届全国道德模范，被群众赞誉为身边的"提灯女神"。

按照通知要求，医院里安排专人给唐军生撰写脚本，拍摄短视频，唐军生的先进事迹也一步步被"揭露"出来：

2003年，一场席卷全国的重大疫情，让我们记住了一个弥漫着消毒水味道的春天，记住了一个令人窒息的"非典"疫魔，也记住了唐军生的倾情付出与坚强勇敢。

3月15日夜，和平医院急诊科接诊了第一例非典病人。随后，被感染的病人陆续送来，凶险的传言也沸沸扬扬……

"非典"病房谁去当护士长？刚结婚10天的唐军生第一个站了出来："不管这种病有多么大的传染性，只要病人来了，我先上！"

于是，唐军生成为石市最早一批和“非典”病人一起被隔离的医护人员之一。这一隔离，就是112个日日夜夜，护理发热病人3000多人。

一天晚上，一名“非典”病人去世了。唐军生让大家都退到安全地带，自己头戴3层帽子，身穿3层防护服，手戴3双手套，还有16层口罩和1个防护眼镜，脚上除了隔离鞋以外，还得加上2层鞋套，把人裹得严严实实，像粽子一样，独自给尸体和病房消毒。时钟指向凌晨4时，抢救室的门终于打开了。大家帮唐军生脱下防护服，汗水顺着她的头发往下滴，她的身体软得像面条一样。

当时，有位“非典”女病人万念俱灰，不吃不喝，也不让护士量体温。唐军生柔声问她：“你现在最想谁？遇到什么难事了吗？”女患者喃喃说：“我老公是部队上的，我们结婚三年多了，一直分居，这半年都没见着了。这次我好不容易请好假了，准备去部队看他，车票都买好了，没想到得了这病，也不知道啥时候能见着人。”

“大姐，我老公也是军人，做军嫂的就应该坚强一些。我和老公结婚刚10天，我就来这了，他也去演习场了。”唐军生低头沉默了一会儿，努力控制住自己的情感，“大姐，让我们一起和病魔做斗争，早日与家人团聚，好吗？”可唐军生哪会想到，她再也无法与老公团聚了，一个月后，她深爱的丈夫陆兵永远地离她而去了。

女病人被感动了，深深地点了点头。出院时，她含着眼泪说：“护士长，如果不是你，我活不到今天。你整天穿着防护服，我不知道你长啥样，可我听得出你的声音。以后我们如果在街上遇到，请你一定要喊我一声，让我抱抱你。”

2008年5月12日，汶川发生特大地震。第二天中午，唐军生随医院医疗队驰援灾区。绵阳中心医院门诊大厅挤满了伤员，呻吟声、哭喊声响成一片。5.9级余震突如其来，伤病员和家属们惊慌不已，蜂拥而出。“楼上有几个重伤员，得把他们抬下来！”唐军生拼命向6楼病房跑去。当最后一名老大娘被抬出来时，唐军生累得瘫在地上……

那天，整整16个小时，唐军生和队友们一起冒着余震，完成清创、截骨、外伤等手术60例，抢救、护理危重伤员26名。给一名重伤员手术时，突然发生余震，千疮百孔的大楼剧烈颤抖，唐军生立即弯下腰，用身体护着伤员……

14日一早，唐军生和其他医疗队员奔赴北川。入夜，北川县城一片漆黑沉寂，唐军生和战友们打着手电，一遍遍呼喊：“有人在吗？”

裸露的钢筋、锋利的瓦片把他们的手脚划得血淋淋的。突然，一处废墟东北角传来微弱的呼救声，唐军生循声疾走，钻进坍塌的楼板，给被掩埋50多个小时的受灾群众送去了救命的矿泉水和饼干，为抢救生命赢得了宝贵时间。

80多个日日夜夜，唐军生和战友们从废墟下成功救出被困人员10名，救治伤员131名，转移群众上万人。

2010年4月，唐军生驰援玉树抗震救灾，她“宁舍生命，不辱使命”，配合当时的妇产科医生接生76名玉树宝宝。

2012年1月，唐军生随维和医疗队赴南苏丹维和……

这一切的一切，让唐军生在白依依心目中的形象更加高大起来。

人的磁场，其实是心灵内在的力量。唐军生拥有一颗美丽善良的心，散发着强大的磁场和魅力，这强大的力量吸引着她身边的每一个人，走到哪里就温暖到哪里。

天骤然冷了下来，雪舞北风，银蝶翩然，那漫天飞舞的白雪，好似冬天这位刚毅的牧人，从天宇中释放出的天马，纵横驰骋，洋洋洒洒，撩拨着冬的情怀，也扰乱了白依依内心的宁静。

雪落银妆砌，玉女凌风来。在白依依的心目中，雪花是一种美丽的花朵。它冷艳的外表下，有一颗温润而纯净的心灵；它蕴藏着太多的千娇百媚，惹人遐思，令人爱恋！白依依陆续为来输液的患者加药，静脉穿刺，然后观察。雪下得很大，病人多数上午 11 点才来输液，有的是中午赶来的，白依依很忙，中午一刻没休息。

再忙也收不住白依依那颗天马行空的心，她忙里偷闲欣赏着雪花，偶尔来点诗情浪漫：那期盼中飞舞的雪花，是否还记得那古桥下潺潺的溪水？是否记得在江南水乡的隐镇，一个娉婷的女子那如水的眼眸？

雪小了很多，院子里传来扫雪的声音，白依依看到几名院领导带着一群人在扫雪。又来了一个患者输液，白依依加好药给患者扎完针说："我去门口扫雪了，有事叫我啊。"白依依拿起扫把也想加入扫雪的队伍中，嘴里还哼着歌：每当雪花纷纷飘落，想你是我戒不掉的习惯……

刚出房门，就被已经康复的唐军生喊住，唐军生引用白求恩的话责问白依依："'一个医生，一个护士，一个护理员的责任是什么？只有一个责任，就是使我们的病人快乐，帮助他们恢复健康，恢复力量。'你放着病人不管，去扫什么雪，万一有情况怎么办？"

没等白依依说话，唐军生又说："去吧，看你也是想玩了，这里有我守着呢。"白依依一溜烟儿跑了："护士长，这里外都是你的理啊！"

唐军生笑了笑，照顾病人去了。

一元复始，万象更新。转眼间，又迎来了新的一年。

天道酬勤，岁月流金。征程中，人们始终守护梦想执着前行。

郑州联勤保障中心首届"出彩联勤人"评选，历时 4 个多月，经层层推荐遴选、群众专家投票、中心常委研究决定，最终，10 位同志从 100 多名先进典型中脱颖而出，荣膺首届"出彩联勤人"。

狗年春节前夕，伴着一曲慷慨激昂的《请战歌》，"出彩联勤人"颁奖典礼如期举行，一段段视频感人至深，一句句颁奖词催人奋进。来自各行各业的 10 名"出彩联勤人"，依次上台领奖。一个个往台上一站，都是一本活教材，这犹如一面镜子，照鉴出了令人信服的高尚灵魂。

给唐军生的颁奖辞响起：

赠人玫瑰，手留余香。一线护理，你兢兢业业，二十三年如一日不曾早走一分；专业技术，你精益求精，护理数万病人不曾有一丝差错；困难面前，你冲锋在前，数百次执行重大任务不曾后退一步。你是白求恩精神的传人，永葆初心灿如春花，留下一抹永不褪色的芳华。

接着是为唐军生量身创作的诗朗诵《军中天使》：

一袭圣洁的白衣，
穿在身，医者仁心永不移，
点亮生命的希冀；
一身飒爽的戎装，
刻在心，千斤重担肩上扛，
带来绿色的期望。
啊！白大褂，绿军装，
不一样的颜色，一样的情怀，
幸福生活的日子里，
不能没有你，
平凡的岗位上，
看见你日夜忙碌的身影。

一手拿着钢枪，
冲锋在备战打赢的征程上，

守卫着祖国的安全；
一手提着药箱，
战斗在救死扶伤的大道上，
呵护着生命的绵延。
啊！白大褂，绿军装，
不一样的符号，一样的使命，
强军兴军的征程上，
怎能少了你？
硝烟弥漫中，
遇见你最美最美的身影，
最美最美的身影。

身穿戎装的唐军生站在领奖台上，显得是那么英姿飒爽。白依依作为观众代表为唐军生献花，和唐军生紧紧拥抱在了一起。

颁奖典礼历时2个多小时，在主题歌《新时代的“出彩联勤人”》中落下帷幕，这首原创的优美欢快歌曲，更是唱出了中心官兵的心声，被大家广泛传唱。

第三十二章
“和平天使”在行动

唐军生日记：

2018年4月18日。陶兵，今天是你住院的第921天。我们参加了代号为“和平天使”的中加联合军演。这次军演不仅动用了大量的先进装备，还设置了很逼真的地震救灾环境，让我想起了汶川和玉树抗震救灾。如果你好起来的话，一起参加演练多好啊！

参加完颁奖晚会不久，郑州联勤保障中心将唐军生等10名“出彩联勤人”的事迹和照片制作成了灯箱，悬挂在医院的主干道两旁。医院还教唱了《新时代的“出彩联勤人”》之歌，激励着广大医护人员以饱满的激情走向手术台，走向护理一线，走向硝烟弥漫的演练场……

山城重庆，渝州腹地，2枚信号弹腾空而起——

大地颤抖，山河震荡——设定中的加勒比海某沿岸国家突发重大地震灾害，一时间城市成为废墟，死神掳走无数生命。

震级7.3，震源深度26公里，震中烈度10度。

余震还在继续,救援刻不容缓。在地球的另一端,一场与死神赛跑的国际联合救援由中国和加拿大两军同时启动了。

这就是“和平天使——2018”中加双边卫勤实兵联合演习,一场“无脚本无预演”的全新模式救援演习正式拉开帷幕。

此次演习以地震灾害人道主义医学救援为主题,中加卫勤力量共同设立联合指挥中心,负责受灾国指定责任区内医学救援工作。中加双方共派出医疗分队 117 人参加演习,其中加方 37 人、中方 80 人。

此前几日,中加双方参演队员已经过整合训练与桌面推演,彼此间的了解与合作有所加深。白依依第一次见着这么多外国人,她像个小精灵一样穿梭于人群中间。天生乐观的她逢人便笑,主动和人打招呼,俏皮可爱的模样非常惹人喜欢,缓解了沙场紧张的气氛,也平添了几分乐趣。白依依很快和几名加方队员成了朋友,她还有点小庆幸:“幸亏英文没有都还给老师。”还主动和外国人用英文交流,一名加方护士还帮着白依依纠正发音。白依依夸张的表情、搞怪的动作,让两名本就颜值高的中外护士格外引人注目。白依依的口语提高很快,这为她后来担任维和翻译奠定了良好的基础。

当日的实兵演练强调对抗性、实战化,对参演双方的默契程度是一种考验。白依依这种与人自来熟的本事真让唐军生刮目相看,她笑着对白依依说:“你这本事哪来的啊? 可以当医院的形象大使了。”

这么多年来,唐军生一直充当着医院的形象大使角色,这一点白依依心知肚明,又不想贬低自己,双手抱拳向唐军生作揖道:“护士长啊,医院的形象大使非你莫属,我呢,顶多算是交际的一个小花朵吧。”

唐军生扑哧笑了:“都什么年代了,还交际花呢!”

“哎,别以为交际花是个贬义词,至少也是花吧。”白依依狡猾地望着唐军生,“护士长,别想歪了啊,这可是国际联合军演,别一不小心,开了国际玩笑啊。”

“是，是，你是一枝花，我可爱的小花朵，我这个绿叶就当陪衬了。”唐军生双手捧着白依依俊俏的脸，“一会儿演练的时候可不能掉链子啊。”

“放心吧，护士长，我这个小花朵也是宁折不弯的。”说完，两人拉着手奔向了演习区域。

一场春雨过后，青山更迷人了。不远处整个山坡，都是苍翠欲滴的浓绿，没来得及散尽的雾气像淡雅的丝绸，一缕缕地缠在它的腰间，阳光把每片叶子上的雨滴，都变成了五彩的珍珠。大家都在紧张备战，谁也没空细品这大自然馈赠的美景。白依依做了一个拍照的姿势，自信地笑了笑，以更加放松的心态迎接挑战。

上午 8 时，随着两发红色信号弹升空，这场卫勤实兵演习正式开始。工程和医疗救援人员随即对地震灾害模拟现场进行搜索，寻找瓦砾下的“幸存者”。

此次加方携带包括多功能装甲救护车等在内的一级医院系统参演，拥有医护、后勤保障等人员，以及一间手术室，主要负责灾害现场的紧急救治，并在第一时间将生命体征平稳的“伤员”送至中方负责的二级医院，接受进一步治疗。两级医院各有分工，在灾害救援中形成救治阶梯。

这种 6×6 多功能装甲救护车，主要用于战场前接后送和途中紧急外科操作，后面配有小型医疗移动方舱并自带电源，即使在车辆出现故障的情况下也可独立运作。车身装有特种装甲钢板，能够抗地雷冲击、防轻武器射击和弹片。

这是一辆定型并服役超过 30 年、上过阿富汗前线的“老爷车”，却有着一颗年轻的“心脏”，发动机声音低沉平稳，动力强劲，金属部件光洁如新，老牌机械工业国家的派头体现得淋漓尽致。

新老并存的装备看得白依依眼花缭乱，白依依还没来得及好好“欣赏”一番，就在他们参演救援车辆抵达“废墟”现场不久，救援人员发现了 3 名

“幸存者”。唐军生和白依依等人协同配合，将昏迷的“伤员”从断壁残垣中救出，立即为其进行心肺复苏、止血、包扎等紧急救援，并通过救护车将他们转移至一级医院。

真是祸不单行，就在3名“伤员”接受治疗的同时，一辆汽车在通往地震救灾现场的通路上发生“车祸”。副驾驶座位上的“乘客”手捂额头与胸口，表情痛苦。“司机”则趴在方向盘上，一动不动，情况十分危急。

唐军生和白依依接到求救信号后，随即赶到“事故现场”，对“乘客”头部进行固定，并为其输液，将其送至一级医院；她们为伤势较重的“司机”进行胸腔穿刺，并将其直接送至二级医院。

此次演习中的伤病员由一些医学临床本科实习生扮演。“医学生扮演伤员更在行。”参演医疗队队长许红军说，这些“伤病员”经过专门的训练，在演习中担任不同角色，并通过表演对双方医疗队员的施救进行反馈，不断给参演医疗队设置逼真情境和救治难题。“伤员”们的精湛演技让在场的媒体直呼：“真想伸手去拉一把。”

10时45分，随着螺旋桨的声响越来越大，一架救援直升机缓缓降落。双方医疗队员利用担架，将两名“伤员”抬上直升机，运送至后方接受救治。在此期间，不断有“伤病员”与“灾民”被送至一、二级医院与灾民安置点。不少“灾区居民”自行前来寻求医疗帮助。就在直升机起飞时，两级医院同时进行的手术就有三台。

除了真人，假人也在此次演习中扮演起伤员的角色。12时40分，救援中的一辆油罐车遭遇“车祸”起火，3名“伤员”受到不同程度烧伤，其中一位大面积烧伤的“伤员”就是由智能野战创伤综合模拟人担任。

这位会眨眼、能呼吸的“伤员”拥有脉搏、抽搐、神经反射等“生理反应”，通过预先设定的程序，表现出各种症状。操作人员在监测心率、血压等各项数值的同时，随时对医疗模拟人进行操控，为医疗队员制造各种突发情况，使伤病演变更加逼真。

就在“烧伤伤员”哀号不断、等待救援时，碰巧经过爆炸现场的中方救援车辆被拦下。许红军带领队员们立即对 3 名“伤员”进行气管切开术等急救措施，并将其中两名伤势较重的“伤员”直接送至二级医院的重症监护室。这次救援是演习中随机发生的一次“意外”。

事实上，演习中的“意外”不止于此。救援车辆爆胎、医院电力故障、医疗队员负伤、通信系统中断、烟头引燃帐篷、巨石挡住道路，语言不通的患者、突发腹痛的孕妇、被蛇咬伤的老人、迷失山地的志愿者、被堰塞湖困住的灾民……无脚本、无预演，一切按照救援演习情境随机展开，让队员的能力得到真正的锻炼。

“太难了！太难了！”白依依感觉鼻尖上像是抹了黄连，眼前尽是苦了。唐军生也有同感，只不过两人都没有过多表露出来。

难的不仅仅是这些“灾情”的复杂，更是难在“伤情”的变化多样：所有伤情都无事前设定，是由专业化“卫勤蓝军”幕后现场操控的。

为使中国军队卫勤训练真正实战化，如来佛治孙悟空——强中还有强中手，西南医院探索建设全球首支专业化“卫勤蓝军”，打造卫勤训练“磨刀石”，这次演练“蓝军”可谓是派出了“精锐”，看来唐军生和白依依她们谁也甭想轻易过关了。

这支专业化的“卫勤蓝军”由一批参加过 2008 年汶川特大地震的资深军医组成，地震的各个时间节点该出现什么伤、会有什么并发症，还有那些罕见特殊伤病情况，他们了如指掌，通过无线命题系统纷纷发到灾难情景导调系统当中，通过特型“伤员”、智能模拟人、现场环境感应系统等展现在救援队员面前。

“医生，救我！”“医生，我快不行了！”……在模拟地震废墟伤员集中点、断壁残垣中，急需救治的“伤员”有的哀号不断，有的奄奄一息。挤压伤、断肢、骨折、大出血等伤类复杂，现场气氛紧张，参演队员紧张施救。唐军生和白依依将一名压在废墟里的人员抬到空旷地点，赶紧实施按压、人工呼吸等措施。这时，跑过来一名加拿大医疗队员，用不流利的中文说：“假的，假的，干吗还要给他做人工呼吸？做做样子好了！”

唐军生瞪了他一眼说：“演练是假的，但救人必须是真的，战争是白衣战士唯一真正的学校，怎么可以像演戏一样做做样子呢？”对于参加过汶川和玉树抗震救灾的老队员来说，唐军生敬畏生命，她把每一次演练都当成了实战。

“我也许不赞成你的观点，但我会为你的努力鼓掌。”那名加方医疗队员表达了自己的敬意。

其实，在唐军生的内心，一直有一个心结，2008 年汶川抗震救灾时，就因为队友的一个失误，一名花季少女永远失去了生命，这给唐军生留下了永远的遗憾。每每想到此，唐军生都有种莫名的心痛。所以，每次演练，唐军生都特别认真与珍惜，用她的话说：“绝不让悲剧重演。”人的强烈愿望一旦产生，就很快会转变成信念，而这信念又是心灵的良知。

在唐军生的带领和感召下，白依依也全身心投入，不停地救人、救人，还是救人，已忘记了这是演练。

第三十三章
夜间穿越生死线

唐军生日记：

2018年4月19日。陶兵，今天是你住院的第922天。演练虚虚实实，没想到真的遇上了山体滑坡，我们连夜穿越了一条生死线，真是险象环生。我和依依仿佛都闻到了死亡的气息。我未经上级同意，带领医疗队员救了一名孕妇，指挥部不但没有批评我，还给予了褒奖。看来什么时候，治病救人都是第一位的啊！

虽然气温不高，但整个演练紧张忙碌，出汗还是比较多的。唐军生和白依依随参演队员徒步行军，白依依随身携带的水早已饮用完，唐军生的水壶也很快见了底。路过一个池塘边，白依依看着水比较清澈，忙取出水壶对唐军生说："护士长，我去那灌点水喝。把你的水壶拿来，我也帮你取点吧。"唐军生制止她说："依依，我们现在是演练，这里是灾区，大灾之后有大疫，这路边的生水是不能随便喝的。"

一路演练，白依依为护士长的实战精神所感动，觉悟也一步步提高，"演习毕竟不同于实战”的话到了嘴边又咽了回去，可仍忍不住问唐军生：“护士长，早听人说过‘大灾之后有大疫’，有科学依据吗？”

唐军生结合以前参加过的几次抗震救灾经历讲道：“地震发生后，灾区人群对病菌的抵抗力下降，另外由于大量房屋倒塌，下水道堵塞，造成垃圾遍地，污水流溢，再加上畜禽尸体腐烂变臭，使得尸体以及伤口成为病菌生长繁殖的理想场所，病源得以产生，极易引发一些传染病并迅速蔓延。所以，历史上就有‘大灾之后有大疫’的说法，我想还是有一定道理的。因此，在震后救灾工作中，认真搞好卫生防疫非常重要，尤其是不能随便饮用河沟里的生水。”

白依依点了点头，强忍着口渴艰难撑到了一个补给点。看到成箱成箱的矿泉水，白依依两眼放光，连忙打开咕嘟嘟一口气喝了一瓶，还是口渴，唐军生又递给她一瓶：“慢点喝，小心中毒！”

“水中毒？这怎么可能，出汗多，一定要多补水，要多喝水，医生说不能缺水的，我这都渴了一路了。”白依依接过水，一饮而尽，感觉肚子胀胀的，忽然白依依感觉四肢乏力，头昏脑涨，瞬间瘫倒在地。

好在医生就在跟前，医生详细问诊后，又帮白依依查了查体，轻声道：“没大碍，稍作休息即可。”

唐军生之前演练遇到过类似情况，记得当时有医生告诉她是“水中毒”，她小声问：“是不是‘水中毒’？”

那名医生回答说，就白依依这个病例而言，水中毒之诊断纯属子虚乌有！推测其原因为血流分布改变，导致一过性脑供血不足之晕厥，有惊无险，稍事休息或调整一下体位，症状就会消失！

唐军生很快明白过来，顺着医生的思路说：“很有道理。演练节奏快，精神高度紧张，体力消耗大，出汗多，突然一次性喝那么多水，胃部血流压力过大，一时间无法吸收和排泄，造成晕厥，这样理解合理吗？”医生点了点头。

果然,白依依很快醒了过来,扭动着活动活动筋骨,又投入紧张的演练中了。

某场站遭遇"敌人"袭击后,和平医院医务人员组成的"三防"医学救援队迅速赶赴被核、生物、化学武器袭击的阵地,划定杀伤区、染毒区、污染区,标定界线。随即,防疫人员对污染区进行无害化处理,为抢救人员的进入打开了一条"绿色通道"。

一批经一线救治的伤员通过陆路运送,来到由和平医院抽组的空运医疗队。抗休克组、手术组等不同专业的医护人员立即对伤员进行检伤分类,符合空运医疗条件的伤员被送上经过改装的运输机,送往后方医院。

一名飞行员遇险跳伞后发出求救信号,救援直升机迅速起飞,在不具备着陆条件的情况下采用空中悬停的方式,通过救生吊椅将飞行员救上直升机。经唐军生和白依依等人紧急救护,遇险飞行员转危为安。

随着演习的推进,各种突发事件的不断干扰、模拟伤员动态演变的逼真伤情,给参演队员设置了复杂救治环境和专业难题,让卫勤联合实兵演习更加贴近实战。

雨,瓢泼而下。夜,漆黑无边。

当时针指向零时,救援队接到指挥部命令,在数十平方公里的复杂生疏地域内,上演了一场"生死时速"。所有车辆、人员都在微光条件下完成机动集结。为躲避"敌"方侦察,指挥部下令关闭所有车灯,仅依靠夜视器材撕开夜幕,冲破雨帘前进。车队过山地、跨丘陵、蹚草原,昼夜连续进行 360 公里的转场机动,白依依有些吃不消了。

险情一个接一个,连绵不断的降雨,车辆来回碾压,使本来就崎岖不平的山路,变得更加泥泞不堪。道路最险的地方,左贴山壁,右临悬崖,路面只比车辆宽出一脚的距离,车轮时不时在泥地里空转打滑,真可以说是步步惊心。

路越走越险,为确保安全起见,带队的医疗队队长许红军不得不报告指挥部“请求使用大灯前进”。获批！医疗队也顾不上隐蔽了，将车灯全部打开。路是看清了，却更让医疗队员感到心慌：塌陷的路基、滑落的山石赫然在目。白依依小声问唐军生：“护士长，不是说演练吗？咋做得这么像？是谁在路上放了这么多大石头？真坏！”

唐军生轻声道：“我们虽是演练，可这条路是真的，刚刚通报了山体滑坡。”听护士长这么一说，白依依心里一惊，强装镇定地说：“这么危险的路，你能不能建议许副院长，咱先停下来安营扎寨，等天亮了再走？”

“我们这是演练，天亮了我们的任务就结束了，没有按时到达指定地点，就意味着演练失败。”唐军生苦笑了一下，“傻丫头，再说了，我们停在这里就一定安全了吗？在这条路上，是翻过车、死过人的。”

这条路以前演练死过人，交通事故死过人，可唐军生在这个时候说给白依依听，真的感觉不合适，话一出口，唐军生就后悔了。白依依立刻感到了一种悲壮，第一次认真地考虑到了死亡。

好在医疗队有惊无险地到达了目的地，天方亮，雨也停了，清新的空气仿若善良的精灵，活泼地清理着人们身心里的浊气。路边花儿草儿们都精神了，显出一身的青翠，鸟儿们也乐得相互打起招呼，整个世界都开朗了，白依依的心情也一扫郁闷，明朗了。

趁休息调整的当儿，白依依悄悄问唐军生：“护士长，能否借个手机用啊？”演习有明文规定，演习期间不能使用手机，带来的也都上交到指挥部集中保管了。唐军生顿时警觉起来：“用手机干吗啊？现在是演习，你想暴露目标吗？”

白依依假装平淡地说：“不是啊，我就怕有个万一，想给妈妈打个电话，问她上次说的人身意外伤亡保险给我买了没有。万一我有个‘万一’，也让爸妈有个生活保障啊。”

唐军生想起刚才险象环生的状况，心里也是后怕，将白依依一把搂在怀里,强忍着泪水说:“不会有万一的,不会有万一的,相信我!”

白依依点了点头,紧紧依偎在护士长身旁,幸福就是这患难中心心相印的一个眼神。可白依依仍心有余悸,眼前浮现了一大堆重大灾难事件,胡思乱想着突发奇问:“护士长,以前电视上看别人处理危机,游刃有余,谈笑间就能化解危机,总感觉没什么难的,现在自己真摊上了,遇到这么个事,我六神、七神、八神都无主了,我是不是应对危机处理的能力很弱,特没用啊?”

“当危机真正发生时,张皇失措,在一定程度上都在所难免。别说我们了,号称最会应对危机的美国前总统小布什也常常判断失误。”唐军生笑笑说,“美国‘9·11’事件,8:45 发生第一次撞击后,中央情报局反应迅速,在9:00以前就向时任总统小布什做了报告,你猜小布什的第一反应是什么?”

“是什么?”白依依淡淡地笑了笑,“护士长,你怎么也学会了卖关子?”唐军生忍俊不禁道:“小布什的第一反应是:这个飞行员驾驶技术怎么这么糟糕,把飞机开到大楼上去了。”白依依勉强跟着笑了笑,正想问后来发生的事儿,突然听到有人喊:“快救人啊! 快救人啊!”

附近一名村民骑着摩托车上街,行驶到医疗队的这个调整点,突然接到家里电话,说是怀孕八个多月的老婆意外摔倒,快要生了,家人让赶紧找医生。一听这话,男子差点晕了过去,看到医疗队又是“红十字”又是救护车的,就不顾一切地求助来了。

见惯了一路上的惊险刺激,白依依小声问唐军生:“这会不会是设置的演练科目啊?”

“我们的敌人会制造各种假象,所以不要轻易相信自己的眼睛。”唐军生觉得不像,又不敢十分肯定,只道,“有可能吧。”这会儿许红军去指挥部开会去了,让唐军生临时负责医疗队。

“那我们要不要救啊,还是请示指挥部后再救人?”白依依眼巴巴地望着唐军生,“护士长,要不是演练内容,我们耽误了演习也不行啊!”

“救民于危难之中,是军人的天职,哪容得我们有半点迟疑与懈怠?!”唐军生异常坚定,“我是一线指挥员,我说了算,有什么责任我承担。救人,赶紧救人!”唐军生一边迅速带着人去救人,一边让人报告指挥部。

没等指挥部回复,唐军生带着白依依和一名妇产科医生就随男子出发了。山路复杂,崎岖难行。救护车行驶约 5 公里,就无法再往前走。怎么办?看着焦急的男子,唐军生果断地说:“司机留在救护车上,其余人员带着担架随我步行前去。”

1 个小时后,医疗队员到达男子家里,孕妇羊水已破,有气无力地躺在床上呻吟,家人已经慌乱成一团。医疗队员赶紧把孕妇抬上了救护车,迅速送到调整点检查室。3 个小时后,孕妇产下了一名 7 斤重的男婴。喜当爸爸的男子竟扑通一声给医疗队员跪下,喜极而泣:“你们这是救了两条人命啊!”

此时,从指挥部开会回来的许红军方知此事,原以为医疗队已经按照指挥部的要求做了转移,没想到仍旧在原地,主动向指挥部做了“检讨”。指挥部却发来褒奖:你们医疗队始终把救死扶伤放在第一位,继承了白求恩精神的良好传统。我们搞演练,也是为了更好地救人,你们的这种精神,值得学习!

白依依等人恍然大悟:“演练还真没有这项内容啊!”

医疗队很快接到了带回的指令,倒是一路顺畅地回到了医院。

这次演习,让白依依明白:不管是不是军人,既然选择了远方,就只能风雨兼程;既然选择了战场,就要时刻保持冲锋的姿态。

第三十四章
拨开心中迷雾

唐军生日记：

2018年4月29日。陶兵，今天是你住院的第932天。看到你穿着一身军装回来，我真的想不顾一切地扑向你的怀抱，可我没有那勇气。你今天为什么要换上军装，我不敢问，我怕一问我就控制不住自己，我知道你和依依没在院子里散步，你们去哪儿了？为什么要骗我呢？

陶兵经过第32次专家会诊，已经可以正常行走了。白依依从演习场回来，下午下班后专门到陶兵面前炫耀，将演习吹嘘得神乎其神的。陶兵听后笑了笑，连问："演习有大炮吗？有坦克吗？有导弹吗？"

白依依摇了摇头。

陶兵略显鄙夷："连大炮、导弹都没有，还叫什么演习啊？"

"我们是卫勤演练，是救人的，那些玩意儿是杀人的，要那干什么？"白依依这才想到在陶兵面前说这个有点班门弄斧了，他可是多次参加过全军重大演习的人，这点卫勤演练对他来说确实没有多少嚼头，在爸妈面前吹吹牛、在黎尤尤面前显摆一下还行。

陶兵连忙澄清道："那玩意儿也是救人的，我们也是救人的啊。"

白依依美眸一瞪："你们是杀人的，我们才是救人的！"

陶兵看着白依依，有点激动地说："没有先进武器的支撑，就不可能御敌于国门之外，人民群众的生命财产就无法得到保障，你说武器是救人的还是杀人的？"

白依依倒是不紧不慢："那武器用在希特勒手上呢，用在日本鬼子手上呢，杀死了多少犹太人？残害了多少中国人？"

"你这不是强词夺理吗？现在讲的是我们的演习，是我国的武器装备。"陶兵没想到白依依会把武器和杀人魔头希特勒联系在一起，这可与白依依平时奉行的"不问军国大事"格格不入啊，看来白依依演习收获的不仅是救治技术，思想上也在悄然发生着转变。

"战争一开始，地狱之门便打开了。你们就是杀人的，尤其是你这个刽子手。"白依依不讲理就不讲理了，反正陶兵也拿她没办法，她笑着说，"为了消除你的罪孽，我这个天使现在就带你这个刽子手，去朝见老天使去。"

"朝见老天使？"陶兵疑惑地问，"去哪儿啊？"

"去了就知道了！"白依依着急道，"赶紧把军装换上。"

"换军装干吗啊？"

"别啰唆了，让你换你就换，本姑娘看着好看不行吗？"

陶兵也不再问，只要有白依依在，去哪儿都乐意，这次白依依让他换上军装，也一定有她的道理。陶兵还特意带上了手机，白依依扑哧笑了："我早和护士站说过了，这次保证不会丢的。"

陶兵顺从地脱掉病号服，换上了叠得整整齐齐的军装。病号服穿久了，这一换上军装，映衬得陶兵整个人英气逼人，像是要走上检阅场似的。

白依依看得两个眼珠子快掉下来了："你咋不去参加阅兵呢？"

陶兵觉得有点莫名其妙:“阅什么兵? 我参加过阅兵啊!”

“什么时候?”

“就是‘9·3’大阅兵啊。”

“什么? 我怎么没看到你?”要知道白依依正是看了那次大阅兵,才非要来部队,阴差阳错来到这家医院的,没想到心目中崇拜的英雄就在眼前,她对陶兵的印象值一下子提升了好几个指数。

“当时俺在方队里,那么多人,你能看到我,你火眼金睛啊?”陶兵笑得很帅,很迷人,“再说了,那时你也不认识俺啊!”见白依依有点失望,陶兵急中生智,“那我专门给你一个人看,如何?”说着,陶兵喊起口令,“一二一,正步走。”以标准的正步走了起来……

白依依看得正入迷,楼下护士匆匆跑上来:“你们干什么呀? 吵死了,楼下病人还要休息的。”

两人这才意识到过分了,赶紧道歉,陶兵也重新整了整着装,跟着白依依出了病房。

天刚擦黑,空气还是有点凉凉的,还好两人穿得多。两人边走边聊,白依依对陶兵说:“一会儿对长辈礼貌点,嘴巴甜点。”

“这么快就见家长了?”陶兵快言快语,两手一摆,“我可一点儿思想准备都没有啊!”

白依依翻眼看了陶兵一眼:“想得美,你。”

陶兵这是老孔雀开屏有点自作多情了,他脸红红地和白依依并排走着不再言语。两人走了五六百米的距离来到董老太太家,白依依敲门:“奶奶,我们来看你了。”

不一会儿,董老太太开了大门,白依依指着陶兵连忙引荐:“奶奶,你看我带谁来看你了?”

大门上爬满了青藤,显得门口很暗,老太太眨眨眼:“陆兵,你来了。”

陶兵连忙解释说："奶奶，我是陆军兵，我叫陶兵。"

老太太故作生气道："哪来的逃兵？这都解放这么多年了。"

白依依和陶兵只道是老太太最恨逃兵了，也不再解释。白依依扶着老太太进屋："好，奶奶，你说是陆兵，那他就是陆兵。"说着，白依依向陶兵挤挤眼，陶兵心有灵犀，也就没再吭声。

心理专家就是心理专家，俩人这点小把戏没能逃过老太太的眼睛。进了屋，老太太仔细看了看陶兵："你真是陆兵？"

"奶奶，我叫陶兵，陶渊明的陶，来自陆军的一个旅。"陶兵也顾不上和白依依确认过的眼神了，诚实最重要。

"怨不得，怨不得，我明白了，我明白了。"董老太太小声细语，心中的疑惑终于揭开了。她明白了唐军生为什么会这样对白依依了，唐军生可是董老太太看着长大的。唐军生结婚后，同样是在这样的一个傍晚，带着陆兵来家里看她。这让老太太浮想联翩，仿佛感受到了唐军生内心的煎熬与挣扎。

白依依今天带陶兵来这儿，竟然也是为了这事：明眼人都看得出来，平时唐军生挺让人佩服的一个人，但在处理陶兵的问题上总是失控。唐军生对陶兵过分地好，也让陶兵倍感压力，心有千千结。他们这次来就是想请董老太太给陶兵做心理咨询的。

心理咨询是两个人的事，有白依依自然没法咨询。白依依倒也灵光："奶奶，你们先聊着，我去院子里给菜浇浇水。"说完，蹦跳着出去了。

一看陶兵这长相，不等他开口，董老太太就玻璃肚皮——看透心肝，早已明白了八九分。不过，她还是耐心地听陶兵讲完了整个故事，那神情，那语气，老太太要不是局外人，又清楚事实，恐怕也会把陶兵当成陆兵了。

老太太撩开陶兵衣襟，看着穿在陶兵身上的毛衣，轻声问道："小唐护士长给你织的吧？"

陶兵点点头，一脸的疑惑："奶奶，你怎么知道的啊？"这几天天气降温幅度大，陶兵又是病号，自然多穿了些，将唐军生送给他的一件薄毛衣穿在了身上。

董老太太揪着陶兵穿的毛衣衣领说：“看看，就这衣领，还是我教她的呢。”不用说，董老太太已经找到了唐军生和陶兵之间的症结了。老太太权衡了一下，也确实不能把真相都告诉陶兵，这样难免会伤到唐军生的自尊心，还会让陶兵跟着别扭，只能蚂蚁吃萤火虫——亮在肚里了。

老太太想了想，进屋拿了一本十多年前的杂志，翻开用红笔圈出的一篇文章说：“这不快过母亲节了吗？到了母亲节那天，抽个合适的机会读给小唐护士长听听，她听后就会明白了。”

陶兵点点头，却有点半信半疑。

这边，白依依只顾着给菜地浇水，身上溅了一身水不说，脸也跟个大花猫似的。董老太太和陶兵谈完，也走到院子里透气，老太太从拴在门口的绳子上取来一块毛巾：“孩子，过来擦擦吧！”

白依依看看也浇得差不多了，有的还溢了出来，明显浇得不是很均匀，就放好水管，自嘲般笑着拍拍手，走过来接过老太太手中的毛巾：“奶奶，你们谈得怎么样啊？”

董老太太将手放在嘴边对陶兵嘘了一声：“秘密。”

白依依不知道从哪儿来的好奇心，明知不应该问还打破砂锅地问：“那好，我们一人说一个秘密，算是交换吧。”

董老太太说：“那好吧，你先说个秘密，我们看看值不值得交换。”

白依依很神秘地说：“奶奶，我刚浇地时，偷吃了你两根黄瓜，吃完一根，我忍不住又摘了一根。”

“这算什么秘密啊？！”老太太和陶兵都笑了，老太太又指着院子里的菜地说，“想吃，随时来摘，你都吃完我老太太才高兴呢。”

“奶奶，你怎么说话不算话啊？”白依依有一种受骗的感觉，撒娇道，“早知道不和你说我的秘密了。”老太太和陶兵呵呵笑了起来，白依依看了看陶兵，“你笑什么啊？这才来一次，就和奶奶这么亲了，也不看谁带你来的。”

“我是帮理不帮亲啊！”陶兵还想说什么，“我……”

这时，唐军生打来电话，问两个人在哪。白依依正想如实相告，只见董老太太做了一个摇头的动作，白依依心领神会：“护士长，我就和陶兵在院子里走走，一会儿就回去了。”

“快点回来吧，今天天冷，别让陶兵受凉了！”唐军生说完就挂电话了，静静等着两人回来。

白依依一看时间，这都出来近两个小时了，怪不得护士长会担心。本来还想请老太太帮着给陶兵针灸的，看来只能等下次了，她连忙招呼着陶兵走了。

出来和老太太聊聊，陶兵有一种如释重负的感觉。白依依看陶兵手中多了一本杂志，以为是陶兵解闷用的，也没多问。两人统一了口径：“就是在院子里随便走走的。”为了掩人耳目，两人还故意沿院子里的主干道走了大半圈，路上行人虽然不多，陶兵这军装一穿，回头率还蛮高的！

到了科室，唐军生正在那里等着两人，看到一身军装的陶兵不禁一怔。她也是第一次看陶兵穿制式军装，有点情不自禁却又有意避开陶兵眼神：“这么久，都去哪儿了？还穿得这么齐整！”

“我们就是随便在下面走走！”白依依和陶兵异口同声，更暴露出两人心里有鬼，是事先串通好了的。唐军生已经在院子里找一个多小时了，就这么大一点的院子，陶兵又走不快，唐军生不可能发现不了。两人一口咬定就在院子里走走，唐军生也没法多问了，她叮嘱了一句：“下次散步时间别太长了，一个小时左右就好了。”说完就走了。

白依依和陶兵相视而笑，向病房走去。

第三十五章 伟大的母爱

唐军生日记：

2018年5月13日。孩子，今天是你入院的第946天。看到你和依依亲昵，我心里有种说不出的酸楚，但当你给我讲《母亲的眼睛》，我忽然明白，你终究不是陆兵，你就是我的孩子。孩子，依依是一位好姑娘，你要珍惜啊！妈妈在这里祝福你们。

唐军生一大早走向陶兵病房，到了门口，看见白依依正给陶兵削苹果，一口一口地喂他。陶兵笑着、吃着，目光始终没有离开过白依依，趁白依依不注意，将一口削好的苹果塞进白依依嘴里。白依依脸染红晕："真坏，再闹不理你了。"

陶兵并不生气，依旧笑嘻嘻地说："我身上流着你的血，咱俩血浓于水，是分不开的。"

唐军生听着一惊，推门进去，白依依连忙起身说："护士长来了。"自觉地退了出去。这是半年来白依依养成的习惯。起初唐军生一进来，总找各种理由让白依依出去,现在养成习惯了,只要唐军生一进来,白依依就很有眼力见儿,绝不多停留一分钟。

白依依走后,唐军生走到床前,抚摸着陶兵的头,温柔地问:“怎么样了?感觉可好?”

“都好,都好。”陶兵拿出董老太太送他的那本杂志,“护士长,我给你讲一个故事吧?”唐军生微笑着点点头。陶兵迅速翻开杂志,显然是做足了准备,声情并茂地读了起来:

妈妈的眼睛

妈妈问:儿子,如果妈妈眼睛瞎了怎么办?

儿子答:我会送你去这里最好的医院治疗。

妈妈又问:如果这里最好的医院治不了怎么办?

儿子答:我会送你去世界上最好的医院治疗。

妈妈又问:如果世界上的医院仍然治不好呢?

儿子答:我会终生照顾你。

妈妈说:好儿子,谢谢你。

儿子问:妈妈,如果我眼睛瞎了怎么办?

妈妈答:我会把我的眼睛给你。

这似乎更让唐军生吃惊,唐军生吃惊的不是母爱有多伟大,而是陶兵向她传递的信息。陶兵手中拿的这本杂志,唐军生再熟悉不过了,10 多年前,她亲口把这篇文章读给董老太太听过,那一天,董老太太和她讲过很多伟大的母爱故事。

有时候自己所要追求的不是爱,是自找的伤害,而真正明白了这些事,才发现自己所在乎的事是那么可笑。当抢救陶兵时,唐军生祈祷着宁愿拿自己的生命去换陶兵的生命。当陶兵绝望时,唐军生望着星空,更愿像一颗流星,划过天际,只为成为陶兵一个愿望,燃烧自己。唐军生此刻心中默念,如果需要,她宁愿把眼睛给陶兵。

曾经,唐军生以为自己足够好,好到能让陶兵留下来紧抱;曾经,唐军生觉得欺骗就像一把刀,陶兵和白依依之间的暧昧插在她身上,要多疼有多疼。她痛苦过,痛恨过,不甘心过,甚至想过把白依依永远赶走。

曾经的曾经已是曾经,而现在的现在却不是现在。这一刻,唐军生忽然明白,陶兵终究不是陆兵,虽然两个人长得很像,可是陆兵再也回不来了。这一年多来,自己努力回忆,努力把陶兵当成他,只是自己的一厢情愿罢了,在陶兵眼中,自己更像是一位母亲。

想明白了这层关系,回到它最自然和合适的位置,才是最舒服和持久的。唐军生浑身一阵轻松,面对陶兵也更加自然,她毫无顾忌地给陶兵一个拥抱:“孩子,你要快点好起来,你要快点好起来。”陶兵含着泪说:“护士长,我心里早把你当成妈妈了！你就是我的亲妈妈。”

唐军生哎了一声,两人再次拥抱在一起。心若不动,风又奈何？你若不伤,岁月无恙。

这边,白依依从病房出来,看到黎尤尤哭得稀里哗啦的:“哟,这都过去这么多天了,还哭呢?”隔壁肿瘤科上周一个战士病逝了,一位年仅 19 岁的生命,不幸患上了病死率约为 99% 的印戒细胞癌,医院奋力抢救了 62 天,仍无力回天,最终因癌细胞扩散,战士离开了战友和亲人。大家都为之惋惜,护士站的姐妹们伤心了好几天。

黎尤尤趴在白依依肩膀上说:“太感人了,母爱太伟大了。”白依依猛然想起,今天是母亲节,忙问黎尤尤:“是不是又想妈妈了?”

黎尤尤没有答话,掏出手机,给她看了一个朋友圈转发的故事:

年迈的老母亲行动不便,儿子养着一大家子人,生活很吃力。一天晚上,儿子跟媳妇商量说:"要不把妈背到山上丢了吧,实在养不起了。"

媳妇没说话,儿子抽了一晚上的烟,愁眉不展。

第二天早上,他下定了决心。傍晚,儿子跟母亲说要背她去山上走走,母亲吃力地爬上他的背。他一路都在想爬高点再丢下她,省得母亲自己又找回来。

路上,儿子却发现母亲一直在他背后偷偷地撒豆子,他很生气,咆哮着问:"你撒一路的豆子是要干什么?"

结果母亲的回答出乎他的意料,让他泪流满面:"傻儿子,走了这么远,你也不看路,妈妈怕你等会儿一个人下山会迷路啊。"

白依依听后也是一阵感动,眼泪直在眼眶里打转,她忽然想起一句犹太人谚语:

父亲给儿子东西的时候,儿子笑了;
儿子给父亲东西的时候,父亲哭了。

父母在,人生尚有来处;父母去,人生只剩归途。世上有些东西可以弥补,有些东西永远无法弥补……都说养儿方知父母恩,可现实是,人一旦有了自己的孩子,往往就把父母忘了。或者是疲于应付生活,根本顾不上父母,反过来还得让父母帮着照看孩子、做家务、筹集买房首付款。

或许真是应了那句:父母想念子女就像流水一样,一直在流;而子女想念父母就像风吹树叶,风吹一下,就动一下,风不吹,就不动。因为最近夜班比较多,白依依就一直没有和家人生活在一个频道上,偶尔回家也很少和爸妈交流,总心安理得地享受着爸妈准备的饭菜,衣服一扔,就躺床上。

或许正像抖音上热传的那样:3 岁时说“妈咪,我爱你”;10 岁时说“妈,随便啦”;16 岁时说“我妈真的很烦”;18 岁时说“想要离开这个家”;25 岁时说“妈,你当时是对的”;30 岁时说“我想去我妈家”;50 岁时说“我不想失去我妈”;70 岁时说“只要我妈还能在这,我愿意为了我妈放弃一切”。照这个标准,白依依似乎有点早熟了,此刻非常想见到妈妈。

终于挨到下午下班,白依依交接完班决定立马回家看看。正好牛兰也下班了。因为告状的事,白依依嘴上虽不说什么,心里一直耿耿于怀的,一直把牛兰当空气一样,明明不是陌生人却装得比陌生人还陌生,更是从没有给过牛兰好脸色。但这次白依依主动打招呼:“牛大姐,下班了啊!”

牛兰颇感意外,嗯了一声,却又转身抽泣。

“喊你一声牛大姐,至于感动成这样吗?”白依依看着牛兰说,“好了,以后我不怪你了。看你做事这么尽心,也不是什么坏人。”白依依拍着胸脯说,“本姑娘我可是通过认真考察的。”

“白护士,你无论怎样对我,都不算啥,谁让我以前做过对不起你的事呢?”牛兰抹了一把泪,“我是为我前夫难过。”

“你前夫怎么了?”白依依听护士长说过,牛兰自从离婚后,前夫就和别人跑了,这也没啥瓜葛了呀,莫非又回来威胁牛兰了? 白依依这样想着,撸了撸袖子:“他要是再敢欺负你,我们就报警,把他抓起来。”

“都已经进去了,已经进去了。”牛兰哽咽着说,“那狐狸精嫌那死鬼不能挣钱,整天奚落他,没办法,他去偷,被抓进去了。”

“活该!”白依依恨恨地骂道,“像他这种人渣,就应该治治他。”

白依依只顾嘴上快活,却没注意到牛兰的表情。牛兰虽然也恨他,可毕竟夫妻一场,牛兰小声说:“来医院这些年,你们给了我很大的帮助,让我懂得了什么叫善良,我也相信人是能变好的,我想去看看他。”

白依依没想到当初撒泼耍赖的泼妇,这才两年多的时间,如今也变得这么重感情:“这是什么力量啊,什么精神啊,啊,啊?”

生活,是一张胶片,每个人都是自己的风景,黑白也好,彩色也罢,没有谁可以重复谁,没有哪一个故事可以重复昨天的故事,温暖或苍凉都是今生的唯一。或许,这正是此刻白依依心里想的。她加快了回家的步伐。

“咦,家里门怎么没锁啊?”白依依到了家,门虚掩着,透过门缝,看到爸妈正在下象棋,就轻轻推门进去。白依依当护士这些年,早练就了轻声走路、轻声推门的功夫,爸妈根本没有注意到她进来,依旧安心地下着棋。

起初,爸爸要让妈妈“车马炮”,妈妈死活不让,非要靠实力取胜。五招之后爸爸明显占了上风,眼看胜局在望。

妈妈硬说马可以走“田”字,因为是千里马,一块田绊不住马腿。爸爸忍了。

一会儿,妈妈又说兵可以倒退走,因为是特种兵,上天入地都不在话下。爸爸没法,也忍了。

没走两步,妈妈非得让象过河,说是小飞象。爸爸笑着说:“你这小飞象还在哺乳期呢,私自过河会淹死的,你这过的可是楚河啊。”

妈妈想了一下不能太残忍,拿起炮说:“那我用炮打。”隔着两个棋子就把爸爸的象干掉了,得意扬扬地看着爸爸,“我这可是高射炮,你当兵那会儿的老旧火炮早就淘汰了,现在都进入新时代了,要与时俱进才行嘛。”妈妈的车居然可以拐弯,她还振振有词地说,“车哪有不能拐弯的?谁会买这样的车啊?厂家不倒闭了啊?!”爸爸争不过妈妈,也全都忍了下来。

妈妈还是不断丢子,情急之下,妈妈使用了她的“杀手锏”,用爸爸的士,干掉了爸爸的将。爸爸惊愕不已,妈妈说:“这可是我精心培养出来的间谍,特意派来做卧底的,只有我一个上线知道,潜伏了这么多年,现在终于可以发挥作用了。”

对你最好的那个人,往往是最好欺负的人。爸妈这对“活宝”,不知斗多少年嘴了，白依依以前很烦爸妈吵嘴，老两口也经常吵得脸红脖子粗，谁也不让谁，这一次怎么变得这么和谐了？白依依想，也许是老两口吵累了吧。可她哪里知道，平时白依依在家里，爸妈吵架总想分个一二三来，还不是想引起白依依的注意，让她过来给评评理，哪怕大喊一声“别吵了”，爸妈都感到很动听，起码一个活生生的女儿就在眼前。如今，白依依上班忙了，很少在家了，老两口吵架给谁听呢？早就偃旗息鼓罢战了。

白依依更不知道的是，不单是今天不锁门，有时爸妈怕白依依晚上回来晚了，没带钥匙进不来，敲门或者打电话也听不见，老两口睡觉都非常警惕，有时干脆就不锁门了，反正小区的治安也好。白依依有几次见大晚上没锁门，问过，爸妈都一笑而过：“忘了，忘了，年龄大了容易忘事，下次一定注意。”可从没见改过。

白依依早已泪眼蒙眬，分明看到了爸爸明显苍老了不少，妈妈也多了些白发。

下到最后，自然是妈妈赢了，妈妈高高兴兴地站起来说：“我做饭去了，我做饭去了，等着依依回家吃饭喽。”妈妈扭头一看，白依依正怔怔地站在那里，母亲眨眨眼，“死丫头，啥时候回来的？也不说一声，吓死我了。”

白依依扑进妈妈怀里，放声大哭：“妈妈，妈妈，节日快乐！”爸爸也站起来，拍拍白依依：“回来了好，回来了好。”扭过头也是一滴热泪……

第三十六章
创新合作发展

唐军生日记：

2018年5月18日。孩子，今天是你住院的第951天。我和依依观看了一场远程会诊，对我们的触动很大。我想啊，打赢未来战争需要高技术，需要杀手锏。医疗护理上也要精益求精，也要不断创新，要走好军民合作发展路子啊。

演练回来后，白依依还纠结于演练中的多次失误，头脑中时不时回忆起演练镜头，有时开心一笑，有时自言自语，“我应该这样做”“我应该能做得更好的”。唐军生开导她：“比起在战场上打赢，把失误留在训练场上不算啥。”白依依虽然懂得这些大道理，仍无法释然。

正好医院有一台大型远程会诊手术，唐军生便拉着白依依去观摩。白依依忙问：“护士长，你是不是搞错了啊？我们是护士，平时跟班手术还少吗？还专门观摩手术干吗呀？我们没那技术，也不能越权啊。”

唐军生神秘地说：“不是要你掌握技术，是让你学学理念，非常先进的理念。”

白依依笑笑说：“啥技术啊？啥理念啊？不会又是你那一套《这是你的船》理论吧？”

“去去，那理念用在肖飞飞身上不好使，不是也教育了很多人吗？”唐军生发现白依依越来越不像话，以前顶撞自己，也是有距离的，现在这么和自己没大没小的，两人已情同姐妹。

而唐军生不正是渴望着这样的真情吗？这些年，除了白依依，唐军生好像跟谁关系都很好，又好像跟谁都只是泛泛之交。

她们很快到了手术室，白依依定睛一看：“这是什么手术室啊？”荧光闪闪的，像是放电视一样。前面坐的都是各科室的医疗专家，唐军生拉着白依依找靠后位置坐下：“还好，这里没人坐。”白依依东瞅瞅、西看看，大家都是一副十分期待的样子，更是平添了几分神秘。

不多会儿，只见许红军副院长大步走上前台进行了开场白：“现如今，医院运用远程会诊进行手术交流并不稀奇，但传统的远程会诊手术，只能通过视频或图像进行语言交流，即使用上电脑截图、在线传输等十八般武艺，也并不能使双方均‘身临其境’，直接参与到手术过程当中。”

“什么？身临其境，我可不要。”白依依吐了吐舌头，喃喃道，“我最怕看医生动手术了，像解剖动物一样，每次跟班医生手术都发怵。”白依依抚额，“啊，我头晕，我头晕。”唐军生瞥了她一眼，笑而不语。

手术很快开始了，这是一场由和平医院操作的远程会诊消化内镜手术。白依依瞪大眼睛一看：一支标记笔“穿越”至手术室，在病灶上圈圈点点，全程参与细节讨论。

指挥落笔的，是远在万里之外的美国耶鲁大学医学院的专家，白依依兴奋地惊呼：“哇，美国的，万里之遥呀，怎么这跟现场直播似的？”

听听解说员旁白：“这一手术借助混合现实全息影像技术和星联远程协

作系统，把远程专家的指导以增强现实（Augmented Reality，简称AR）的形式，实时地带进主刀医生手术视野中，实现精准的远程手术参与，标注手术路径，'手把手'现场教授，目前在全球消化领域尚属首次。"

"哇，全球首次，我这回可没白来。"白依依明白护士长拉她来看的原因了。为更好地探讨结石复发的机制，并顺利实施内镜下的微创取石治疗，医院消化内科与美国耶鲁大学医学院联手，借助混合现实全息影像技术和星联远程协作系统，开展了全球首例消化内镜远程手术协作，更加精准地为患者实施了逆行胰胆管造影术。

白依依集中精力听着解说："患者是位年近90的老人，因胆总管结石反复发作，导致化脓性胆管炎。由于患者年龄大，每次发作时病情都很危重，无法实施腹腔镜或开腹手术，只能采用最为微创的经十二指肠镜行逆行胰胆管造影及取石术，但即便如此，仍存在很大风险。"

"妈呀，这风险是够大的。"白依依透过大屏幕看得清清楚楚，"怨不得要寻求远程专家支持呢。"她寻思着，"老人家这么大年纪了，能否治好啊？"

解说员又介绍："此次患者间断腹痛、发热，CT显示胆总管全程多发大量结石复发、结石充满胆总管，导致胆道梗阻。"

唐军生一直注意听着，看白依依这么不老实，忍不住问："你这动来动去的，嘴里还叽里咕噜的，干吗呀？！"

"护士长，我看着激动啊，咱院里什么时候用上这技术了？万里之外都可以身临其境了！"白依依又诡秘一笑，"人家这是远程会诊，我听说有人正在搞的'未来医院'，通过支付宝，就能享受挂号、缴费、查报告、B超取号、手机问医生等全流程服务！下一步我是不是就不用来上班了，来个远程护理——躺在家里护理病人啊？"

"想什么呢？那也只是服务技术上的改变，你躺在家里，那不失业了？！"唐军生白了她一眼，"做梦吧，那就一切皆有可能了。"

“是的啊,这个时代,什么行业都可能不景气,唯有医院的大楼越盖越大,医生、护士怎么可能失业呢?!”白依依也就嘴上说说罢了,“我可不想就这么失业了,我现在可是天使,我还要普度众生呢!”

唐军生冲白依依笑了笑:“未来人们可能会更加关注健康,更注重对疾病的预防,而不仅仅是在患病后去寻求治疗。我们要当好这个天使,墨守成规可不行啊,还需要不断地创新才行啊!”唐军生说着突然嘘了一声,发现有人扭头看她们俩,分明是提醒两人要保持会场秩序。白依依心领神会,赶紧用手捂住嘴不再说话。

散会后,白依依回想着参观白求恩纪念馆时,光想着白求恩的爱情故事了,白求恩原来还是个发明家,只是当时没太注意,还好自己有个爱拍照的习惯,此时正好用上了,赶紧翻开手机看看,真是有图有文有真相啊。

铁制“助理医生”:做一次胸腔手术,需要3至4名助理医生。战争时期由于人力有限,白求恩就发明了铁制“助理医生”。这种铁制的装置像一个架子,可以固定在手术台上,利用机械扳手的原理,辅助翻开人的肋骨,这样可以节省1至2名助理医生。

肋骨剪:这是白求恩修鞋时产生的灵感。有一次白求恩去修鞋,鞋匠完成最后一道工序时,不用把鞋翻开,而是把剪子伸进去把里面的线剪断。白求恩想,要是能把这把剪子用在手术中,就不需要把胸腔翻开,再剪缝合线或是肋骨,只要用手摸到了,用剪刀咔地一下就能剪断。于是,肋骨剪诞生了。

“卢沟桥”药驮子:游击战的特点是忽东忽西,但医院的药械装备不方便搬运,不能很好地适应战争的需要。1939年,白求恩带领医疗队到了冀中。时值春耕时节,河北农民用毛驴向耕地送粪的粪驮子又好装又好卸,引起了白求恩的兴趣。白求恩马上联想到可以用粪驮子的原理,做一副箱子,放在驴背上搬运药械。这副药驮子正好可以放下一套手术器械,取下后放在地上,上面放一块门板就是手术台,非常方便。一天清晨,白求恩听到民兵们在唱《卢沟桥》小曲，觉得这个名字很有意义，于是就给他的药驮子取名叫“卢沟桥”。

白依依这时想起了护士长讲过的白求恩的一句名言：“要时常问自己，有更好的办法来代替现在用的办法吗？每一个医护人员，更应该时刻想到，我能帮助伤病员更多一点吗？”

唐军生以前多次说过，白依依总没听进去过，观看完这么高技术的远程会诊，白依依豁然明白：“精益求精，光靠提高服务意识不行啊，要有技术，有新技术，有高超技术。”她主动找到唐军生问：“护士长，如何提高我们的技术啊？”

唐军生看着逐步成长起来的白依依说：“就像高技术战争一样，战场上要有自己的杀手锏，我们战场护理也要不断创新。战争有权改变一切，适应未来的战场模式始终是我们追求的目标。”

“战争有权改变一切？”这让白依依心头一震，她双手抱拳道，“护士长，这话说得够水平，够深刻，连我这个军事外行都佩服得不行。”

“这话可不是我说的，我可没这水平。”唐军生瞅了白依依一眼，“这是南京军事学院的战史教授会原主任蔡铁根说的。”没等白依依发问，唐军生径直说了起来，“1958 年，蔡铁根给中央写了一封信，反对批判教条主义。他认为当时存在的问题，不是教条主义，而是游击习气，军队正规化建设没有跟上去。他提出：‘军队训练教育唯一标准就是，是否适应未来战争的需要，战争有权改变一切。我们要适应未来战争，夺取未来战争胜利是我们的目标。所以，有的东西必须改，比如游击习气必须得改。’”

白依依歪着头问：“那中央采纳了吗？”

唐军生苦笑了一下：“何止是没被采纳！蔡铁根先是被开除军籍，发配到地方。1966 年，他在地方当副局长，后来被打成‘反革命’，1970 年 3 月被枪毙，1981 年总参军训部给他平反。”

这样的结局显然出乎了白依依的预料，她眼眨巴眨巴着差点流出了泪水。唐军生也无限惆怅道：“毕加索有句名言，每一种创造行为，首先是一种破坏行为。这是很有道理的，一种思想越新颖、越重要，颠覆性越明显，其破坏性及给我们带来的焦虑也就越大。创造之所以难，就难在它带有破坏性，你不让它破坏，阻止它，那就是遏制它的创造。在创造的过程中，它必然打破一些东西，这就是创造带来的风险。”

白依依虽然感觉护士长说得有点跑题了，抑或说得严重了，可感同身受，折射出唐军生内心对创新的渴望。白依依努力跳出伤感，忍不住问了一句：“就我们医疗领域，如何做到创新发展呢？”

唐军生方知刚才说得有点远了，很快回到了正题上：“就目前而言，提得最多的，要创新发展，创新就要融合，军民合作是大势所趋啊。”

“军民合作？”白依依平常都是本姑娘、本姑娘的，从来也没把自己当成军人过，这让她有点蒙，“那我是军还是民啊？”

唐军生掷地有声地说：“不管你是军是民，进了部队医院，从战场角度考虑，你就是军人，就是战士。”白依依此刻才真正发觉，“我原来代表军方啊”，使命感油然而生。

为了深入落实创新发展战略，推动医疗联合体工作，医院也进行了一系列的动作，这不，医院与本市妇幼保健院正式签约“军民合作医疗联合体”，并举行了揭牌仪式。

联合体成立后，双方将在技术、服务、科研等方面开展深化合作，实现创新合作、协同发展。

仪式上，许红军副院长动情地说，医疗联合体的建立，将更好地提升双方医疗技术水平和学科建设能力，为群众带来更优质的医疗服务和就医体验，为医疗卫生事业做出更大贡献。

市妇幼院领导也发了言：两家医院能够实现合作，是新时代军民合作的典范。医疗联合体的签约,标志着两家医院进入了一个崭新的互助发展阶段,将会进一步强化双方之间的合作,推动双方共同发展。

白依依没听明白,就悄悄问唐军生,唐军生用自己的理解说:“军民合作医联体签约揭牌是探索深化军民合作的一次大胆实践,将有效推动双方医院建立起科学有效的分级诊疗、双向转诊等分工协作机制,提高医疗服务能力,缓解群众‘看病难’等问题。”

“我还是没听明白啊!”白依依看着唐军生,唐军生微微一笑道:“我给你打一个不太恰当的比方,26 个英文字母好比一项项高精尖技术,单打独斗玩不出多少花样,而军民合作中蕴含的大量信息技术,则能帮助 26 个英文字母实现各种组合,无限可能的组合。”白依依似懂非懂地点点头。

在热烈的掌声中,双方共同签署了合作协议并揭牌。

签约揭牌仪式结束后,与会领导参观了和平医院急诊科,白依依进行了现场解说,落落大方的讲解给大家留下了很好印象。

军民合作医联体建立后,和平医院将提供医疗技术支持,安排专家到市妇幼院进行技术指导、会诊;开通转诊“绿色通道”,在门诊挂号或住院床位紧张时,向市妇幼院提供优先服务;同时双方将定期开展联合义诊、健康宣教等活动。

白依依一时没能理解这些高科技,也不知道军民合作到底会发挥怎样的作用,不过,她相信有一天,自己会明白的。

第三十七章
她辞职了，却留下扎心思考

唐军生日记：

2018年5月22日。孩子，今天是你住院的第955天。肖飞飞辞职了，我虽然对她有些不满意，但毕竟相处了这么多年，还是很舍不得她离开。肖飞飞留下了一个扎心的思考，大家也跟着倒了一肚子苦水。没想到，白依依的觉悟那么高，是一个好苗子，将来一定能成为一名出色的护士。她说得对，我们护士是微不足道，可对于一些患者来说，我们就是天使，就是守护神。

肖飞飞辞职了，这个消息在护士站不胫而走。虽说大家和肖飞飞平时不怎么对付，但毕竟有多年的姐妹情谊在，这猛然间要离开了，还真是有点儿舍不得她。

肖飞飞来收拾东西，也是告别，大家都来相送，还有人好心相劝。白依依觉得护士长说得有理："名次不重要，关键是要吸取经验教训，提高战场救护技能。"这一年多来，两人一直别别扭扭的，这次白依依主动和肖飞飞和解了，也算作最后的挽留："飞飞，我现在郑重向你道歉，咱上次训练没拿第一，我不该怪你，在哪里跌倒，我们下次在哪里爬起来就是了。"

"哼哼哼，你想什么呢，我会计较那破训练吗？这都是哪年跟哪年的事了。"肖飞飞边收拾东西，边瞅着白依依，"还下次呢，哪还有下次呀？在哪里跌倒了，你就先在那里躺一会儿吧。本姑奶奶不伺候了，想让我伺候也不伺候了。"

这事肖飞飞才不在乎呢，对她来说，争当训练尖兵的理想早就戒了！白依依心里也明白，只是没找到合适的话题，干脆卖豆芽的抖箩筐——干净利索地来了一剂猛药，装作一副可怜相拿捏着说："如果有一天，你后悔放弃了我们这个护士站，请记住，我曾经像乞丐一样留过你。"

"你哪点像乞丐了？你倒是装个乞丐看看啊，有你这样人模人样的乞丐，早被富豪大款捡走养起来了。"肖飞飞对白依依仍抱有很大的成见，"你别雨过送伞，在这里虚情假意了，本姑娘我可不吃你这一套。"

"飞飞姐，你别走了，下次我和你换班就是了。"黎尤尤过来哭着说，"还有，我家反正也不在这里，你以后有什么事，我替你值班都行。"

"小妮子，就你还有点良心。不过呢，我走不是因为这。"肖飞飞停下手中的活，双手捧着黎尤尤的脸说，"我走了，是高高兴兴地走，心甘情愿地走，不许哭呀。"说着，挥舞着一只手，"我要像风一样自由，远走高飞，一路看过千山和万水。"她还劝黎尤尤说，"你也早点走吧，如果你的生活变成了复印机，今天和昨天，明天和今天都一模一样，那就该是时候停下来想想了。"

白依依见肖飞飞有动摇"军心"的意图，继续用激将法："有些人，该忘的就忘了吧。人家不在乎，何必自作多情？"可肖飞飞铁了心要走，护士站姐妹们那些美好的记忆，早已模糊，泯灭在对未来的憧憬中，她冲着白依依淡淡地说道："这世上根本没有那么多的童话，没有人会平白无故地对你好，每一份付出，都有一双渴望得到回报的眼睛盯着你，即便你装睡，也迟早会被人踹醒。”

“说得好深刻啊!”唐军生这时走了过来,不由得夸赞了肖飞飞一句。肖飞飞当时递交辞职申请的时候,唐军生就问过她辞职的原因,肖飞飞只说累了,不想干了。唐军生觉得不会这么简单,她走到肖飞飞面前说,“飞飞,能告诉我你辞职的原因吗?是我平时对你管理严、要求多吗?”

“要问我辞职原因?我只能说我胃不好,消化不掉医院画的饼,现实太假而我们又太傻了。我这些年一总结啊,发现只赚到了年龄,其他真是一无所获啊。”肖飞飞苦笑着说,“我现在最爱听《凉凉》了,有时半夜睡不着也听,听得我整个心都凉了。”肖飞飞停顿了一下,看了看唐军生若有所思地说,“护士长,其实我很佩服你,也很可怜你。你是院里的老好人、老黄牛,大家都服你,几十年辛辛苦苦,任劳任怨,把这里当成了家,把我们、把患者当成了亲人。可我做不到,我也不想那么做。你这样付出得到了什么?有时真替你感到不值。”

肖飞飞又看了看大家:“正好大家都在,我今天就说说我的心里话吧。有一句话怎么讲,叫长得漂亮是优势,活得漂亮是本事。可现在这社会,我们当护士的能活得漂亮吗?我们早就成了弱势群体,轻者谩骂,重者拳打脚踢,受伤的比比皆是,我看有时我还不如一个舞女:暗暗流着眼泪,也要对人笑嘻嘻。整天喊着我们的服务要提高,姐妹们,病人的素质不提高,委屈只能我们自己受吗?和谐社会需要我们共同的努力!我不想受了,所以,我累了,我想离开了。”

末了,肖飞飞说了句令人不寒而栗的话:“知道什么是凌迟吗?我们都是被时间、被患者、被社会凌迟的人,一刀又一刀,直到面目全非。”多么可怕的比喻,大家听后毛骨悚然,却又无可辩驳。

沉默了好一会儿,一辆奔驰小轿车开到了楼前,从车上走下一个中年男子,来帮肖飞飞拿东西。肖飞飞毫不避讳地介绍:“我男朋友,做房地产生意的。”白依依算是看明白了，前面扯了一大堆，都是假象，肖飞飞这是用最温柔的方式劫富济贫——傍上大款了，才这么决绝地辞职了。

一个职业就像一个程序，如果总让人死机，很多人只好卸载。肖飞飞走了，却留下了一个扎心的问题：护士成了一个弱势群体。最近护士站就流传着：护士真心不好干，各种措施要规范，最后赖在一人肩。听气话，受怨气，落埋怨，还得赔着笑脸把活干。难！难！难！

唐军生觉得，如果不把这个问题解决好，任由这种情绪蔓延，肯定会影响护理质量。“情绪发泄出来就好了，”于是，唐军生专门利用一个晚上，集合大家就这一话题进行讨论，“大家有什么委屈，就在这里说说吧，不要带到工作中去。”

黎尤尤看看唐军生，又看了看大家，打响了第一炮：“护士长，那我就说了啊。自从我当了护士，就像借了人家的高利贷没还似的，天天被人催来催去的。”黎尤尤举例子说，“护士，快点啊，液体快滴完了啊。”“护士妹妹，液体滴得怎么那么慢哟，能不能调快点啊？”“小护士，你咋这么慢腾腾哩？铃我都按了那么久了，你咋才来哩？”

黎尤尤摇头晃脑地讲完，大家都被逗笑了。一名实习护士接着说：“我当护士之前，爸妈养着我，我在家什么都不用干。感觉来这儿之后，什么都得干，哪像一个护士？就像一个保姆。一会儿这个说，‘我电视怎么搜不到台？帮我调一下哈’，一会儿那个又说，‘小妹儿，我不能动弹，帮我买卷卫生纸去啊’，我们每天都在这些声音里来回穿梭，往往顾上这个，顾不上那个，就像是插上电源的小马达，‘哒哒哒’奔个不停，‘跑跑跑’忙个没完。哪天计步器不是两万多步？发到朋友圈，大家还夸我爱锻炼，可大家越点赞我心里越伤心难过。”

唐军生插话说：“大家说得都有道理，我们工作中也经常遇到，难道我们就没看到自己的进步吗？”

“护士长，有啊，我们每天都在进步啊，病房就是我们最佳的健身房，搬运、维修、水电、针线十八般武艺样样精通。”一名上班两年多的护士也发了言，“当护士前，我在家里换被罩都累得大喘气，当护士后，我可以两个小时给180斤的人翻一次身；当护士前，我每顿饭吃半个小时以上，当护士后我3分钟就能吃完盒饭；当护士前，我走路斯斯文文的，当护士后，我恨不得脚下生风，恨不得用尽洪荒之力……”

“我们总劝病人早点休息，不要熬夜，可我们要上夜班啊，这休息怎么保证？”一名老护士吐槽说，“我以为我很颓废，现在我才知道，原来我早报废了。每次上完夜班，脸都蜡黄得像被福尔马林泡过一样。要我说没有睡眠紊乱内分泌失调的护士都是假护士，我们护士靠黑眼圈一眼就能辨认彼此的身份。”

还有一名从精神病科转来的护士更是义愤填膺：“5年前我们科一名护士被精神病患者打流产了，至今还没能再怀上孩子。还有一名男护士为了能追上逃跑的病人，专门练习跨栏、翻墙头，估计现在跑400米障碍都不成问题了。更别说现在的医闹了，很多都是冲着我们护士来的。医生还有个办公室躲躲，我们护士站巴掌大的地儿，哪一次不是受难的重灾区？我原先那些精神病科的难姐难妹不是快成精神病了，就是练就成了千年的铜钟——经得起任何打击了。”

大家用最简单的直白诉说着当护士的爱与哀愁，千丝万缕，迷茫交织，透明的玻璃，冰冷的心，又道是寻不见的凄凉，一滴红尘泪，一把落花殇。

白依依一直未发言，静静听着大家倒苦水。其实这些经历她都有，甚至还有比这更刻骨铭心的体会。自从当上护士，她的朋友圈里除了护士还是护士，已记不得上次给爸爸揉肩是什么时候了，记不得上次和朋友出去玩是什么时候，和谁去的了。可她在耳濡目染中，尤其是重走了白求恩路之后，有了自己更深的感悟：一路走来，高尚纯粹的可不止白求恩一个人，那时上至八路军高级将领，下至吃了上顿没下顿的普通老百姓，哪一个叫过苦累？哪一个喊过委屈？

“我们生活在这世上，总喜欢为往事打包，用现在来补仓，也经常感叹将来也不一定能埋单，可昨天、明天都抵不过一个现在。”白依依此刻仿佛大彻大悟一般，接二连三地感叹着，“我们不能总看到我们失去了什么，我们更要看我们得到了什么？我以前在家也是衣来伸手，饭来张口的，没烧过一顿饭，没洗过一件衣服，还总嫌爸妈慢、爱唠叨，现在什么都要自己做，自己什么都学会做了。哭的时候没人哄，我学会了坚强；怕的时候没人陪，我学会了勇敢；烦的时候没人问，我学会了承受；累的时候没人可以依靠，我学会了自立。曾经以为走不出去的日子，现在都回不去了。这就是进步，这就是人生，这就是把坏事变好事的成长。我要说，世界上，我只有一个，只有一个我！就这样我找到了自己，原来我还会做这么多。我还能做这么多，原来我很优秀，我为这样的我感到骄傲！”

这些年，白依依的心灵在白求恩精神的洗礼下，滤去了浮华虚无，她想起董老太太和她说的，“生活，给你压力，你应还它奇迹！”白依依低头沉默了一会儿说：“我曾经也受不得一丁点儿委屈，也曾经摔得鼻青脸肿，现在想想，原来，成长要靠‘委屈’来铺路！我们今天所做的每一点看似平凡的努力，都是在为我们的未来积累能量；今天所经历的每一次不开心、拒绝，都是在为未来打基础。你不放弃一些东西，怎能腾出手来接受更好的一切？”

白依依又抬头看看大家，深有感触地说：“如果把全社会比作生命之树，我们护士就是那枝头上一片最小的绿叶。我们是微不足道，全国全军上下有千千万万像我们这样的护士，可对于一些患者来说，我们就是天使，就是他们的守护神。我们在这感觉对病人比对爸妈还好，病人又何尝不是呢？他们把生死都托付给了我们，我们还有什么可抱怨的呢？”

白依依又瞟了一眼唐军生说：“如何做好这片绿叶？我不说别的，就看看我们护士长,这么多年了,她是怎么做的?她抱怨过吗?有人可能说她傻,她傻吗?傻吗?她只是懂得感恩,有责任心。我们累点,苦点,或者受点委屈,又有什么呢?”

唐军生没想到昔日倔强任性的小姑娘,能说出这番深刻又接地气的话,心底泛起阵阵温暖,先是自我谦虚了一番,又劝慰大家说:“我们不应该有太多的抱怨,当抱怨成习惯,就如喝海水,喝得越多,渴得越厉害。最后发现走在成功路上的都是些不抱怨的‘傻子’。世界不会记得你说了什么,但一定不会忘记你做了什么。”

唐军生接着说道:“依依说得对,我们就是天使,而且是军中天使,我们救人与某一个人无关,与一个人的身份、年龄、职业、有没有钱无关,哪怕曾经是我们的敌人,是犯罪分子,我们该救还是要救,这就是我们的责任,我们的使命。我们当护士的,就应该纯粹点,对得起‘白衣天使’这个称号。”

唐军生停了下来,凝望着大家:“我们如今生活的这个时代,虽说是个最好的时代,也是一个令很多人浮躁的时代,大部分人的理想无非是能过上这样的生活:钱多事少离家近,位高权重责任轻;睡觉睡到自然醒,数钱数到手抽筋。这就是很多人向往的安逸,很多人把这种生活状态当成一种目标,其实这叫懒惰,叫逃避,总想不劳而获,总想投机取巧,总想一夜暴富。”

唐军生忽然用急促的语气说:“你以为那是休息,是福气,实际上它是无聊,是倦怠,是消沉。它磨平了你的性格,磨灭了你的希望,而且使你心胸日渐狭窄,对人生也越来越迷茫。活着,如同一具行尸走肉,最后往往也是一事无成。而真正让人变好的选择,过程都不会让人舒服。明知赖床更舒服,但还是一早就起床;明知道什么都不做会很轻松,但依旧追逐梦想。这就是生活,这就是我们为之奋斗的人生意义!”

唐军生缓和了一下语气:“相反,也有很多平凡的人,他们在固定的岗位上,靠着工匠精神,认认真真、兢兢业业地去做一件事。很多极致的产品、作品都是这样被打磨出来的。有一个著名的'一万小时定律':一万小时的锤炼是任何人从平凡变成世界级大师的必要条件。要成为某个领域的专家,需要一万小时,按比例计算就是:如果每天工作八个小时,一周工作五天,那么成为一个领域的专家至少需要五年。人们眼中的天才之所以卓越非凡,并非因为他们天资超人一等,而是他们付出了持续不断的努力。努力过后,才知道许多事情,坚持坚持,就过来了。我们每个人都很不容易,没啥,拼的就是坚强。"

黎尤尤不知怎么了,今天异常兴奋活跃,举手插话道:"我知道,达·芬奇画画是从一只只鸡蛋开始的,小学课本上学过,我当时似懂非懂,今天听护士长这么一说,好像是那么个理儿。"

唐军生笑笑说:"没错,达·芬奇日复一日、年复一年,变换着不同角度、光线画蛋,我想一定不会低于一万个小时,从而练就了扎实的基本功,这才有了后来的世界名画《蒙娜丽莎》《最后的晚餐》。我们做护士工作也是一样,只要肯下苦功夫,一定也能做出成绩来。"

说着,唐军生双手合在一起,低垂着眼继续说:"不要把眼光只盯在别人的好、自己的苦上,这样只会更加心烦意乱,更加让你抱怨。要知道,当你在观望和羡慕他人的时候,别人可能也在羡慕你。就像桥上的人在看风景,看风景的人也正在看你。生活,真的不要攀比,适合你的,就是幸福。千万不要为了追崇别人,而迷失和贬低自己,我们成为不了优秀的别人,总可以成就更好的自己!"

唐军生讲完,大家纷纷站起来鼓掌,自觉地走在了一起,手拉着手。唐军生拉着白依依和黎尤尤的手说:"我们是一个集体,一个救死扶伤的战斗集体。这么多年一路走来,我们哭过,笑过,沮丧过,奋发过,感慨过,甚至畏惧过,退缩过,但我们从来没有真正地放弃,我们始终向前,不断成长,不断强大。"

这些虚虚实实、云里雾里的道理大家都懂，唐军生的话能引起共鸣，也触及了一部分人的灵魂。唐军生也深知，一次讨论最多让大家发泄一下情绪，不可能让所有人真正转变过来，还是要让大家得到看得见的实惠才行，她寻求着给大家营造一个拴心留人的环境，让大家的日子也更好过些。

唐军生多方协调医院重新装修了护士公寓，大幅度提高值夜班的费用，为每名护士量身定做了不同颜色的护士服，每晚定点给值班护士提供营养夜宵……唐军生觉得，自己一个人花销不多，每个月的工资除了帮助病号，还能余留一些，干脆全捐了出来，成立了一个基金会，每个月评选一次“护理之星”，进行奖励，大家的干劲一下子噌噌往上蹿。

第三十八章
考文职，还是去维和？

唐军生日记：

2018 年 7 月 6 日。孩子，今天刚好是你住院的第 1000 天。看着你和依依两情相悦，我很欣慰。我和白依依都申请去了维和，我知道，这对你来说很煎熬，但你我都是军人，是军人就应该知道军人的使命。我已经答应依依了，回来给你们主持婚礼，到那时你一定康复出院了吧。

上级对医院文职人员组织纳编考试，这次考试主要是针对在编的文职人员，考试通过了下次统一纳编定位，考试通不过就意味着被淘汰了。不过，下次招聘很快开始。

见白依依心事重重的样子，傍晚，唐军生和白依依相约沿操场跑步。唐军生明显感觉体力不支，白依依也多想陪护士长跑会儿，这次她们跑得很慢、很久，待两人大汗淋漓，不知不觉中来到白求恩雕像前，唐军生和白依依坐在台阶上聊了起来。

“机会不会平均分给每一个人，它只会为那些有准备的人提供。依依，你好好复习,下次有机会好好考试,争取考上文职啊。”唐军生首先打开话匣子,她还是对白依依寄予很大希望的。

白依依望了望远方,对面大马路上无数辆车迎面奔来,一双双“眼睛”雪亮地闪动着,所有的车辆或左或右转弯,连成一条发光的长链,如蚂蚁般秩序井然地行驶着。“护士长,我虽然会在位一天干好一天,但我不一定非要报考文职啊。”

“文职人员的衣服看了吗?”为激励广大人员报考文职,医院将上级配发的文职人员服装样品,在办公楼前进行过一周展览,唐军生专门拉着白依依去看过。唐军生清楚记得白依依当时那羡慕的眼神,知道她一定喜欢。

白依依点了点头:“嗯。”

“好看吗?”

白依依又点了点头:“嗯。”

“想穿吗?”

白依依还是点了点头:“嗯。”

“你这丫头,平常不是挺能说的吗?今天怎么就这一个字,嗯呀嗯的。”唐军生只当白依依心里矛盾,没有下定报考文职的决心。

谁知,白依依突然站起来说:“护士长,你能帮我一个忙吗?你一定得帮我。”

唐军生拽了拽白依依:“坐下,慢慢说,发生什么事了?”

“护士长,我想跟你去维和。”白依依一脸的诚恳和期待,“你能不能和院领导说一声,就让我去呗?”

“维和?你要去维和?”唐军生倍感诧异,就在一周前医院接到了组建维和医疗队的通知,因为医院的改革已经提上日程,各种传言纷至沓来,医院担心人员参与的积极性不高,还做了很大动员的。

当很多人在谈论医院改革,在担心自己的工作岗位,在寻思找个出路,其实，对于唐军生这样的技术干部，“有可能转文职”“有可能成为最后一批技术现役”，但唐军生早就看开了这些。往事浓淡，色如清，已轻；经年悲喜，净如镜，已静。依然是那句听起来很官方的心里话：进退去留听组织的，哪怕脱下军装，当一名普通的护士也愿意。

医院组建维和医疗队，像唐军生这样有过三次维和经历的人，完全可以不用去，可唐军生还是第一个报了名：“维和，我有经验，我去。”院领导再三权衡后，同意了唐军生的请求。

说实话，唐军生真想白依依能一起去，人生乐在相知心，两人现在似母女，又情同姐妹。维和最怕孤独与寂寞，多想有个贴心人在身边，说说心里话。可她又怕白依依去维和，她担心白依依受苦，也担心陶兵没人照顾。何况，白依依并非军人，去维和的最起码要求也应该是文职人员，能不能去，唐军生可做不了主。

唐军生问白依依：“马上就要文职考试了，为什么要去维和呢？”

“护士长，错过了这次文职考试，后面还有机会。可维和一旦错过了，可能机会就没有了。我可不想辜负这一场青春的精彩。”人们往往需要突然登上一个高得多的视点，才能看清自己走过的路，白依依仿佛已经抢占了这个制高点，一脸的虔诚，又态度坚决地看着唐军生，“你不是也经常和我们说，人的精力有限，要学会取舍。思路清晰，远比卖力苦干重要；选对方向，远比努力做事重要；做对的事情，远比把事情做好更为重要吗？”

按理说，白依依并非军人，是不在考虑范围内的，可担任此次维和医疗队队长的许红军副院长正好缺一名翻译，寻寻觅觅，挑来挑去，总也没找到合适的，白依依英文不错，又强烈要求去。“这不是现成的翻译吗？”院里就请示上级，勉强同意了白依依的请求。

听说白依依要去非洲维和，家里就炸开了锅。很少上网的母亲，专门上网查了很多资料，越看越担心：维和官兵所在的南苏丹任务区，疟疾、霍乱等高危传染病多发，加上当地社会冲突，战火不断，想想都可怕。妈妈放出话来：“太危险了！太危险了！我不同意你去，坚决不同意！说什么都不同意！”

父亲这次也表示了很大的反对：“丫头，你做什么我们都支持你，可你一下子去这么远，到这么危险的地方，我和你妈妈一样，不赞成你去。”

白依依知道爸妈的难处，也很想在爸妈跟前尽孝，可部队这么多年教育，让白依依有了自己的选择。她起身给爸爸揉揉肩：“爸爸，女儿现在已经长大了，你不是经常教育我，进了部队门就是部队的人了吗？我现在做的就是向军人看齐，你怎么又不支持我了呢？”

爸爸慈祥地拉过白依依的手：“丫头啊，不是爸爸不支持你，爸爸当了十多年兵，都没出过国，也是一生的遗憾。只是你去的那地方太危险了，爸爸怕你……”爸爸哽咽了。

“爸，别人能去，你的女儿也能去。你的女儿现在是一名护士，也是一名战士。”白依依又向爸爸撒娇，“爸爸，你未能出国的遗憾，女儿替你补上！”白爸爸无奈地点了点头，在部队服役时，他就记住了一句话：对国家而言，勇士比最优秀、最聪颖的演说家更有用。女儿这次表现出勇敢，他没有理由再反对。

妈妈见父女二人达成了同盟，嘴上虽然还极力反对，可已经没有了底气，只是默默祝福着这个似乎是一夜长大的女儿。

征得了爸妈的同意，白依依心里的一块石头终于落地。

第二天，白依依就把这个消息告诉了陶兵。谁知，陶兵孩子气似的一下子扑到白依依怀里：“依依，我舍不得你走！”交往了这么久，又获得了唐军生的谅解与支持，两人的感情已飞速发展，虽然没有过多的花前月下、海誓山盟，却也到了生死相依的地步，陶兵自然是舍不得白依依走了。

“傻瓜，我走了，又不是不回来了，这不就去一年吗？”白依依抚摸着陶兵的头，“你要照顾好自己，等我回来啊，长长的路我们慢慢地走。”彼年豆蔻，谁许谁的地老天荒,在两个有情人身上火热传递。

“依依,你知道吗？我一分一秒都不想离开你。”陶兵各项指标都已经正常了,再休养个把月就可以出院了,他此刻多么想白依依能时刻陪在他身边,看来这只能是奢望了。

也许永远无法释怀,因为善良,因为责任,因为某种理由。白依依与陶兵的爱情,本该甘于平淡,却又注定不平淡,在接下来的一年多的时间里,只能静静期待,默默守望。

“我也一样啊,你要好好地等我回来。”白依依也哭出了声,随即擦了一把泪,略显高傲地说,“坚强些,就算流着泪,也要站直腰杆,背影要美。”

女人是水,你用0摄氏度遇见她,她即刻成冰。陶兵用100摄氏度对她,白依依的心早就沸腾了。两人就这样相拥着,静静地抱了一会儿,直到白依依起身,他们才发现唐军生就在门口,唐军生一直看着门没让人进去打扰。

见白依依两眼哭得红肿,唐军生轻声敲门进来说:“傻丫头,你们好好相处,回来我喝你们喜酒啊!”

人生最大的喜悦,就是遇见彼此的那一盏灯,你点燃我的激情,我点燃你的梦想;你照亮我的前途,我指引你走过黑暗的旅程。陶兵早就对白依依起誓:“许你一世温柔守护。”白依依丝毫也不避讳:“我们相约好了,明年回来就办,到时你可要当我们的证婚人啊!”

“一定,一定!”唐军生似乎给出了最坚定的承诺,也给了白依依和陶兵无限的憧憬。

出征前,维和医疗队官兵进行了2个多月的强化集训。他们重点围绕维和行动条例法规、联合国规章制度、外交礼仪、专业英语等进行了系统学习。这些白依依都认真学习了,她还经常教唐军生英语,使唐军生的英语水平大幅提高,两人平时能叽里咕噜地用英语对话了。

与此同时,医疗队还针对战场急救、伤员后送、外科治疗等,展开了专业技能培训,这可是唐军生的强项,白依依甘心拜唐军生为师,两人专业技术水平也逐步提高。

当然,医疗队少不了结合任务区安全形势,开展了轻武器射击、防卫防暴、安全警戒等科目的训练演练,全面提升维和官兵的整体素质,唐军生和白依依顺利通过了上级工作组的各项考核。

临行前,唐军生和白依依特意去看了董老太太。这时,两人才知道,她们都经常来看老太太,只是时间上不凑巧,或者是董老太太的有意安排,让两人都擦肩而过。

董老太太一手拉着唐军生一手拉着白依依说:“你们都是好后生,到那好好照顾自己,好好为国争光,我这个老太太在家里等着你们。”

说完,老太太从屋里拿出那包银针,送给白依依说:“你也学习了一段时间,这个送给你了,你带着,希望能用得上!”

唐军生一见银针,笑着说:“老太太,你咋这么偏心呢?当初我向你要,你也没给我啊!”

“小唐啊,别怪老太太有偏见!针灸要有悟性,当初教你,你虽然用功学,可总没有个准头,我担心你把人家扎坏喽,就不敢给你。”董老太太又拉着白依依的手说,“这丫头,这方面有灵性,扎针有水准。”

唐军生并非吃白依依的醋,听老太太这样夸白依依,她心里还挺高兴的:“老太太,你放心,我相信依依会把你这技术传下去的。”

像极了祖孙三代的三个人聊了很多,彼此再也没有隔阂,没有误会,唐军生和白依依都可以轻装上阵了。

“接过队旗,就扛起了如山的责任;戴上蓝盔,就受领了崇高的使命……”出征誓师动员大会上,唐军生代表全体医疗队员表决心。

前来送行的人络绎不绝,白依依内心早已起誓不掉泪,迎着风撑着眼帘用力不眨眼,和来来往往的人寒暄,继而给爸爸妈妈一个结实的拥抱。睁开眼,看见陶兵正傻呵呵地站在那里,白依依扑过去紧紧拥抱他,眼泪再一次决堤了,真希望时间停滞。可似乎就那么一瞬间,出发的号令在耳畔响起,医疗队员列好队一同踏上了异国他乡的征程……

第三十九章
意外救活了司令

唐军生日记：

2018 年 9 月 23 日。孩子，今天是你住院的第 1079 天，也是我来维和的第 21 天。这里爆发了武装冲突，好多人受伤了。我们一来到就投入紧张的救援工作中，我认了一个“非洲儿子”，还接生了一名艾滋病患者。白依依竟然意外救活了一名司令，依依已经和你说了吧？没想到吧？

踏上非洲大地，抬头仰望，天空瓦蓝瓦蓝的，洁净得好像刚洗过的蓝宝石。白依依尽情地享受着这纯天然的蓝天白云。

好景不长，医疗队抵达南苏丹任务区不久，当地爆发了一次大规模武装冲突，近百名无辜群众受伤，并且冲突不断升级，白依依生气地说：“天下本已够乱，还有人故意捣乱，并且这类人不在少数。这些好战分子，太可恶了，太可恶了。”唐军生瞥了白依依一眼：“这里要是一片歌舞升平，还要你我来这里干吗？赶紧救人吧。”

一位被炮弹炸伤的七八岁小姑娘被送到急诊室抢救,白依依像往常一样拿起剪刀,准备剪开小姑娘满是血迹的上衣,唐军生突然制止了她:“依依,不要剪,用手解开。”

白依依不解地问:“为什么呀?”

唐军生解释说:“这里的人民生活比较困难,有的家庭没有几件像样的衣服,剪坏了,他们可能就没有穿的了。”

白依依听后连忙放下了剪刀,将小女孩的衣服细心解开,过后还洗得干干净净。细心的唐军生还从地上捡起小女孩被剃掉的发辫,用纸小心翼翼地包好,叮嘱白依依:“一会儿孩子家长来了交给他们,万一孩子没有了,孩子母亲想孩子时,还能摸摸自己孩子的头发……”

这让白依依心头一颤,却又不得不面对现实,这里每天都有人死亡,像眼前的这个小女孩,很可能就下不了手术台。不过,这个小女孩是幸运的,被许红军副院长给抢救过来了。

后来,唐军生和白依依约定,抢救前,她们都会细心地帮患者解开衣服,如果因为事情紧急将衣服剪开,她们也会抽出时间将衣服缝补好。

来之前,白依依对这里的情况做了充分预测,但真正遇到艾滋病人,白依依心里还真发毛。

几天前,维和医疗队接收了一位马上就要生产的艾滋病患者。因为该患者是刚被查出患病,她的爱人当时情绪很激动,在病房外大声嚷嚷。唐军生和白依依只得一个劲儿劝说。

做一个护士不容易,做一个守护艾滋病患者的护士更不容易。她们付出了比别人更多的艰辛。安抚好患者家属,白依依小声问:“护士长,以前维和遇到过这种情况吗?”

“以前维和时,来我们这儿生孩子的孕妇,有些是做围保时就被查出来患有艾滋病,有些则是临产前才检测出来的。”唐军生努力回忆说,“像这位刚得知患病的艾滋病人,情绪往往很低落,有些甚至失去信心,还有些甚至产生报复社会的思想。”

听唐军生这么一说,艾滋病患者在这里似乎很普遍,白依依想起当年白求恩就是由于为病人抠碎骨被感染病发牺牲时,倒吸一口冷气:“会传染吗?你害怕过吗?”

“刚开始时,我也有心理压力,但我们是维和队员,必须坚强面对,是患者让我学会了坚强。”唐军生笑了笑,“虽然危险,但根据我多年的经验,只要防护得好,是不会被传染的。我没戴手套时,患者还提醒我:‘你怎么不戴手套啊?’这让我很感动。”

白依依想起,这些天艾滋病患者都是护士长亲自护理,唐军生给病人做穿刺等侵入性操作时,都会戴上面屏和无菌手套。如今,孩子都已经出生了,白依依还没真正接触过艾滋病患者,便央求着唐军生带她一起去做护理,唐军生正有此意。

唐军生边走边说,很多艾滋病患者认为,她们是不能生孩子的,即使生下孩子,孩子也可能被感染艾滋病毒。而实际上,目前,通过婚前、孕前、产前检查发现的艾滋病人,我国通过妇幼保健系统提供免费的“艾滋病母婴阻断药物”阻断传染,产时发现的艾滋病人,医院也备有“艾滋病母婴阻断药物”进行阻断,不让艾滋病毒传染给下一代。

白依依以前也认为艾滋病患者不能生孩子,听护士长这么一说,白依依真是长了见识,却又不免担心起来:“我们来维和,都打了不少预防针,孩子出生后,要采取预防措施吗?”

“艾滋病感染者在生下孩子后,婴儿需要吃一些抗病毒药物。”唐军生有点无奈地说,“尽管只是滴一滴在婴儿嘴里,可孩子的家人们往往就会很紧张,我们一般说是增强身体抵抗力的药。”

为了缓和紧张的气氛,白依依故意笑着问:“护士长也撒谎骗人啊?”

唐军生也直白地回答说:“为了更好地治病救人,我们还必须在撒谎上有一套。”

“给孩子清理脏东西,必须得手脚麻利,避免感染。”到了病房,唐军生边做边讲给白依依听,“孩子一出来,我们得先迅速地用毛巾帮他把身上擦干,还得用棉签认真仔细地将他的头发、耳孔、嘴巴周围、腋下、脚趾缝等处的血液或脏东西擦干净。”

白依依大胆地帮着擦拭婴儿,当看着一个新生的宝宝被自己擦得干干净净时,唐军生和白依依都开心地笑了,忘记了这是一个艾滋病患者生下的婴儿,白依依还拍照留念:“今天,我们护理了一个黑人小天使。”

减少了对艾滋病的恐惧,白依依经常和艾滋病患者聊天、拉家常,还互相开玩笑,工作起来变得更加认真,即使看到地上有一小滴血,都会擦拭得很干净。白依依也变得更加温柔,看到有艾滋病人情绪不稳定,就会主动上前安抚。白依依还变得更加“狡猾”,会编一些善意的谎言帮病人保密……

刚从东边山冈升起的太阳,红彤彤的,让旁边的云也羞红了脸。又是一个绚丽多彩的早晨,带着清新降临人间。唐军生已穿上护士服,准备开始一天的忙碌。

“马上要进行晨间护理了。”唐军生一面安排工作,一面跟病人打招呼,“怎么样? 今天感觉好点没?”“要扶好了。”

这天,医疗队又收治了一名有艾滋病史的患者。他是一名十四五岁的小伙子,被送到医院时已生命垂危,呼吸道有大量分泌物。

唐军生在为病人吸痰时,病人的呕吐物喷了她一脸,但抢救必须争分夺秒,她来不及抹去脸上的呕吐物,继续为病人吸痰。经过紧急处置,病人终于恢复了意识。

在急诊观察室的 5 天里,唐军生为小伙子洗头洗脸、剪指甲,及时帮他换洗衣服,用不流利的英语陪他聊天,让病人感受到了家的温暖。

病人排便功能出现障碍，为减轻其痛苦，唐军生就戴上手套为他掏大便。病人泣不成声地对唐军生说了一段难懂的话，白依依翻译说："在我们这个战乱国家，生命很脆弱，自从得了艾滋病，连许多亲人都有意疏远我，而你却一直照顾我，真想叫你一声妈妈！"并一再要求白依依教会他说两个中文单词——中国、妈妈。

唐军生还真认下了这个"非洲儿子"，唐军生经常给她这个儿子带好吃的。这个儿子好像很懂事似的，总会给母亲留点，就是有点不太讲究卫生，为了保证房间卫生，白依依每次在做晨间护理时，都会专门用84消毒液擦拭床头柜等。白依依边擦边讲注意卫生的重要性，小孩子总是笑嘻嘻地听着，却总是不改。

一次唐军生带着白依依查房，这个儿子从被窝里摸出一块脏兮兮的糖，神神秘秘地要塞到她嘴里。

唐军生接过来含到嘴里，连声道谢。

回到护士站，白依依问唐军生："这么脏的糖要是给我，我可吃不下，你是怎么吃下去的？"

"这些艾滋病患者最害怕受人歧视，最渴望他人尊重认可。他们只是背对着阳光，最需要的是别人给他们一个转身的动力，转身的一刹那，他们就能感受到阳光和温暖。"唐军生笑笑说，"我吃的不只是一块糖，而是在尊重他们的人格。"白依依深深地被唐军生这种精神感染了。

一些老人行动不便，唐军生和白依依有时像在国内巡诊一样，走村串户。唐军生和白依依为当地一名古稀老人体检后，又一起为老人梳头、捶肩。唐军生通过白依依翻译给老人说："在中国，给老人梳头、捶背，是晚辈对长者的孝道和尊敬，希望你能把我们当成自己的女儿。"

饱经风霜的老人流泪了，白依依翻译老人的话："你们真是东方的天使！"唐军生笑着回答："我们不是什么天使，是中国的护士，是白求恩的传人。”

来看病的不仅有大量贫民,也有不少当地名流。当地政府军一个司令因脑卒中后遗症,在当地最好的医院几经救治,效果仍然不理想,已卧床一年多时间,当地军方及其家人万分焦急。

当地军方得知医疗队中有神经外科和康复专业医生后,在医疗队正式展开工作的第一天便慕名找上门求援。

许红军在全面了解分析病情后,带上唐军生和白依依一起到该司令家里进行随访。经诊断发现,由于该病人长时间卧床,小腿肌肉已萎缩,肌张力几乎为零,意识模糊,虽然一直口服的是最好的西药,但病情仍然没有好转。

结合病情,许红军向其家人提出实施中医诊治疗法。但病人家属对中医疗法不了解,刚开始不同意。许红军通过白依依向他翻译介绍中医诊治的科学性,家人勉强同意先尝试三天中医治疗。

许红军第二天便带医护人员上门为其实施针灸、肢体运动等近 10 项康复疗法,但三天的治疗后,仍不见好转,急得许红军也没有办法了。

“依依,老太太不是送了你一套银针吗?拿出来试试吧。”白依依这才想起了董老太太送的银针,赶紧拿出来,并向许红军说明了这银针的来历。许红军大为惊讶:“董老太太,我知道啊,她医术很神啊,听说当年很多人为了找她扎一针,能等上好几天呢,不是失传了吗?”

“我也是这两年刚跟老太太学的,以前给人扎扎腿和手脚还行。”白依依面对当地这么一个大官,又是扎太阳穴,真是一点把握也没有。

“病人都这样了,扎一针还能坏到哪里去?你就试试吧。”病人家属看出了医疗队的诚意,干脆死马当成活马医了。唐军生也投给白依依鼓励的目光,她相信老太太是不会看走眼的。

白依依颤抖的手,在司令的太阳穴旁边晃悠半天,愣是不敢下针,只听外面“砰”的一声,像是炮弹爆炸。白依依猛然一惊,手中的针一下子扎进了司令太阳穴,就在大家大惊失色时,司令的手指竟然动了一下。

“真是太神奇了,太神奇了!”连许副院长都不由得兴奋地夸赞起来。

白依依盯着银针看了半天,也觉得不可思议,喃喃自语:“这银针果然厉害啊,难怪董老太太让我带上它,没想到真的派上用场了。”心想着回去后一定好好和老太太学扎针。

后经许红军和白依依的精心治疗,仅仅过了一个星期,这位老将军慢慢自行站立,逐渐可以脱离拐杖走路了。得知整个治疗过程,司令向白依依竖起大拇指:“你是我见过的最美丽的护士!”

“神医”“中国的华佗来了”“中国的白求恩”,一时间,当地媒体进行了广泛宣传,白依依和中国维和医疗队频繁出现在各大媒体上,各种溢美之词不绝于耳,真的是名扬海外了。

第四十章
我们就是下一个“白求恩”

唐军生日记:

2018年10月3日。孩子,今天是你住院的第1089天,也是我来维和的第31天。我们救了很多人,有时感觉真的很累,但我不能休息,救人就是我责任。如果我倒下了,请不要难过,当上护士那一天起,我就想着做一个白大夫那样的人,倒下了,只不过是兑现了自己的诺言。

随着当地冲突的持续升级,越来越多的病号被送来,唐军生和白依依日夜忙碌,累了,蹲下来抱抱自己,依旧倔强地说,“也不过如此”。

深夜查完房,白依依独自一人走出病房,在一处高坡坐下。月色迷离,伊人万里,不远处的灯光若隐若现,她有一肚子话想对陶兵说,却又不知如何开口,掏出电话又放下,微信编好又删,删了又编,如此反复,一条微信也没发出去。

白依依沉浸在她与陶兵点点滴滴的美好回忆中,陶兵的一颦一笑,真真切切,闯进了她的生活,漾在她的脸上,映在她的心海。是陶兵带给她澎湃的激情,也给了白依依无穷的动力,在这异国他乡救死扶伤,她累并收获着。朦胧中,白依依仿佛看见陶兵正深情款款向她走来,亲手给她戴上漂亮的结婚戒指。

最奇妙的感觉是,当你想一个人的时候,他的一条微信突然来了。这时陶兵发来微信:"我身体好得差不多了,医生说很快就可以出院了。"

白依依的思绪一下子被拉回了现实,连忙回复:"噢,照顾好自己。"

自问青天酒一杯,满怀相思终生醉。陶兵不能自拔的,除了牙齿,还有对白依依的爱,却也是无力表达,寥寥回复几字:"你也是!"

就这几个字,白依依却盯着手机屏看了良久,思绪如连绵的流云飘向陶兵。时间仿佛不再流动,停留在那美妙的一刻。她多想化作一缕清风,悄悄潜回陶兵身边,尽情诉说着在异国他乡的所见所闻,这可是比穿越更好玩,比演习和重走白求恩路更令人心动了。白依依竟也是不知从何说起,又怕冷了场,快速回复:"记得想我!"却又快速撤回,她怕给陶兵增加心理负担。白依依心里一直思念着陶兵,明知相思苦,摇落思念,像秋叶一样落地成伤:她深知陶兵也是无尽思念盼她归,何必多此一举呢。

发出去的微信陶兵还是看到了,就在白依依撤回的当儿,陶兵本能地回复:"我很想你!"

尽管心知肚明,陶兵发过来,白依依还是觉得很温暖,一种幸福瞬间涌上心头,要是陶兵在身边,她肯定会说陶兵"贫嘴",如今,她却把情感埋进了沉默。

平时话都挺多的两个人,真正相爱了,却又都变得言语吝啬了。两人简单直白地聊着,没有浪漫,没有花前月下,却是情在心,爱在口,默默无语心中有。原来若真爱一个人,内心酸涩,反而会说不出话来,甜言蜜语,多数是说给不相干的人听。

唐军生忙完也走了过来,坐在白依依旁边,和蔼地问:"想陶兵了?"

爱情是一杯酒，相思便是一场醉啊，白依依点点头：“嗯，也想医院，想爸妈了。”

唐军生明白这不是话儿女情长的时候，这是一场战斗，随时发生在眼前的战斗。她开导白依依说：“这些年，我算是明白了一个道理，每个人都应该学会丰盈自己的生活，拥有属于自己的独处。因为只有这样才不会被无聊与空虚侵袭，才不会将生活的希望寄托于他人的陪伴与填充，才不会在聚散离合中内心苍茫。”

白依依才不觉得空虚呢，来这每天都过得太充实了，心中的思念更多的是对爱情甜蜜的向往。抬头望月，丽在心中，明在故乡，她随即转移了话题：“这里环境污染少，空气是真好。”

唐军生望着弯弓一样的月牙儿，满天星斗闪烁着光芒，像无数银珠，密密麻麻镶嵌在深黑色的夜幕上，各种寂寥的情怀，似甜似苦，万种滋味涌上心头，离离落落，沧沧桑桑，不免伤感道：“记得小时候能经常看到满天星星的，那时总爱仰着头寻找北斗七星，脖子能疼好一会儿呢。”

白依依倒是一直望着夜空：“我原以为天空就是灰色的，电视上看到的满天繁星都是童话里的故事，来到这，才发现还有这么美的夜空。”

“是啊，环境污染破坏了原本许多美好的自然。”唐军生不想就这么惆怅下去，一阵风吹过，想着维和以来消瘦了不少的白依依，油然生出一种情调，“怎奈何，一夜东风起，人比黄花瘦。”

白依依扭过头看了看唐军生，似乎陡然间跳出了沉重的心情，笑笑问：“护士长什么时候变得这般诗情画意了?”气氛瞬间变得轻松起来。

“你这孩子，我就不能文艺点啊?”唐军生最近手机上下载了不少电子图书，每天再忙也要抽出时间看看。文字落寞韵，芬芳漫苍穹，仿佛是与心灵对话，庄子的超脱、陶潜的隐逸、岳飞的壮怀，都给她一颗澄澈之心、平静之心、充沛之心、向上之心，不知不觉中她的脸上流出一股清醇爽朗之气，谈吐也自然高远不俗。

而这正是白依依当前需要的，也是唐军生今天要开导她的："人的一生，有空要多读书听书。决定你未来的，不是学历，而是持续学习的意识和能力。"白依依正要"取经"，见不远处开来一辆车，知道又送来新病号了，她们还来不及细品唯美的过去，来不及交流读书的心得，就又投入新的战斗了……

救人越多，所需药品也就越来越多，眼看药品快用完了。国内及时空运一批药品过来，唐军生和白依依奉命随联合国维和人员去机场取药品。返回的路上，当地发生了激烈的交火，一处桥梁被炸毁，他们不得不绕道而行。行至一个交火点，炮弹密集地向一个村庄倾泻，造成大批平民伤亡。唐军生和白依依赶紧下车实施抢救。

见中方维和医疗队员过来，双方竟然停止了交火，这为唐军生和白依依抢救人员提供了宝贵时间。残垣断壁下，人群四处逃散，哀号声不断，唐军生和白依依一个接一个抢救，两个多小时过去了，两人来不及喘口气，抬出、包扎、止血，救治了 20 多人。

越来越多的当地人加入了救人的行列，突然，不远处一个土堆上站着一个十多岁的大男孩，一只手捂着满是血的脸，一只手挥舞着奋力大喊着"救我，救我"，就一头栽了下去。唐军生正要去抢救，被随行的一名联合国军事观察员一把拉住，通过白依依翻译说："那里是雷区，埋有地雷，太危险了，不能过去！"

"救人要紧！"唐军生挣脱那名观察员的手，快速冲了过去，眼看就要到达土堆，只听"轰"的一声巨响，爆炸掀起巨大尘土，将唐军生掩埋。

白依依惊呆了，不顾一切地沿着唐军生跑过去的路线冲上去，抱起被炸得血肉模糊的唐军生，仰天撕心裂肺地呼喊痛哭……

唐军生走前向院里推荐黎尤尤代理护士长，黎尤尤秉承唐军生留下来的优良传统，处处以身作则，把护理工作抓得井井有条，护士站也团结得像一家人，许多人还沉浸在国庆放假氛围中。

陶兵经专家第36次会诊，已经完全康复，也很快办理好了出院手续。黎尤尤笑眯眯地走进来查房，恭喜他终于可以出院了，并送上了一个绣着百合花的香囊：“这是护士长临走前交给我的，说是等你出院了，让我亲手交给你，现在我的使命算是完成了。”

陶兵接过打开一看，里面装着一些碎弹片，正是陶兵动手术时从他身体里取出来的那47块弹片，被唐军生清洗干净后装在了一个她亲手缝制的香囊里，维和出征前她特意交代黎尤尤交给陶兵。陶兵将香囊紧紧贴放在胸口，闭上眼，任由泪水从脸颊上滚落……

黎尤尤深知陶兵是性情中人，不想打扰他这份安宁，端起治疗盘正准备往外走。突然，电视上传来惊天噩耗，插播了唐军生维和牺牲的消息。陶兵睁开眼瞅着画面，一下子瘫坐在床上，一言不发。就在那一瞬间，黎尤尤也一下子惊呆了，听着播音员播报的声音，仿佛听到了全世界崩溃的声音，手中的治疗盘“啪”的一声掉在了地上，器械工具散落一地……

白依依在整理唐军生遗物时，发现了一张遗书，这是唐军生生前签的最后一次名字：来维和不久，她就在器官捐献志愿书上签下名字。原来，她真的做好了随时献身的准备。这一次，唐军生以英雄的方式兑现了对英雄的承诺。

这是唐军生的一份特殊遗物：唐军生随身带有一包治疗心脑血管疾病的药，她去年晕倒时就查出有这个病，但她悄悄收起来没有吃。因为，她怕这些药物的副作用影响捐献器官的质量。这些年，唐军生总是尽心尽力关心照顾着他人，扮演着一个拯救众生的天使角色，“我救你，请放心”成了她永恒的追求，却很少替自己着想。

唐军生还有一件遗物,说是留给陶兵的,一个十分精致的日记本。人们打开一看,从陶兵入院的第一天,一直写到她牺牲的前天晚上,里面记载了对丈夫陆兵无尽的思念,以及错把陶兵当陆兵的心路历程,也记载了对患者无尽的爱和对白依依无尽的期望。

唐军生的遗体在白依依等人的护送下运回国后,部队和当地政府在机场举行了隆重的迎英雄回家仪式,和平医院随后举行了有史以来规模最大的追悼会。

追悼会那天,来自社会各界的数千名群众冒雨,自发赶来参加,医院门口被堵得水泄不通。

董老太太手捧白色菊花,面无表情地久久伫立,仿佛凝成了一座雕像,默默为她这个徒弟加女儿送别。

牛兰带着出狱不久的丈夫早早来到了灵堂前:“护士长,好人哪,没有你,也没有我和老公的今天。”说着,拉着已经复婚的丈夫跪下磕头。

肖飞飞来了,她打扮得像个村妇,情感的闸门雪崩一样泪流满面:“护士长,我错了,当护士虽然辛苦,可大家都像姐妹一样,你快醒来啊,我还想着回去跟着你一起干呢。”

被唐军生救治的企业家王总来了,他让公司放假一天,几百名员工清一色黑色西装全来吊唁……

白依依和陶兵像亲人一样守在灵堂前,直到要拉唐军生遗体去火化,白依依仍痛不欲生,久久不愿松手:“护士长,我还等你回来给我们主持婚礼呢。护士长,我一定听你的话,报考文职,做一名好护士。”不久前刚刚通过了文职考试的黎尤尤在一旁搀扶着白依依,也是无尽的悲痛。

中国无战事,军人有牺牲!唐军生作为烈士被安葬在唐县烈士陵园。这个烈士陵园,去年白依依和唐军生重走白求恩路时来过,是安葬白求恩和众多烈士的地方。如今唐军生和白求恩一样永远躺在这里了。苍松似海、翠柏成行，这墨绿色的茫茫林海默默守卫着这群烈士，令白依依感到一种说不出的庄严悲壮。

唐军生走了，走得轰轰烈烈，气壮山河。从她身上，人们看到了白求恩精神的继承与发扬，她把白求恩“毫不利己、专门利人”和“对工作极端负责、对人民极端热忱、对技术精益求精”的精神刻进脑海、融入血脉、化为实践。

唐军生感动了一座城市，她更激励起千千万万的人。

暴雨如注，全院人员齐声共喊，震天的口号响彻云霄：假如战争来临，我们就是下一个“白求恩”！